动物远征队

［英］柯林·丹 著
［英］杰奎琳·泰特莫 绘
范晓星 译

北京出版集团
北京少年儿童出版社

版权合同登记号
图字：01-2011-3142

动物远征队
Original English language edition first published in 1979 under the title The Animals of Farthing Wood by Egmont UK Limited, 239 Kensington High Street, London W8 6SA
Text copyright © 1979 Colin Dann
Illustrations copyright © 1979 Jacqueline Tettmar
Cover illustration copyright © 2006 David Frankland
All rights reserved
The author, illustrator and cover illustrator have asserted their moral rights
© 2024中文版专有权属北京少年儿童出版社有限公司，未经出版人书面许可，不得翻印或以任何形式和方法使用本书中的任何内容或图片。

图书在版编目（CIP）数据

动物远征队 ／（英）柯林·丹著 ；（英）杰奎琳·泰特莫绘 ；范晓星译. — 2版. — 北京：北京少年儿童出版社，2024.5
（摆渡船当代世界儿童文学金奖书系）
书名原文：The Animals of Farthing Woods
ISBN 978-7-5301-6465-5

Ⅰ.①动… Ⅱ.①柯…②杰…③范… Ⅲ.①儿童小说—长篇小说—英国—现代 Ⅳ.①I561.84

中国版本图书馆CIP数据核字（2022）第237358号

摆渡船当代世界儿童文学金奖书系
动物远征队
DONGWU YUANZHENGDUI
［英］柯林·丹 著
［英］杰奎琳·泰特莫 绘
范晓星 译

*

北 京 出 版 集 团 出版
北 京 少 年 儿 童 出 版 社
（北京北三环中路6号）
邮政编码：100120
网　址：www.bph.com.cn
北京少年儿童出版社发行
新　华　书　店　经　销
三河市天润建兴印务有限公司印刷

*

880毫米×1230毫米　32开本　11.25印张　400千字
2024年5月第2版　2024年5月第1次印刷
ISBN 978-7-5301-6465-5
定价：35.00元
如有印装质量问题，由本社负责调换
质量监督电话：010-58572171

捧起厚厚的漂亮

梅子涵

你已经是一个十来岁的小孩了吗？那么你应该捧起一本厚厚的文学书了。是的，厚厚的文学书，一个长长、曲折的故事，白天连着黑夜，艰难却有歌声嘹亮。

当你捧起，坐下，打开，一页页翻动，一章章阅读，你竟然就很酷很帅，你是那么漂亮了！

因为你捧着了文学。因为你有资格安安静静读一个长长的文学故事。你走进它第一章的白天的门，踏进第二章夜晚的院子，第二十章……最后从一个光荣的胜利、温暖的团聚、微微惆怅的失去里……

走出来。亲爱的小孩，你知道这也是一种光荣吗？文学的文字给了你多么超凡脱俗的温暖亲近。你是在和情感、人格、诗意团聚呢！而这一切，对于一个没有资格阅读的小孩和大人，又是多么惆怅的缺丧，如果他们连这缺丧也感觉不到，那么就算是真正的失去了，失去了什么？失去了生命的一个重大感觉，失去了理所当然的生命渴望。

我知道，你会说："我听不懂你说的！"可是我确定，你阅读了一本本厚厚的文学书，阅读过长篇小说以后，就会渐渐懂了。因为到了那时，你生命的样子更酷更帅更漂亮了，你闪烁的眼神里满是明亮。

我真希望我是一个和你一样的小孩，我就开始捧起一本厚厚的文学书，我要读长篇小说了！

上部　逃离险境

第1章　大旱 /3

第2章　林中大会 /10

第3章　蛤蟆的遭遇 /20

第4章　准备启程 /32

第5章　再见，法辛林 /38

第6章　畅饮 /46

第7章　险上加险 /52

第8章　宿营 /60

第9章　着火啦 /76

第10章　不期而遇 /88

第11章　倾盆大雨 /102

第12章　包围了 /112

第13章　智斗恶狗 /124

第14章　小树林中 /132

第15章　过河遇险 /141

第16章　新队长 /153

第17章　迷路 /164

第18章　屠夫鸟 /172

下部　挺进白鹿公园

第19章　狐狸掉队 /185

第20章　母狐狸 /196

第21章　母狐狸的抉择 /206

第22章　围猎 /213

第23章　解救母狐狸 /223

第24章　重逢 /236

第25章　欢庆晚会 /251

第26章　高速公路 /261

第27章　母狐狸的话 /281

第28章　死气沉沉 /287

第29章　生物学家 /297

第30章　教堂惊魂 /308

第31章　你好，白鹿公园 /327

尾声：新家园 /340

上部

逃离险境

第1章 大旱

在法辛林里，大多数动物居民的一天才刚刚开始。太阳下山了，炙热干燥的空气中终于透出一丝清凉。黄昏时分，正是大獾起床活动筋骨的时候。

大獾的家在地下，舒适的卧室里铺着干草和树叶。此刻，他离开家，沿着地道信步走到洞口，站稳脚，机敏地嗅了嗅空气中的味道，又转着脑袋四下观察一番。灵敏的嗅觉立刻告诉他一切平安无事，他这才从地洞里走了出来。大獾的地洞位于树林中一片空地的斜坡上。现在，这里的土地硬得跟饼干一样。法辛林已经差不多四个星期没有下过一滴雨了。

大獾看到几英尺外有一棵榉树，猫头鹰棕毛儿正站在矮树杈上，于是他一路小跑着过去，一边在树干上磨爪子，一边跟猫头鹰闲聊。"老天爷还不下雨啊！"大獾没话找话。他站直了身子，倚着树干，在树皮上蹭来蹭去，"我觉得今天比平日还要热得多呢。"

猫头鹰棕毛儿睁开一只眼，羽毛微微蓬了起来，没好气儿地回答："他们把池塘给填平了。"

大獾顾不上磨爪子，四脚伏地，一道黑一道白的花脸上露出紧张的神情。"难怪我一整天都听见远处推土机开来开去的声音。"他说，"这下可糟糕了，太糟糕了。"他摇着头，"真不知道咱们以后该到哪儿喝水去。"

棕毛儿没吱声，转过头去，聚精会神地望着身后的树丛，原来狐狸正朝他俩走来。大獾的鼻子嗅了嗅，也正好闻到了狐狸的味儿。

狐狸见到老朋友，甩甩大尾巴跟他俩打招呼。看到大獾那忧心忡忡的模样，狐狸猜出他已经得知了那个消息。

狐狸紧跑几步赶上前来，大声说："我刚去那边看过了，一滴水都没留下。你们简直无法想象那儿曾经有个池塘。"

"他们到底要干什么？"大獾问。

"依我看，他们是在铲土地。"狐狸说，"还砍倒了不少大树。"

大獾又摇摇头说："不知道还要多久……"

"会铲到我们这里来吗？"棕毛儿打断了大獾，"说不定就是今年夏天。人类搞起破坏，动作可迅速得很哩。"

"狐狸老弟，你怎么看？"

"棕毛儿说的有道理。再有一年，说不定咱们这儿就全都是水泥和砖头了。这五年来，他们已经挖掉了所有的草地，四分之三的树林被砍光了，树林的前前后后都是人类的住宅区。

大家被逼得节节后退，就好像一群被追赶的兔子，躲在田地中最后几株玉米中间瑟瑟发抖。推土机的声音越来越近，我们除了夺路而逃没有别的办法。"

"现在，他们连我们最后一个能喝水的去处也夺走了。"大獾心痛地说，"我们该怎么办？"

"还可以到山脚下的小溪去喝水。"狐狸说。

"那里一定只剩下泥汤了。"大獾说出了自己的想法，"树林里的动物都到那儿去喝水，用不了几天它就干了。"

棕毛儿不耐烦地扑棱起翅膀来。"那你们干吗不去亲眼看看？"他提议道，"那儿肯定还有别的动物，保不齐哪一个就会有好主意。"

猫头鹰不再说什么，从树杈上一跃，拍拍翅膀飞走了，一会儿就不见了踪影。

太阳最后的几缕余晖渐渐消失，大獾和狐狸从山坡走下来，走进树林深处。大地到处都像被烤过一样，硬邦邦的，就连树上摇曳的树叶也布满灰尘，发出嚓嚓的声音。只有当夜色来临，他们才能感到一丝自在，那熟悉的、无声无息的黑夜环抱着法辛林里这些弱小的动物，让他们感到安心。

大獾和狐狸肩并肩小跑着，心里都在猜想，小溪那边会是什么情况。他俩默不作声，接着，他们看到前方有动物的身影。小溪边，一些动物挤挤挨挨地凑在一起，没头没脑地转来转去。那是野鼠一家老小和五六只棕兔，一见狐狸，他们就四下逃走了。

有几只刺猬没有跑。他们有的站在原地准备抵抗,可大多数都把身子迅速蜷成一团,警惕地拱起脊梁,好对付树林里这两只最强大的动物。

"别怕!别怕!不要慌。"大獾请大家放心,"狐狸和我只不过是来察看一下溪水的情况。你们知道,现在这里可是我们唯一的水源了。"他温和地笑了笑,"我们现在都面临同样的危险,不论强大弱小,彼此彼此。大家可不能有……嗯……嗯……"他停下来,想不出合适的词儿来。

"意见分歧?"狐狸接着大獾的话说,嘴角隐约露出一丝笑意。

"对!就是这个意思。"大獾回答,"还是你说话得体啊。"他探身朝小溪里望望,在黑暗里使劲眨巴着昏花的眼睛。"不得了!"他惊呼,"哎哟,可不得了啦!"

这时,那几只蜷成一团的大刺猬展开了身体,小刺猬们吱吱哇哇地叫起来:"小溪干了!全干透了!"

逃走的几只棕兔也从树丛下和地洞口慢慢聚拢过来,他们拿不准聪明机智的狐狸和见多识广的大獾要做出什么样的决定。大家伙儿你挨着我、我挤着你坐在溪边,心里七上八下的,全都注视着狐狸和大獾。

野鼠一家也回到溪边。很快,他们跟那些棕兔一样,抽动着小鼻子,满心期待地听着。

"我们要召开全体大会。"狐狸说,"每个动物都要参加,一起商议眼下的危机,所有的动物都有机会发言。"

大獾点点头："是的。这个全体大会万万不能耽搁。情况紧急,我们随时都有生命危险。"他郑重其事地看了一眼狐狸,"我提议,会议最迟不超过明晚——就在午夜如何?"

狐狸表示赞同,问道:"那么大会就由你来主持,好吧?"

"义不容辞,除非猫头鹰他……"

"嗜!猫头鹰那个家伙!他大概都不会来开会。你知道他的脾气,绝对不容许别人牵着他的鼻子走。"狐狸咕哝道。

"他必须出席。"大獾坚决地说,"我亲自去通知他。在召开全体大会的时候,法辛林所有动物都要参加。五年前,家父也曾主持过一届全体大会。那时人类刚刚开始在这里大兴土

木。当然了,那时这里的居民要多得多。那会儿的法辛林差不多可以叫作森林,周围是宽阔的草地,而且……"

"是的,是的。"狐狸有点不耐烦,打断了大獾的话。他知道大獾最乐意聊那些"美好的旧时光"了。不过只要他一打开话匣子,就没法再把话题带回来了。"大家都知道过去这里是什么样的。"他说,"可我们担心的是这里未来是什么样。"狐狸怕大獾觉得别扭,便又补充道,"我父亲也参加了那次全体大会。可大会也没解决什么问题,单凭我们这些动物能做什么呢?"

"没错。"大獾满脸忧伤,喃喃地说道,"可是这一回我们一定要想出办法来,除非大家都心甘情愿渴死。"

他转身面对旁观的动物,大声宣布:"狐狸和我本人一致同意,必须召开法辛林全体动物大会。明晚十二点,大家准时到我家地洞集合。"他说着说着又跑题了,"我家足够大,所有的动物都能坐得下。想当年那里可是住了好几家獾子,现在只剩下我一个了……"追忆往事,大獾唉声叹气,"我现在是法辛林獾子家族最后一个成员了,我们的家族可以上溯好几个世纪呢。"

"咱们必须把这个消息通知其他动物。"狐狸赶忙打断大獾的话,"棕兔,你们一定要找到长耳兔一家。还有野鼠,你们要把话传给田鼠。大獾知道哪儿能找到黄鼠狼。我去找蝰蛇和蜥蜴。你们当中无论是谁,白天外出的时候跟松鼠们说一声。"

"那谁去通知鸟儿们?"一只刺猬问。

"让猫头鹰去吧。"狐狸回答,"大獾说得对,猫头鹰也应该出一份力。"

"我一到家就去通知他。"大獾说,"现在,请各位注意,千万不要忘记明晚十二点的大会。"

个子小的动物飞快地跑走了。年幼的动物们兴奋地喊喊喳喳,他们领到了任务,一下子感觉自己很了不起。

大獾转身提醒狐狸:"你最好跟蟒蛇交代清楚,要让他明白,我们举行这次全体大会可不是给他一个大块朵颐的机会。要他记住,来参加全体大会的每一个动物都要严格遵守《安全公约》的规定。"

狐狸问:"我记得这个公约是令尊发起的吧?"

"是的。"大獾庄重地说,"为了防止小动物被欺负或者发生打斗事件,这是非常有必要的。你觉得蟒蛇能听你的话吗?"

"恐怕跟往常一样吧。"狐狸含含糊糊地回答。他耸了耸肩膀,接着说:"可是,我想就算是蟒蛇,也应当遵守全体大会的规矩。"

他俩又站了一会儿,然后大獾转身要离开。狐狸叫住了他,问道:"还有鼹鼠呢,他怎么办?"

"哈,用不着担心那家伙。"大獾禁不住大笑起来,"他只要一听见头顶上跑来跑去的脚步声,马上就会钻出来看个究竟。"

狐狸也笑了,说道:"那就明天见喽。"

大獾说:"明天见。"

第2章　林中大会

到了晚上十一点,大獾觉得万事俱备了。他从起床开始就着手扩大家里的一间空闲地洞,将其改造成一个会议厅,那里可以容纳所有来参加大会的动物。尽管大獾的爪子挖起土来非常有力,但这仍是一项艰巨的工程。因为土地干燥而坚硬,而且大獾还要把挖出来的土搬到旁边没有被占用的地道里去。之后,他出门收集了好几堆干树叶,倒退着身子把树叶拖回会议厅,均匀地铺在地上。

做完这些,大獾又匆匆出门。这一次他要到树林边去,在林边的灌木丛里捉了些萤火虫。大獾把这些小虫掖到皮毛最浓密的地方,这样才能一股脑儿全部带回家。到了家,大獾把这些发光的小虫放在家门口地道两侧。每隔一段距离放一只,剩下的就归拢成一个个小堆儿,为整个会议厅照明。这一切,就和小时候他父亲做的一样。

他对一个晚上忙碌的成果感到非常满意,又出门去挖了一些草根，撒上几只甲虫，做了顿让自己流口水的美餐。现在已经十一点半了，大獾决定在动物们到来之前睡上一会儿。

他在卧室里大概只睡了几分钟的样子，就听见远方教堂的老钟敲了十二响。几乎与此同时，地洞外面传来声音。大獾一跃而起，扭着身子朝洞口走去。来的是黄鼠狼，他是跟狐狸一道来的。

"黄鼠狼，你从左边的地道下去。"大獾说，"走不多远地道就向右弯了，拐过去第一个路口往左，就是会议厅。别客气，随意些。我等会儿就进去。"

黄鼠狼按照大獾的话，借着地道两侧萤火虫的亮光往里走。他的身影刚刚消失在地道尽头，外面就传来了更多动物走动的声音。原来是那几只棕兔，还有长耳兔一家。他们后面跟着那群野鼠。

"狐狸老弟，请你下去陪陪黄鼠狼好吗？"大獾说道，"我最好留在这里给别的动物指路。"

"当然，当然。"狐狸说着，微微低下头，闪身便进了地洞。

"各位，请这边走！"大獾朗声说道，"请照直走进去。"他用鼻子朝地道口的方向指点着，"顺着那些小亮光走就行啦。"

那几只棕兔还是一副怯生生的样子，竟然因为没法决定哪一只先下到洞里而吵了起来，弄得长耳兔都有点不耐烦了。"我先走吧。"他用胳膊肘碰碰妻子，给她鼓气，"亲爱的，我们走。孩子们！进去吧！咱们的堂兄弟棕兔还有野鼠会跟着我们的。"

下一拨儿出现在视野里的是蜥蜴。大獾开始都没有留意，直到他们一个个跟水银珠子似的蹿到眼前，这才看见。松鼠也来了，之后是刺猬和田鼠一家。只有蝰蛇和鸟儿们还没有到。

不久，猫头鹰棕毛儿领着一些鸟儿到了。他召集了雉鸡和他的妻子，就连整天在法辛林上空盘旋翱翔的小鹰也同意来参加大会了。

"我可没请其他鸟类，我顶瞧不上他们。"猫头鹰解释说，"什么黑雀啦、椋鸟啦、鸽子啦，还有画眉，他们都是半驯养的鸟儿，周围的人越多他们就越兴奋、越开心。叫他们来也起不到任何作用。他们根本不代表我们法辛林。"

"我们一定要钻下去吗？"雉鸡有点吃惊地问大獾，"那么多土，羽毛都给弄脏了！"

"我家里可是一尘不染的。"大獾有点不高兴地说，"我布置会议厅花了整整一个晚上呢！"

"来这里又不是显摆羽毛的，"猫头鹰不耐烦地说，"要是你为大会没有别的贡献的话，倒不如别来。"

"我也没说不参加全体大会呀。"雉鸡低声咕哝着。他没再多说什么，带着妻子钻进洞里。小鹰跟在他们后面。

"真虚荣！跟孔雀似的。"猫头鹰不屑地说，大獾也摇摇头。

"猫头鹰，你也进去吧。"他说，"我只等着蝰蛇了。他一到，我们就齐了。"

就在这个时候，狐狸从洞口探出头来，笑呵呵地报告一个消息："鼹鼠刚刚来了。他是直接进来的，从他家打了一条长长的地道，一口气挖到会议厅。"

大獾哈哈地笑了："我都把鼹鼠给忘了。瞧！蝰蛇到了。"

"先生们，晚上好。"蝰蛇游过来停下，细声细气地问候，咝咝地吐着分杈的芯子，"我没有迟到吧？"

"总得有谁最后一个到。"狐狸直截了当地说，"好了，獾兄，您先请。"

会议厅笼罩在一片暗绿色的光芒中。年幼的动物们眼中闪烁着期待的光，而长辈们则严肃地板着面孔，与他们形成鲜明的对比。大獾走到大厅中央坐下，狐狸和猫头鹰分坐两边，他们毛遂自荐组成了委员会。其他动物靠着会议厅坚实的土墙坐着，彼此间的间隔差不多。多数野鼠、田鼠和棕兔都很警惕，不坐在蝰蛇和黄鼠狼旁边。

大獾没有任何开场仪式，直奔主题。"在我的一生里，这是第二次参加全体大会，"他开口道，"而对于你们中间的大多数来说，则是第一次。家父五年前召集过一次全体大会。那时，人类刚开始破坏我们的家园。我们这里曾经有大片的石楠，树林也还称得上是森林。我不说大家也知道，我们树林周围的那片石楠是怎么消失的。"

"没了，全都没有了。"蝰蛇在角落里咝咝地叹气。他很认真地将身子盘了几圈，头枕在最上面的那圈上。

"全都没有啦！"田鼠们也这么说。

"可是人类还不满足，"大獾继续悲愤地说着，"他们开始对我们的森林下手了。砍啊砍啊，砍了又停，停了又砍，把个郁郁葱葱的森林变成现在的惨状，比小树林大不了多少。"

"大獾，你认为以后还会发生什么？"一只棕兔怯怯地问。

"以后发生什么？！"大獾学着棕兔的话说，"还不如说早就发生了。他们会砍掉更多的树，盖更多的房子，或许还有学校、办公楼和道路。到处是难看的水泥柱和招牌。这一切只会越来越快，越来越快，直到最后……"他悲伤地摇着头说不下去了。

"直到最后我们与树林同归于尽。"猫头鹰棕毛儿伤感地替大獾把话说完。

"那么，这一切会在多久以后发生？"长耳兔问。

"我昨天也在想这个问题。"大獾说，"虽然很久以来我觉得自己知道答案，可我们动物从来不能准确地预测人类的行为。我们只知道他们会这样做，而且他们肯定会砍掉我们这里剩下的树，也许一年，也许更快。"

大家听了都目瞪口呆，一两只动物紧张地咳嗽了几声。小鹰却开始整理起翅膀来，人类得寸进尺的行为对他生活的影响没有对其他动物的那么大。

"除了这些，"大獾悲恸地说，"还有连日的大旱。"

"就好比压垮骆驼的最后一根稻草啊！"鼹鼠说。

"让我们的末日来得更快吧。"猫头鹰喃喃道。与其说他在跟谁讲话，不如说是在自言自语。

"朋友们！咱们现在被逼到绝路上了。"大獾的语气非常严肃，"且不提什么末日来临的话，就说眼前，假如明后天还是找不到安全隐蔽的水源，那我们大伙儿可真就要遭殃了。"他说着说着咳了起来，觉得喉咙干痒难忍。"所以我请大家到这里来开会，参与的动物越多就越有可能找到解决危机的办法。我恳请各位不要害怕，各抒己见。在座的每一位，你们的个头大小和力量的强弱都不重要，重要的是法辛林是我们共同的家园，我们要同舟共济。"

大獾的一席话让那些小个子动物备受鼓舞。他们交头接耳，却又都一筹莫展地摇着脑袋，谁也想不出可行的办法。

大獾看看猫头鹰，又看看狐狸。他们两个也扫视着其他动物，看哪一个想先发言。

黄鼠狼率先提出疑问："你们鸟类不能帮帮我们吗？跟我们这些生活在地面的动物相比，你们的视野更辽阔。就没谁知道在法辛林外面，最近的水源在哪里吗？"

懒洋洋的雉鸡太太发觉好多双眼睛都盯着她看，就尴尬地转过身子，低声对丈夫说："当家的，你也说点啥嘛。"

雉鸡连忙说："我夫人和我真的很少去树林外面闲逛。我们是人类中意的猎物，有挨枪子儿的危险。"说着他还挺挺五颜六色的胸脯，沾沾自喜地补充，"我听说，体面的人家都把我们雉鸡当上等的山珍野味呢。"

"小鹰，这里所有鸟儿中间，你待在树林外面的时间最多。你能不能提供一些更有价值的情况？"大獾一边问一边瞪了雉鸡一眼，让雉鸡觉得很尴尬。

小鹰不再梳理羽毛，抬头瞥了一下，投来一束犀利的目光。"是的，我知道一些情况。"他不慌不忙地说，"但我怀疑是不是真的能派上用场。主干道对面是用栅栏围起来的步兵营，那里有处类似沼泽的小湖。我有几个礼拜没有到那边猎食了。不过即使在气候宜人的季节也不见得能有很大收获。更何况，我猜想那里十有八九也已经干涸了。除此之外，要说最隐蔽的水源，该数老教堂附近花园里的金鱼池了。"

"可那在老村里，少说也有一英里远！"大獾叹息道，"就再没别的地方了吗？"

"嗯，有的。"小鹰淡淡地说，"新住宅区那边有几家带花园，其中一户有游泳池。"

"有多远？"

"我算算，要是你走的话，大概十五分钟吧。"

"可是那里没有遮掩，一点都不隐蔽。"狐狸提醒道。

"我也想到了。"大獾忧心忡忡地说，"可毕竟近多了。个头小的动物怎么也不可能一个晚上到教堂走上一个来回。"

"我们能试试！"一只野鼠大声说。

"当然,你很勇敢。"大獾和蔼地说,"试一下不过是走一趟。如果干旱还继续的话,我们就需要来来回回去好多次了。"

"我的建议就是,"长耳兔说,"让大个子动物背小个子动物,能背多少就背多少。"

"嗞嗞,"蝰蛇慢条斯理地说,"我的嘴巴里能装好几只野鼠和田鼠呢,我的动作也会很温柔,他们什么都感觉不到。"他兴奋地吐着芯子,"要是正好我带着的那几只都肥嘟嘟的话,我大概会万分满足。"他好像说着梦话一般,"还有你,猫头鹰。你怎么也能用爪子带上一两只小棕兔,对不对?"

"蝰蛇,你想问题的出发点就不对。"大獾批评蝰蛇,转头同情地看了看那些小个子动物。他们正挤在一起,离蝰蛇远远的,差不多要冲出地洞逃走了。"你真是恶习不改,"大獾接着说,"只为个人利益打算。我知道你的鬼心眼儿,休想!绝对办不到!我们是一个集体,现在正面临生死攸关的大事。你应该记得我们的《安全公约》吧?"

"不过建议一下罢了。"蝰蛇阴阳怪气地说,还带着一脸掩饰不住的坏相。他看到野鼠和田鼠听了自己的话反应那么强烈,心里相当不愉快。

"鼠兄弟们,不要惊慌!"大獾安慰道,"棕兔,你们也别害怕。你们这是在我家,谁也不敢动你们一根毫毛。"

当大会的气氛缓和下来后,一只松鼠说:"咱们自己不能挖个水塘吗？"

大獾的目光投向鼹鼠。鼹鼠摇晃着丝绒般黑亮的头，说："行不通，我真的认为没有一点可能。"他说，"恐怕我们只会白费力气。"

大家又默不作声了。每个动物都绞尽脑汁地想啊想啊。时间一分一秒地过去了。

突然，从地洞外面传来一个声音："喂！喂！谁在里面？谁在里面？"

黄鼠狼跑到地道口察看，汇报说："我看见一个晃来晃去的影子。"然后他大声喊话，"我是黄鼠狼！别的动物也都在这儿……哎呀天啊！这不是蛤蟆嘛！"

"你们真是让我找得好苦哇！"新来的说着，连滚带爬地来到会议厅，"我都担心死了，还以为你们全都离开法辛林了呢。还好，后来我听到了响声。"他坐下来大口大口地喘气，"我还看到了亮光。"

"蛤蟆，你到底遇上什么事了？"大獾大叫，所有的动物都围上前来，"我们都以为你跑丢了呢。你到底上哪儿去了？从去年春天我们就再没见到你了。你怎么瘦成这样了？亲爱的老伙计，快点告诉我们发生了什么事。"

"我……我出了趟远门。"蛤蟆回答，"让我把气儿喘匀了，我这就给你们讲。"

"你吃过饭了吗？"大獾关切地问。

"吃过了，我不饿。"蛤蟆回答，"就是特别累。"

他长满斑点的小胸脯一起一伏,好不容易才喘过气,渐渐平静了下来。大家都耐心地等着他开口。只见他抬起疲惫不堪的眼睛,将听众们扫视一周。

"你们知道吗,我被人绑架了。"他慢慢道来,"那还是去年春天的事儿,发生在水塘里。他们……他们把我带到很远很远的地方,哦!有好几英里那么远!我还以为再也见不到你们了。"

他停了一会儿,有的动物发出安慰和同情的感叹。

"最后,我很走运,"蛤蟆继续说,"我逃出来了。当然,我知道一定要回家,回到水塘,这是生我养我的地方。于是,当天我就动身了。从那天开始,除了冬天那几个月,我一直都在归家的路上慢慢跋涉,一步一步,一里一里,每天能走多远就走多远。"

狐狸瞅瞅大獾,大獾悲伤地点点头。

"蛤蟆,我的好兄弟,我……我恐怕有个不好的消息要告诉你。"狐狸艰难地开口,"一个非常不好的消息。"

蛤蟆立刻抬头看着狐狸,"什……什么消息?"他结结巴巴地问。

"你的家,就是那个水塘,已经不在了。人类把它给填平了!"

第3章 蛤蟆的遭遇

蛤蟆惊愕地望着狐狸。"可……可……他们不能这么做！"他喃喃地说，"水塘是我出生的地方。我爹我娘……亲戚朋友，他们都是在那里出生的。每年开春，我们都要重返池塘团圆。大家离开陆地上的家，回到出生的地方。人类怎么能剥夺我们团聚的权利呢！"蛤蟆伤心地瞅瞅这个，又望望那个，仿佛希望有谁能对他说这个可怕的消息不是真的，但是，谁也没开腔。

蛤蟆颤巍巍地问："他们把水塘全填满了？真的……一点都没剩下？"

"恐怕是的。"大獾含糊地说，"不过，你知道，那里的水本来就不多了。今年大旱，水塘也早就干得差不多了。"他知道自己的话起不到什么安慰作用。

蛤蟆的声音都嘶哑了，"那别的蛤蟆呢？"

"我想他们在这一切发生之前，早已离开了水塘。"狐狸想要蛤蟆振作一点，"不管怎么说，现在都五月了……"

"是啊，是啊，"蛤蟆愁眉不展地说，"我回来晚了。现在已经算不上是春天了，真的。已经不是我们蛤蟆所说的春天了。"

大獾接过话茬儿："今年这场大旱，对我们大家来说都是一场灾难，所以我召开了这次全体大会。蛤蟆老弟，我们已经没有水源了。法辛林到处都找不到水了。我们已经到了山穷水尽的地步。"

蛤蟆没有吭声。他原本打蔫的脸上忽然一亮，好像重新看到了曙光。"有了！有了！"他激动地喊了起来，"我们离开这里！大家一起离开！我都做到了，你们也一定能！"

"你是说离开法辛林？"大獾吃惊地问，"我们怎么离开呢？你的意思是？"

"对呀，对呀！你听我说。"蛤蟆兴奋地挺直了身子，"我知道可以去什么地方。当然了，这个地方在几英里之外。可是，只要咱们大家同心协力，我保证一定能走到那儿。"

动物们马上七嘴八舌地议论起来，大獾简直没法让大家安静下来。

"我们要面对现实！"蛤蟆扯开洪亮的嗓门，"你们刚才告诉我水塘的情况，让我吃惊地发现我们正处在水深火热之中。法辛林已经完了，再过几年，这儿就完全不存在了。我们必须开辟新的家园。马上！事不宜迟！"

听了蛤蟆的话，大家都安静下来。蛤蟆见状，压低了声音，一字一顿地宣布："那个地方是——自然保护区！我们要去的地方就是自然保护区！咱们在那儿能重新过上太平宁静的日子，让我来为大家领路吧！"他像打了胜仗似的环顾会场。

"哎呀，哎呀！这可说不好。"大獾晃了晃黑一道白一道的脑袋，"你还是先给我们好好讲讲吧，蛤蟆老弟。我吃不准这是不是个好主意。要是那地方很远的话……"

"你就快说吧，蛤蟆。"狐狸打断大獾的话，"给大伙儿讲讲你的冒险经历，从头讲起。"

蛤蟆一屁股蹲下去，那是他觉得最舒服的姿势，还清了清喉咙。

"你们都还记得吧，去年春天热得出奇——尤其三月份。"蛤蟆开始娓娓道来，"有个周末，水塘边来了好多人。小孩手里提着可怕的网子和玻璃瓶。他们很多都是跟着大人来的。水塘里一下子炸了窝，可大家好像也无路可逃。那些小孩多想抓住我们呀，他们蹚着水，都快走到池塘中间去啦。我记得自己当时一个猛子扎到水里，拼命往池塘底的淤泥里钻。好多蛤蟆也是这么做的。可是不顶用！他们还是找到了我，把我塞进一个果酱瓶里带走啦！"

"你可遭了大罪了！"一只蜥蜴同情地说，"他们当时也来捉我们了。那些玻璃瓶根本不透气，还故意做得那么滑溜，连瓶底都攀不住。"

"臭瓶子！"蛤蟆咕哝了一句，接着说，"我估摸在那个瓶子里给关了三四个钟头。真是奇耻大辱啊！那些捉我的人，居然在我的池塘旁边大吃大喝起来。而我呢，头顶毒辣辣的太阳，没命地扒着瓶子往外爬，连一片遮阴的树叶也没有。要是天再热一点的话，我肯定就给晒成肉干儿了。"

"我倒是很喜欢晒太阳。"蟾蛇说，"不过，当然啦，你们这些可怜的两栖动物压根儿就没学会怎么在干燥的陆地上享受生活。"

"那还不是跟你们爬行动物不适应游泳和潜水一样！"蛤蟆不甘示弱地说。

"必要的时候，我也能游！"蟾蛇反击道。

"好啦，好啦。"大獾点点头说，"后来怎么样了，蛤蟆？"

蛤蟆接着说："后来，他们就把我带走了。我拿不准走了多远，因为他们把我放在汽车后面，我在路上趁机打了个盹儿。等我醒来时，他们正把我倒进花园里的玻璃箱中。"

"他们把你关了多长时间？"狐狸问。

"大概有四个星期吧，"蛤蟆答道，"他们在玻璃箱上面蒙了层细网当盖子。他们有只讨厌的老猫，那家伙可惦记我好久了。有一天，他把玻璃箱撞翻了。我使出全身气力往上一蹦，就真的跳出来了！然后，我急忙躲到工具棚后面。等天一黑，我就踏上了回家的旅程。

"没走多远，我就想，应该先好好吃上一顿，补充补充体力。那些人总给我吃面包虫，味道还不错，可天天不换样我都吃腻了。我坚信什么都比不上肥嘟嘟的蚯蚓，尤其是刚从地里挖出来的，真是又鲜又嫩！"

"听见没？听见没？"鼹鼠好像遇到了知音，大喊起来，"没啥比得过蚯蚓！我一吃起蚯蚓来呀，能一直吃到肚皮撑爆。怎么都吃不厌。"

"呵呵，就冲您这好胃口，若是还有蚯蚓的话，那就奇怪了。"棕毛儿酸溜溜地说。

"哦，这话儿说的！那么多蚯蚓，足够大家吃的。"鼹鼠有点不好意思，"而且天这么旱，我也是花了很大力气才找到蚯蚓的。你们都晓得，蚯蚓会钻得好深好深。"

"没错，是这么回事。"蛤蟆说，"话说回来，我吃饱以后，想到的第一件事就是怎么从花园里逃出去。最大的困难是怎么才能绕过围墙。花园的四周是石头砌的围墙，不像木篱笆中间有缝儿，很容易钻出去。可是无论如何我已下定决心，不能打退堂鼓。正好有一件事帮了我的忙。围墙上镶嵌着一些鹅卵石，大概是装饰用的吧，我也不知道。反正我踩着这些凸出来的东西就能往上爬了。

"我爬呀爬呀，爬了好长时间。我心里明白到天亮也爬不到墙顶，而且中间我还掉下来过三四回，每次都得从墙根再往上爬。但我心里有一个念头，就是一定要爬上去，哪怕只让我踏上回家的路也好啊。

"长话短说，后来我终于爬了上去，沿着墙顶走到头儿。那时候天已经蒙蒙亮了。我知道必须跳下去才行。我四下寻找，想看看有没有植物或者别的什么东西，可以在我跳下去的时候帮我缓冲一下。可是墙外光秃秃的只有水泥地。我当然不可能就这样冒险往下跳啦,所以就顺着墙边先把腿放下去,够着鹅卵石再往下挪。幸运的是,下去可比上来要快多了。我想着快接近地面的时候就能蹦下去了,可就在那个时候,可恶的老猫从屋子里跑了出来。我身子紧紧地贴着墙壁,一下子就僵在那儿了。"

蛤蟆止住话音,注视着那些听得入迷的观众。会议厅里一时间鸦雀无声,静得仿佛连松针掉下来都能听见。几只小松鼠蜷缩在妈妈毛茸茸的大尾巴里。野鼠和田鼠挤成一堆儿,好像是团线球,只有从那些动不动就抽一下的粉鼻头才看得出他们是活的。每个动物都聚精会神地盯着蛤蟆,只有蝰蛇仿佛对会议的进程不感兴趣。他的脑袋往前耷拉着,看不出来到底睡着了没有。

"要是我告诉你们,"蛤蟆轻声说,"我假装成鹅卵石在原地待了整整一天,你们信不信?我可是半步都不敢往下爬,因为那里没地方好躲,要是让老猫看见,我可就完蛋了。

"幸好那天还算凉快。等天黑后安全了,我马上跳到地上,连滚带爬地能跳多远就跳多远,只想尽快离开那个鬼地方。房子旁边只有另外一两户人家。我一走过那几座房子,就立刻感觉自由了。我辨别了一下方向,弄清楚该朝哪边走,就一直走下去。路的尽头是条水沟,后面是道篱笆。我知道路没错,水沟和篱笆我也不当回事。我轻松地到达水沟另一边,没走多远就感觉那里好像是一个圈起来的公园,因为我往两边看，都看不到篱笆的尽头。

"现在看来，那种感觉真是说不清道不明。我看着那排篱笆，越看越觉得心里踏实。我估摸着，可能是因为心里知道走对了路的缘故。

"那里宁静又安详，我一路走着，路上洒满可爱的月光，我还捉了路边的虫子来吃。我决定在几棵树下铺一张床，于是就在地上刨了一个坑，拉来一些干树叶垫在里边。整整一个白天我都睡得可香了，周围除了小鸟儿，好像没有别的动物走动。

"天黑的时候，我从坑里起来继续赶路。过了一阵儿，树稀少了，眼前是片开阔的原野，我还闻到前方一定有水。你们都想象不出当时我有多高兴——我都好几个礼拜没沾一滴水了。那天晚上月光皎洁，我眼前终于出现了一汪清水，水面倒映着圆圆的月亮。我走近些，好像听到水中传来一两声咕儿呱的叫声。当水塘里的全体居民齐声叫起来的时候，我就知道我没听错。那声音真是震耳欲聋。我还从来没听过那种叫声，跟我以前听过的青蛙叫声不一样。虽说是青蛙的叫声不假，可问题是，他们是哪种青蛙呢？

"我心里拿不准，不知道他们对我会不会友好，于是就小心地走到水边，打算先观察观察再说。那儿的青蛙看上去可不少，他们有的在水塘中扑棱扑棱地游泳，有的只是把头露在水面，仰面浮着。就是这些浮着的青蛙在咕儿呱地大叫。为了让自己的叫声更响亮，他们的两个腮帮子都鼓成了大泡泡。

"我在那儿待了一会儿,他们不叫了,好像商量好该离开池塘了。他们开始往岸边游,有几只朝着我的方向游过来。我站在原地。他们从水里爬上来的时候,一只青蛙喊起来:'我们来客人啦,是一只蛤蟆!'

"他们全围拢过来看我,说从来都没见过我。春天跟他们一同生活在水塘的那群蛤蟆,在一个多礼拜前就起程回陆地上的老家去了。我给他们讲了我不幸的遭遇,他们听了都惊讶得不行。他们说正要去找东西吃,邀请我跟他们一起去。

"那里的食物不会短缺的,我们都吃得肚子溜圆。虽然是晚上,可我还是能看出那些青蛙与众不同的地方。他们的身体特别绿,身上斑点的颜色也更深,脊背的中间有条浅绿色的条纹。吃饱以后,他们邀请我一起去游泳,我欣然前往。

"我们游到池塘中央,在水草上歇息。我趁机向他们打听公园的情况。领头的跟我聊了起来,那是一只德高望重、身材胖胖的公蛙,看上去好像是整个蛙群的首领。他告诉我,这个公园叫白鹿公园,是一个自然保护区。"

蛤蟆说到这儿停住了,想给大家卖个关子。果不其然,观众中响起此起彼伏的惊叹声,"啊""哦""当然喽——原来是自然保护区啊"。

"我们听说过自然保护区。"大獾说,"可是,那里真的会受到保护吗?"

"绝对名副其实。"蛤蟆强调,"我的青蛙朋友们全都告诉我了。自然保护区就是一大片土地或者湿地,那里有珍稀的动物和植物，或者两者兼有。有一种人叫作生物学家，他们跟大多数普通人不一样，他们所做的事是研究和照顾动植物，而且非常关心我们的幸福和安全。青蛙告诉我，生物学家通常几个人一起工作。他们认为青蛙生活的那个叫白鹿公园的地方非常有研究价值，一定要保护起来。所以，大约三年前，那个地方就用篱笆圈了起来，成了一个自然保护区。如果没有通行证，任何人都不得进入。即使能进入自然保护区的人，也不能伤害那里的任何动物和一草一木。"

"听上去真是个好地方。"长耳兔太太说，"一年到头都平平静静，用不着东躲西藏，跑来跑去的，也用不着担心猎枪！"

"这还不算，"蛤蟆继续说，"在自然保护区里有一位生物学家，他专门负责保护区的日常工作，人们管他叫'园长'。动物们的健康和安全都由他负责，他会定期巡视保护区，确保所有的动物都过得很好。

"当然啦，白鹿公园里生活着一群白鹿，是很稀有的品种。嗯，我的青蛙朋友们也是不一般的品种，人们管他们叫'食用青蛙'。幸运的是，人类是不可以吃他们的。水塘里还有一种不寻常的水生植物，还有一两种珍稀的蝴蝶也生活在那里。但是，青蛙们再三跟我说，公园里也有各种各样普普通通的动物，就像你我这样的，也都住在那里得到保护。"

"啊，听起来简直像天堂一样。"大獾深深地吸了一口气，"我想不通你为什么还要离开？"狐狸给大獾使了一个眼色，大獾连忙说："我的意思是，我理解你为什么这样做。只是……只是……告诉我们，那里有多远？你回家可走了好几个月呢。"

"我不否认。"蛤蟆表示同意，"那的确是一条漫漫长路。我跟那些青蛙相处了一个星期，后来我跟他们解释说我必须得走了，他们完全理解我的心情。"

狐狸问："那个公园很大吗？"

"一只青蛙告诉我，他听说那里大概有五百英亩，你们想想，能装得下整个法辛林还绰绰有余！我是说，咱们从前那个像森林一样大的法辛林。

"我又花了整整一个星期才穿过白鹿公园。之后的每一天，我都马不停蹄地赶路，从来不在哪个地方停留一天以上。我总是在夜里赶路，白天找个合适的地方休息，一路上找到什么就吃什么……就这样走了好几个星期。我一定要对你们说，在我心里，好像有个声音一直激励着我——每过一天，每走一步，每跳一下，我就离朋友们更近一点儿。"

"蛤蟆，我的好兄弟！"大獾感动得透不过气来。

"后来，我发现天气慢慢变凉了，就加快了脚步。我感觉到前面的路不是很远了，我也想在冬天到来之前回到家。可是我也知道，如果不好好吃饭的话就扛不过冬天，会死的。所以我想了一个两全其美的办法，路还是要赶，只不过不再走那么快。每天晚上，我会吃光所有能找到的食物。终于有一天，我感觉冬眠的时候到了。我头一个星期在路上遇到的青蛙、蛤蟆，还有蜥蜴，都已经开始寻找舒服的小窝了。我也在某个农场的田地找到了一处。

"我挑的是水沟边的草坡，那儿的藏身之处很多。当时吃的东西已经不好找了，我花了一整天才勉强吃饱。天越来越黑，我在一块大石头下面好好地给自己挖了一个洞，然后就钻了进去。天很冷，我困得跟什么似的，合上眼睛，就好像吹灭了一盏灯，然后我就什么都不知道了。

"啊，我在那里一觉睡到三月初，暖洋洋的风把我弄醒了。我找到了一个蚂蚁窝，美美地吃了一顿就又上路了。后来嘛……其实你们也都知道了，就这样。"

大獾热泪盈眶地说："你真是个响当当的好汉！"

黄鼠狼也说："实在是勇气可嘉！"

狐狸赞赏道："多么坚韧执着的精神！我一向非常钦佩你们蛤蟆这一点。不管什么事，只要开了头，一定会干到底！"

"要是你们愿意让我带路，我情愿再走一遍，义不容辞！"蛤蟆毅然决然地说。

"好一番鼓舞斗志的讲话！"大獾朗声说道，"兄弟姐妹们！你们觉得如何？要不要让蛤蟆带领我们去寻找新的家园？"

蛤蟆接着说："去开启崭新的生活！把一切威胁都抛得远远的！"

会场马上响起震耳欲聋的欢呼："愿意！"

"那就让我们跟法辛林说再见吧！"

又是一片沸腾的呐喊，动物们激动万分。

"不如说，欢迎来到白鹿公园吧！"鼹鼠说。

"呵呵，鼹鼠，你别高兴得太早了。"大獾温和地说，"你知道，咱们连第一步还没迈出去呢。"

鼹鼠咧着嘴，尴尬地笑了。大獾环视会议厅一周。

"有没有不同意见？"他仔细地看了每个动物的脸，庄严地问。大家都不作声。

"好！一致通过！向白鹿公园，前进！"

第4章 准备启程

　　动物们喊喊喳喳，议论纷纷，地洞里一片哗然。那些年幼的动物还一边绕着会场跑，一边扯开嗓门有节奏地喊："白鹿公园！白鹿公园！"就好像他们已经忘记了法辛林这个地方。连蝰蛇也来了兴致，他展开身体，哧溜一下游到蛤蟆身边，打听起那群青蛙的详细情况。在他看来，要是连人类都认为那些青蛙可以吃的话，那他们肯定鲜美无比。

　　"我说真的，蝰蛇，你就不能暂时别想你那宝贝肚子吗？"蛤蟆生气地说，"而且，你要保证不伤害那些青蛙。他们非常稀少也特别珍贵。我们可不想让别人指责，说我们窝藏了一条毒蛇，你明白吧。"

　　蝰蛇皱了皱眉头，在会议厅昏暗的绿光里，他的眼睛显得更红了。蛤蟆的话让他有点恼火。

　　"蛤蟆，你说得很对。我们只要一上路，脑子里就不能有那种念头。"大獾发了话，"作为那些青蛙未来的客人，我们一定要展现最好的一面。好了,先不要说这些了。摆在我们面前的是一次充满危险和艰辛的旅程。我们必须好好计划一下!肃静,请大家肃静!"

"现在,嗯……狐狸老弟,我们该从哪儿着手呢?我不太爱出门,恐怕这方面的经验不太多,还是你见多识广。"

"依我看,先要向蛤蟆问清楚,这一路上我们要穿过些什么样的地方。"猫头鹰棕毛儿冷静地说。

"嗯!"大獾咳嗽了一声,"是的,当然……我正要问他。蛤蟆,你谈谈吧?"

"我不想让你们抱有任何不切实际的幻想。"蛤蟆说,"就实事求是地说好了,我不想把旅途描述得有多轻松。咱们要穿过的地方到处都有危险。先是要穿过人类的住宅区,然后要绕过步兵营……"

"等等,"大獾打断蛤蟆的话,"住宅区就很危险,对不对?"

"是的,我们必须在晚上行动。"蛤蟆说。

"可是假如那里有猫呢?或者狗?也许还会有没有拴住的狗。"

"我就是从那儿走过来的,"蛤蟆有点不大高兴,"其实步兵营才更危险。他们练习射击,还丢炸弹。"

"我认为必须要向你们鸟类请求支援。"大獾说,"我知道,你们当中谁都不必非得参加我们陆地动物的这次远征,但我们需要你们的帮助。你们在前面飞,侦察清楚地面的情况,然后告诉我们前方是否安全。你们觉得怎么样？"

"我在黑暗中什么都看不见呀！"雉鸡连忙声明。

"白天我可以做侦察员，"小鹰说，"可是到了晚上，只有猫头鹰才能帮你们。"

"猫头鹰，你愿意帮忙吗？"大獾问。

"当然了。"猫头鹰还是端着架子，"你们都想什么呢？还是我把鸟儿们带来开会的呢，不是吗？"

"谢谢大家了，我的鸟类朋友们。"大獾边说边不满地朝雉鸡瞟了一眼。雉鸡看到了，讪讪地转过身去假装跟他太太说话。

"如果我们集体行动，"狐狸说，"就都要保持适中的行进速度，每一个动物都不觉得吃力才好。不论个头大的还是个头小的。"

"也不论速度快的还是速度慢的。"大獾补充道，"我们当中谁走得最慢？"

"鼹鼠！"十来个声音不约而同地说。

鼹鼠脸上过不去了，说："我能走得跟蛤蟆一样快。"

"那是在地底下，"蛤蟆说，"我们又不是一路挖地道去，你知道的。"

"鼹鼠，你别介意。"大獾同情地说，"我们每一个动物生来都不同，这也不是什么过错。我们谁挖洞也挖不了你那么快。"

"咱们好像老在原地转圈，"棕毛儿不耐烦地打断了大家的话,"说来说去,都还没走出法辛林呢。"

"我认为应该听蛤蟆的,从住宅区穿过去。"狐狸说,"哪儿有水喝,就先去哪儿喝个痛快。小鹰可以领我们到他说的那个游泳池去。"

"很好!"大獾同意了,"那么,游泳池就是我们第一个目的地了。但我们一定要在天亮前穿过住宅区。"

"那么我们雉鸡怎么办呢?"雉鸡问,"我们可不像猫头鹰和你们大多数动物,昼伏夜出的。我们在夜里没法飞。"

"你们跟着我就行了。"猫头鹰说,"你们总能看得见我吧?"

"可是小鹰在夜里能找得到游泳池的方向吗?"

"没问题。"小鹰说,"别忘了,住宅区的街灯很亮。我会在大部队前方慢慢飞,到了游泳池上方就停下在半空盘旋,以此为信号,直到大家都赶上来。"

"好极了!"大獾说,"蛤蟆,请你继续。"

"是这样,等我们一过住宅区,"蛤蟆接着说,"还记得吗,下一个目标就是穿过主干道,然后经过一大片农场。那里有很多田地和果园,在夜晚穿过不会很危险。之后我们就来到大河边。如果天还是这么早的话,那条河就不会是很大的障碍。再往后的路可就难走了。不过等上了路我会慢慢告诉你们。"

"好啊,这是最好的方案。"大獾同意了,"船到桥头自然直嘛。"

"呵呵，但愿到了河边能有一座桥吧！"长耳兔打趣地说，"我可是'旱鸭子'哦。"

大家听了都笑起来，笑声过后，一只田鼠突然嚷道："那我们什么时候开始行动啊？"

"马上！"大獾回答，"也就是说，明天晚上。我们需要好好休息一下，然后精力充沛地出发。"

有些动物以为会议结束了，朝门口走去，大獾叫住他们。"会议还没有正式结束呢，我们要任命几位队长。蛤蟆来当向导，小鹰和猫头鹰做侦察员，但是我们还需要一位队长，他必须勇敢果断。狐狸老弟，我认为没有谁比你更合适了。"

狐狸摆了摆尾巴，感谢大獾的提名。"我也来提名，请大獾做我们的后勤队长。大獾的嗅觉很灵敏，寻找食物最在行。我们相信大家每天都会有充足的食物。"

"狐狸老弟，非常感谢你对我的信任。但是我要求大家在明天集合之前都吃饱肚子。不知道什么时候才能再有东西吃。现在，各位，还有没讨论到的问题吗？"

"我有一个问题。"一只小野鼠吱吱地说，"为了小动物们的利益，我提议在今晚全体动物都在场的情况下，重新宣誓。我认为，只有每个动物在庄重誓言的约束下互相帮助，我们才会觉得踏实些。"

"这个提议很好。"大獾赞成道，"我们就把新的公约叫作《互助保护公约》吧。我们必须全体宣誓，在旅程中，首先考虑集体的安全，换句话讲，也就是每一个成员的安全。蟾蛇，我想，由你第一个宣誓再合适不过了。"

"我宣誓。"蝰蛇一肚子不高兴地说，他脑子里还惦记着那些可以食用的青蛙呢。

法辛林的动物们一个一个地宣了誓，就连年幼的动物也照着父母的样子做了。他们因为没有被排斥在这个庄严的仪式之外而感到自豪。

宣誓完毕，大獾说："这样好不好，咱们分成小队，每队选一个分队长。在远征途中需要讨论任何事情的时候，由分队长代表小组成员发言。明天我们出发前，做最后一次全体动员，分队长要向狐狸队长报到。"

狐狸说："明天晚上，村子钟声敲十二下的时候，我就在大榉树下的灌木丛边等大家。"

大獾又环顾了一下会场，见没有动物再提出问题，于是拖长了声音说："现在我宣布，法辛林第二次全体动物大会，胜利闭幕！"

动物们沿着地道鱼贯而出，来到野外。蝰蛇走在最后面。他肚子又饿了，边走边把那些小灯一样的萤火虫吞进了肚里。

第5章 再见，法辛林

整个白天，那几台推土机好像铁嘴钢牙的贪婪怪兽，碾过前进路上的一切——灌木丛、未长高的小树和柔弱的花草……那些历经风霜仍岿然屹立的老树，被可恶的锯子毫不留情地伐倒。在人类操纵的这些摧毁者面前，树林一尺一尺地退缩着。法辛林的动物们不是纷纷躲进地洞，就是蜷缩在还没有砍倒的大树上，或者躲在草丛下面。他们竖起耳朵听着外面的动静，害怕得发抖，期待黑夜快点到来。

大獾躲在地洞里，听到外面轰隆轰隆和噼里啪啦的声音越来越近，一点都不敢动。狐狸待在斜坡底下的洞里，热得直喘气，等待着村里的大钟敲响五下。狐狸知道，到了那时，外面的轰鸣声就会停止，工人们也会离开。

松鼠从一棵树逃到另一棵树上，眼睁睁地看着他们的老家被连根拔起。鼹鼠的洞越打越深，他要一直挖下去，直到感觉不出那可怕的震动。

刺猬们卧在灌木丛当中，活像几个针插。蛤蟆和蜥蜴一直藏在草棵子里不出来。

猫头鹰棕毛儿站在自己喜欢的那棵榆树最高的树枝上，羽毛乱蓬蓬的，阳光照得他不得不闭上又大又圆的眼睛。雉鸡和太太依偎在深深的连钱草丛里，那是树林里最隐秘的地方，像田鼠一样一声不响。

蝰蛇把身子耷拉在桦树墩儿上，美美地晒着太阳。可当推土机开近的时候，他就嗖地钻进草丛里不见了。

只有小鹰在树林上空翱翔，自由地观察着人类和推土机的进度。他看着看着，发现自己加入动物的远征行动是多么明智，因为过不了多久，下面的森林就会变成一片不毛之地，之后，砖墙混凝土建筑就会拔地而起。

难熬的时间一点点过去，只有当夜晚降临、周围静悄悄的时候，法辛林的动物们才抓紧最后几个小时睡上一觉。

快到午夜的时候，大獾睡醒了。他伤心地环顾着自己的家，他再也不会一觉醒来，还依然躺在心爱的老家里了。这里有他甜蜜的儿时回忆，那时候，爸爸妈妈照顾、疼爱着他。这是他的祖先们居住了好几个世纪的地方。

大獾最后一次拖着脚走过地道，在洞口停下，警觉地嗅一嗅四周。他在想，不知道白鹿公园是不是也住着獾子，如果到了那里，自己会在什么地方修建新家。到了他这把年纪，让可恶的人类逼得离开故土，离开祖先居住过的地方，真是件万分

难过的事。人类好像从来都对比他们弱小的生灵熟视无睹。

大獾快步来到洞外,走下山坡,不时回头望一望。每一次回望他都对自己说:我真是个多愁善感的傻瓜,我得把过去所有的日子都忘掉。他肩负新的使命,这比什么都重要。不管怎么说,眼下的这次远征是一场让人激动的挑战,也是动物们跟聪明又狡猾的人类斗智斗勇的较量。即便如此,离开自己的老家,若想不感到忧伤也真的很难啊!

一个灰色的影子从树上呼啦啦飞落到大獾面前。"呀,是你啊,猫头鹰!"他吓了一跳,大声说,"我最后再看看这个地方。"

"大獾,太感情用事可不行。"猫头鹰说,"不过我也得承认,不用亲眼看见家乡最后被毁灭时那凄惨的一幕,还是很值得高兴的。至少我们省去了那些烦恼。"

这时，钟敲响了十二下。"时间到了。"大獾喊道，"走吧！"他立刻迈开大步，连跑带跳地穿过树林。猫头鹰拍打着翅膀，在大獾身边飞着。他感觉在这个时候，大獾需要一个伴。

在大榉树下，他们看到了狐狸、黄鼠狼、蛤蟆和蜥蜴，还有棕兔们。小鹰栖在最低的树枝上，像哨兵那样注视着前方。雉鸡和太太黄昏的时候就到了集合的地点，现在正在树底下打盹儿。

蜥蜴和棕兔们选出了各自的队长，都是他们当中年纪最大、最有经验的。大獾和猫头鹰来的时候，他们都走到狐狸和黄鼠狼身边。

"今晚天气真好。"狐狸说，"但我就是觉得月光太明亮了。"

"那我们要不要推迟呢？"大獾问。

"不，我觉得那样不好。现在人类离我们太近了，非常不安全。"

大獾点头道："今天白天就已经很可怕了。"

黄鼠狼尖着嗓子大声说："可不是嘛！吓得我四处逃命呢。他们都挖到我地洞顶上了。"

不久，别的动物都到齐了。可当狐狸清点人数的时候，发现少了鼹鼠。

"怎么搞的？他在哪儿？"狐狸恼火地问，"我们没时间等他了。"

"这样正好，真的。"蝰蛇不怀好意地说，"不然他会拖我们大家的后腿。"

大獾生气地对蝰蛇说："怎么说他都比你强。"他又加上一句："鼹鼠没来就不能出发。怎么能留下他不管呢？"

无论多严厉的话语也从来都不会让蝰蛇不自在。"犯得着发那么大脾气吗？"他轻描淡写地说，"我还不是为了大家的安全着想。"

狐狸说："我们可以等他，直到下一次钟声响起为止。然后……我们不能总这么等下去啊，大獾兄。"

"你们给我一点儿时间。"大獾说，"我知道上哪儿去找他。"

"好吧。可是你一定要抓紧时间！"狐狸叮嘱道。

大獾三步并作两步朝他家的方向跑去，一边跑一边四下张望，看有没有鼹鼠的踪影。

他回到自己家，进了地洞，顺着通往会议厅的地道前进。来到会议厅，他一口气找到了头天鼹鼠来开会时打的那个洞。

"鼹鼠！"大獾朝里面大声喊，"你在不在？"

没有回答。

"鼹鼠，醒来啦！快点出来呀！我是大獾！大家都等着你呢！"

还是没有回音。

"唉！我的老天。"大獾说，"这家伙能去哪儿呢？"

他决定最后再试一次,就把一道黑一道白的脑袋使劲儿伸进洞里,深深地吸了一口气,然后用尽全身力气大声喊:"鼹鼠!"大獾喊得太用力,都咳嗽了。他这才想起来,真渴啊!就在这时,他好像听到窸窸窣窣的声音。

"喂……"他又叫了一声。

一个怯生生的声音说:"大獾哥,是……是你吗?"

"就是我呀。"大獾说,"谢天谢地,鼹鼠,你快点出来吧。你在里面做什么?"

"我……我不去了。"鼹鼠轻声说。

"不去了?你什么意思?你当然要去。好了,快点吧!大伙都等着呢。"

"不。"鼹鼠说,"大獾哥,你回来找我,心眼太好了……"他说着说着哭了起来,"可……可……我帮不上你们。我……走路……太慢了。"

"哎呀,鼹鼠!你说什么呢。"大獾说,"我们怎么能忍心丢下你呢。我们怎么干得出那种事呢?快点出来吧。"

"他们都说……我走得……太慢了。"鼹鼠抽抽搭搭地哭起来。

"不要管别人说什么。"大獾安慰道,"我们要一起去自然保护区,谁也不能落下。你想想,你要是不去,大家该多伤心啊。他们永远都不会原谅自己的。"

又传来沙沙沙的走路的声音。

大獾肯定鼹鼠正朝洞口走过来,于是继续说:"你到我背上来，我背着你走。你的重量我根本感觉不到。"

"你背我走吗，大貛哥？你真的会这样做吗？"鼹鼠的声音更近了。现在大貛已经看到他了，他像划船一样，两只前爪轮流扒着土，身子一点点往前挪。

大貛把头缩回来，转过身把后背对着洞口。"跳上来吧！"他亲切地说。大貛刚一感觉到鼹鼠的爪子紧紧地抓住了他背上的毛，就飞快地朝洞口走去。

"我真不懂事，太对不起了。"鼹鼠说，"大貛哥，你真……真对我太好了。"

"别说这些了。"大貛回答，这时他们已经走出了洞口，朝大榉树那边飞跑起来。大貛自言自语地说："时间刚刚好。"

他们跟大家会合的时候，村里的钟正好敲响十二点半。狐狸看到鼹鼠趴在大貛的背上，摇摇尾巴，但是很客气地没再多说什么。

"好了，小鹰，你准备好。"狐狸抬头喊道，"我们集合完毕了。"

小鹰没说一句话，从树枝上一跃而起，优美矫健地侧身飞过灌木丛。猫头鹰棕毛儿飞在小鹰身边，一旦小鹰在黑暗中遇到困难，好帮他一把。雉鸡两口子飞在他们身后。在地面前进的动物分成小组，狐狸和黄鼠狼打前阵，蛤蟆一跳一跳地跟在旁边，后面是棕兔、长耳兔和刺猬，紧随其后的是个子更小的动物——田鼠、野鼠、蜥蜴和松鼠。大貛背着鼹鼠殿后，蝰蛇

在他们身边使出最大的力气往前游动。

动物们行动迅速，一个接一个地从灌木丛间穿过。他们踏上了空旷干硬、坑坑洼洼的土地。那里曾经草木繁茂，可现在只有几台怪物一样的推土机一声不响地立在那儿，它们好像在养精蓄锐，准备明天发动另一场掠夺。

狐狸的眼睛一直盯着猫头鹰。猫头鹰扑扇着翅膀，在离地大约十二英尺的地方慢慢地滑翔。动物们看到前方住宅区有星星点点的灯光，那些房子的主人深夜未眠。

狐狸看到猫头鹰突然转身向他飞来。"小鹰说路灯熄了。"他轻声报告，"我们很走运！"说完，他不等狐狸回答，又飞走了。

动物们离住宅区越来越近，那些刚还亮着灯的房子，屋里的灯一盏盏熄灭了。他们偶尔回头眺望自己的家乡，可是法辛林那边漆黑一片，在星星点点的夜空下越来越远，越来越小。

第6章 畅饮

玉兰大街二十五号这户人家有个游泳池，主人伯顿先生此时正站在卧室窗前。虽然他跟往常一样，十一点就上床睡觉去了。可明晃晃的月光照进屋里来，搞得他睡不着。于是他费力地从床上爬起来，生怕吵醒太太，去楼下为自己倒了杯酒。这会儿，他一边心满意足地品着酒，一边欣赏着自家的花园。

伯顿先生对他的花园很是得意。四年多来，在他的精心呵护下，这里从一片杂草丛生的荒地变成了姹紫嫣红的美丽花园。他心满意足地望着楼下绿茵茵的草地、悉心打理过的花坛，还有由各种灌木混种而成的篱笆。花园的尽头，往下走几个台阶就是他那新建的游泳池。游泳池漆成了天蓝色，池边是一圈人造大理石，游泳池才注满水几个星期。尽管还没人在里面游过泳，但伯顿先生心里明镜似的——这游泳池可是左邻右舍眼红的目标呢。波光盈盈的水面倒映着明月，伯顿先生看在眼里，喜在心头。

伯顿先生又困了,觉得眼皮越来越重。可是突然间,他看到好几团大大小小的影子在游泳池边晃动,原本平静的水面荡起了涟漪。他有点糊涂了,怀疑自己刚才倒酒的时候是不是太大方了。他揉揉眼睛。没错,游泳池那儿的确有什么东西在活动。难道是猫吗?

伯顿先生正打算下去看个究竟,就听见太太不耐烦地叫他不要再梦游了。他手里正端着酒杯,让太太看见了可不妙,于是乖乖地回到床上去了。远征队的动物们没有受到一丝惊扰,根本不知道有人发现了他们的行踪。

这队动物在狐狸的率领下,无声无息地穿过篱笆的空当儿,来到游泳池边。此时他们才发现池子里的水离池边太远了,个子小的动物不管怎样伸长身子都够不到。

"糟糕,糟糕!"大獾说,"现在该怎么办?"

"听我的。"狐狸不慌不忙地说,"大个子动物先喝,然后再帮助小个子动物。"

可是他们一看,只有狐狸和大獾可以自己喝到池子里的水。即便如此,对他们来说也还是有些吃力。大家都担心地看着他们,只有蝰蛇除外。他说服黄鼠狼,让他用牙咬着自己的尾巴,然后把上半身伸到水面去喝水。

狐狸和大獾身子扒着池边,喝到了三天来的第一口水。大理石池边非常光滑,狐狸和大獾的爪子在上面直打滑,每时每刻都有掉进水里的危险。还好,他们没有落进游泳池。可是他们实在太渴了，喝了好一阵子才算喝饱。终于，他们直起身来坐在后腿上，舌头来回舔着嘴角。

狐狸说："我从来不知道水有这么好喝呀！"

大獾也说："我觉得现在让我干什么都行。"

"别忘了我们呀！"鼹鼠说。到游泳池边的时候，他已经从大獾的背上下来了。

"当然不会。"狐狸说，"你们看，游泳池那边有几个台阶。水漫到第二个台阶上了。所以，要是我躺在那里，你们小个子动物爬到我背上，就能喝到水了。"狐狸二话不说就跳了下去，头枕前腿，平躺在第二个台阶上。可是两个台阶之间的高度对腿短的田鼠、野鼠和蜥蜴来说，还是太高。大獾就躺到第一个台阶上。于是，小动物先是跳到大獾的背上，再跳到狐狸的身上。

狐狸大喊："一定要抓紧呀，我可不想发生意外！"

田鼠们先喝，他们一次跳下去三四个，接下来是蜥蜴和野鼠。大家都喝得饱饱的，没有发生意外。

长耳兔的孩子们、刺猬、松鼠和鼹鼠都喝得心满意足之后，一直眼巴巴盯着水面的蛤蟆再也忍不住了。他往上一蹿，扑通一下落到一码开外的水中。蛤蟆这一手对他自己来说倒没什么，毕竟他在水里比陆地上自在多了，他立刻快活地游来游去。可是那些小棕兔，本来眼看着该轮到自己喝水，已经兴奋得不得了，蛤蟆这么一跳，他们也呼啦啦全跳到狐狸身上去，一下把狐狸撞进了水里。

棕兔妈妈眼瞅着自己的小宝贝落进水里，什么都没想，也跟着跳了下去。黄鼠狼一直在游泳池对岸，嘴里叼着蝰蛇的尾巴。当他看到了这一切，张大嘴巴想喊"当心"。可这么一来，蝰蛇就跟船锚似的，咕咚一下沉到游泳池底去了。

眨眼间，游泳池像是开了锅，到处是一上一下的脑袋和胡乱踢腾的脚丫子，而池边的动物则不知所措地乱窜。

小鹰一直耐心地在半空盘旋，此时看到二楼卧室的窗口有人影，忙向下喊道："有人看见我们了！"这下，游泳池里的动物更加惊慌，每一个都拼命想爬上台阶，好逃出游泳池。通常来说，差不多所有陆地动物都能用自己的办法在水里扑腾几下子，所以不会被淹死。可问题是，他们怎么从水里爬上来呢？

蝰蛇刚刚突然落进水里，但很快就浮到水面上来，可他只能在水池里无可奈何地浮着。狐狸爬上了石阶，猛地甩甩毛上的水，溅了大獾一身。

小鹰一个俯冲落在台阶边的扶手上。他给大家带来了好消息："戒备解除了。"

大獾和狐狸又回到原先的位置，这次小棕兔们一个个地爬到狐狸的背上来。

现在只剩下棕兔爸爸、长耳兔夫妇，还有黄鼠狼没有喝水，然后大家就能继续上路了。他们也都喝饱了。只剩下蝰蛇还在水里扑腾着，他的心情真是糟糕透顶，用他能想到的所有最难听的话数落黄鼠狼。

"蝰蛇，别担心。"狐狸说，"等你的火气让水灭一灭，我们会把你弄出来的。"

鸟儿们原本也喝不了多少水，他们就用刚才棕兔跳进水里时溅到池边的水润了润喉咙。

"谁还没喝到水？"大獾问。没人回答。他和狐狸重新爬起来，池子里只剩下蛤蟆和蝰蛇了。

狐狸在花园里跑来跑去，查看每一个花坛。终于，他似乎找到了想找的东西。狐狸花了好大力气拔下一丛飞燕草，然后嘴里叼着一根细长的秆子跑回朋友们身边。

"你拔这个干什么？"鼹鼠问。

"当然是救蝰蛇了。"狐狸说着把飞燕草秆放在游泳池边，对蝰蛇喊："蝰蛇，你听好了！我用牙叼着这根秆子把它顺下去。你咬住那一头，我把你拉上来。"

蝰蛇尽管心里老大不乐意，可还是得同意狐狸的办法。秆子伸到了水里。"蝰蛇，快呀！"别的动物都帮忙喊。蝰蛇在水里转了个弯儿，朝秆子这边游过来。他的嘴张得大大的，大家都以为他要把秆子吞下去呢。蝰蛇的牙齿特别锋利，一下就咬住了秆子的一头，差点连秆子带狐狸一起拉进水里。

"我觉得他把秆子当成我的尾巴了。"黄鼠狼悄悄对大獾说。

狐狸一步一步往后退，把蝰蛇从水里拉了出来。蝰蛇一回到地面，马上松开嘴里的秆子，怒气冲冲地朝正担心他来报复的黄鼠狼爬过去。

狐狸再次把目光转向游泳池。"我说蛤蟆,老伙计!你在水里已经待得够长了吧!"他的话里带着责备的口气。蛤蟆还在水里快活地打水花儿呢。"我们要赶路了,等着你带路呢。"狐狸提醒蛤蟆。

"来喽,来喽!"蛤蟆大声回应着,一边还美滋滋地往水里吐着泡泡。"你把秆子放下来吧。我也拉着它上去。"

狐狸又把秆子伸进水里,蛤蟆用特别灵活的蹼紧紧地抱住秆子头,一下子就从水里上来了。

"咱们不能再耽搁了!"狐狸说,"你们都准备好了吗?"

蛤蟆说:"我们现在要到主干道上去。这么晚了,那里应该没有来往的车辆了。可是咱们要抓紧时间。"

"我们到前面去等你们。"猫头鹰说完,和小鹰带领别的鸟飞走了。

"蛤蟆,领路吧。"狐狸说,"继续向白鹿公园,前进!"

第二天清晨,伯顿先生愁眉苦脸地站在花园里,看到原本光彩照人的游泳池变成了一锅脏兮兮的泥汤,人造大理石池边净是黏糊糊的小脚印,飞燕草丛也倒下了。他知道头天晚上自己心爱的花园的确是来了不速之客,那些杂七杂八的脚印是好多野生动物的。可是这些动物从哪里来,又到哪里去了?他就像住宅区里所有其他居民一样,永远都不会知道。

第7章 险上加险

动物远征队的成员快速撤离了花园,走上没有灯光的街道。大獾又背起了鼹鼠,蛤蟆领路。他没有爬,而是一蹦一蹦地前进。狐狸和大个子动物则把步伐放缓,使整个队伍保持一致的速度。

他们走在街道最昏暗的一边,一路上运气很好,蛤蟆得意地带领大家走过拐来拐去的街道,朝主干道进发。他们没有听到也没有看到让他们担心的东西。没有开夜车回家的人,也没有遇上猫和狗。

他们走了一会儿,发现危险越来越小。从离开花园起就保持沉默的动物们现在觉得安全多了,于是就聊起天来。

"猫头鹰一定等得不耐烦了。"大獾说,"他已经等了一个多小时了。我刚刚听到教堂的钟响了三下。"

"就快要……快要……到了。"蛤蟆上气不接下气地说,他这会儿开始觉得累了,"转过下一个弯……"

"大獾,让我自己走一会儿吧?"鼹鼠请求道,"我一定把你累坏了。"

"别胡思乱想啦,我什么感觉都没有。"大獾安慰鼹鼠,"等我们过了主干道,就可以休息一下了。"

因为蛤蟆越来越吃不消,动物们的步伐也拖沓起来。蛤蟆已经蹦不动了,只能一点点吃力地往前爬。"前面的,你们能不能走快一点?"蝰蛇现在成了后卫,他咝咝地喊着,"照这个速度,天亮了咱们也走不出住宅区。"

"蛤蟆已经尽力了!"长耳兔说,"咱们都走了这么远,小个子动物都快累趴下了。"

"我自己也快没力气了!"蝰蛇说,"可也不能这么慢呀,跟没走似的。"

狐狸和蛤蟆走在队伍前面。狐狸回头说:"蝰蛇,请你不要发牢骚了。关于行进速度的问题,你还记得我们出发前定下的规矩吗?"

"我真对不起大家。"蛤蟆吃力地说,"真的……我自己

走的时候……没有一次走过这么长的路……"

"我总让大獾背着,心里真不是滋味儿啊!"鼹鼠难过得都快哭了,"大家这么累了,我却什么忙都帮不上。哎哟,让我如何是好呀!"

大獾连忙说:"你好好待在我的背上,别硬逞能就是帮我们大忙了。"

"可是大獾哥,你瞧,现在你们走得慢多了,我准能跟上你们。"

"人家鼹鼠那么想自己走,我随时愿意跟他交换位置。"蜷蛇跟黄鼠狼嘀咕,"地面太硬了,再这么走下去,我身上的鳞片都要掉光喽。"

"蜷蛇,你开什么玩笑?大獾的背上你坐得住吗?"

蜷蛇一脸坏相地说:"我可以缠在他脖子上嘛。"

长耳兔听到他们的话,说:"你别总这么讨人嫌好不好?我真不明白你跟着我们走,对我们有什么好处。"

蜷蛇听后,立刻朝长耳兔龇了龇尖牙,长耳兔赶紧带着家人跑远了。

终于,动物们走过最后一个转弯。他们的前面,还有大概一百米就是主干道了。主干道对面是栅栏围起来的步兵营。只有绕过那里才能抵达旅途中第一片空旷的原野。

动物们在住宅区最后一段街道上行进,速度已经相当慢了。路两旁的房子对他们来说依旧存在危险,可是要不了几分钟就安全了。他们继续前进,走着走着,四点的钟声敲响了。

大家走到一半的时候，听到了猫头鹰呼呼的叫声，一转眼，又看到他朝大家飞了过来。

"谢天谢地。"他说着，落到狐狸身边，"我还以为你们迷路了。"

"没有，没遇到什么事。"狐狸回答，"蛤蟆每个路口都记得一清二楚，他真是个了不起的向导。就是这么硬的路，走起来实在太费劲了。"

"其他鸟已经找到落脚的地方，睡觉去了。"猫头鹰告诉狐狸，"你们最好也快点找个地方，白天的时候藏起来。再有一两个小时天就亮了。"

"你有好建议吗？"狐狸问，"你刚才正好有机会四处看了看吧？"

"就在步兵营的栅栏里边有一大片棘豆丛。"猫头鹰回答，"我建议你们到那里去，那儿很宽敞，你们都能藏得下。人类也从来没有到那个角落去过。我先过去，帮你们看看有没有往来的车辆。待会儿见。"

猫头鹰腾空而起，很快就消失在前方的黑暗之中。

动物们通过街道最后一段距离花了特别长的时间，比任何一段路都长。可是动物们终于还是一起抵达了主干道。他们在人行道上休息。猫头鹰站在路对面的栅栏上。

"现在没有车！"他朝路这边喊。

"听到了，猫头鹰！"狐狸回答，"我们让小动物先过去。长耳兔，你带好自己的家人，还有刺猬和棕兔也归你负责。过去后猫头鹰会告诉你们往哪边走。"

长耳兔带领着第一批动物，连蹦带跳地快速穿过宽阔的主干道，然后跟随猫头鹰钻过栅栏，走进棘豆丛。

狐狸站在人行道边，扫视左右两边，看看有没有汽车的车灯——还是没有车过来。

"快！田鼠和野鼠，该你们了。"他大声说，"黄鼠狼，你负责带他们过去好吗？尽量走快一点。"

第二组过马路的动物花的时间稍微长了一点儿，不过也安全地到达了主干道对面。猫头鹰棕毛儿已经又站回栅栏上，再一次引导动物走到棘豆丛。他们到那儿一看，很多小棕兔和刺猬已经睡熟了。

"非常好。咱们剩下的不多了。蝰蛇，请你带蜥蜴们过去。"狐狸发出了命令。蝰蛇动了一下眼睛表示同意，他已经没力气说话了。

第三批过马路的动物个子都很矮小，他们紧紧地贴着地面。天很黑，焦急的狐狸在他们走到一半的时候看不到他们了。狐狸继续观察主干道的两个方向，惊恐地发现，在左边很远的地方，有一个亮点。亮点很快就越变越大。

狐狸火急火燎地问："蝰蛇，你们过去了没有？有辆车过来了！"

"快了！快了！"蝰蛇没好气地说，"快嘛！快嘛！快一点呀！"狐狸听见蝰蛇催促蜥蜴的叫声。

猫头鹰飞到路边，看能不能帮上什么忙。蝰蛇和蜥蜴离路边还有几米远,车灯已经非常近了。那几只蜥蜴最后玩命一冲,朝猫头鹰蹿过去。可是蝰蛇,因为路面太平,没什么能让他使上力的地方,只好扭来扭去地向前拱,样子很不雅观。就在这个时候,刚刚爬上人行道的蜥蜴,还有猫头鹰和蝰蛇,全被照在了汽车前灯的光柱里。

"他跑不过去了。"狐狸惊恐地小声对大獾说,"肯定会被碾死的。"

可是,奇迹发生了——车灯向右一偏,照在了仍在等待过马路的动物们身上。然后,汽车向住宅区的街道拐过去,正好跟努力逃命的蝰蛇擦身而过。蝰蛇脱险了。

蜥蜴们聚在人行道边,关注着比他们个头大好多的爬行家族亲戚的命运。当蝰蛇的红眼睛一闪一闪,脑袋出现在人行道边的时候,大家都高兴得欢呼起来。

"太险了!吓死我了!"蝰蛇慢吞吞地说,朝着猫头鹰游动过去。

"算你走运。"猫头鹰面无表情地说,"现在赶快到这边来!那个人要来找我们了。"说着,他们就都钻进栅栏里不见了。

开车的人在住宅区街道旁停下车,那正是动物们之前走过的地方。刚才,车灯先是照到了猫头鹰和蝰蛇,蜥蜴太小了,他没有发现。后来,在车拐弯的时候,又照到了主干道对面的狐狸、大獾、鼹鼠、蛤蟆和几只松鼠。他觉得太不可思议了,于是赶紧停下车来看个究竟。

"快，咱们都冲过去！"狐狸催促大家，松鼠和大獾紧紧跟着他，在司机走过来之前都冲到了马路对面。

大家都安全了。这时，狐狸开始惊慌地四下寻找。"蛤蟆在哪儿呢？"动物们一起喊了起来，"咱们把蛤蟆给忘了！"

动物们回头一看，那个司机正弯下腰往人行道上看，然后他又抬头看看周围有什么动静。动物们大气不敢出。只见那人又弯下腰来，用脚在人行道上踢来踢去。

蛤蟆在体力最好的时候都逃不过人类的追赶，更何况现在这么累，根本跑不动。他感觉到那人的鞋头碰着他了，就朝路边蹭了几步。朋友们都已经安全到达了路对面，蛤蟆心想自己是彻底没指望了。那人的脚又朝蛤蟆踢来。可还没等蛤蟆明白是怎么回事，头顶上出现了一对毛茸茸的翅膀，接着传来一声惨叫。

狐狸来到他身边。"快！爬到我的尾巴上来！"狐狸压低声音说。蛤蟆抓紧了狐狸的粗尾巴，两只前蹼紧紧抱着，把自己慢慢拉到狐狸身上。狐狸一感到蛤蟆已经离开地面，片刻都没停留，马上飞奔过马路。只见蛤蟆失魂落魄地挂在狐狸身后。

猫头鹰棕毛儿用利爪在司机的头顶挠了一下子，爪子像耙子一样穿过那个人的头发。那人像疯了一样，胳膊往天上乱挥，打着了棕毛儿的后背。棕毛儿看到狐狸和蛤蟆已经脱离危险，便稳稳当当地飞了一个弧线，直到那个人再也看不到他。然后，他又飞回来，落在棘豆丛边的栅栏上。危险终于过去了。

棕毛儿往茂密的棘豆丛里一看，大多数动物都已默不作声，在昏暗中挤成一团。

"棕毛儿，谢谢你！"狐狸轻声说，"大伙儿都安全了。我们累惨了，谁都不想说话。"他说着也打了个哈欠，"藏在这里很好……哦，我太累了……我是不是唯一一个还没睡的？蛤蟆都睡着了。"

"狐狸，睡个好觉！"棕毛儿轻轻地说。

"你也一样。"狐狸轻轻地回答，"晚上见！"

棕毛儿慢慢地飞到别的鸟中间去了。这时候，天破晓了。远征的第一段旅程画上了圆满的句号。

第8章 宿营

穿越住宅区之后，不用说，鼹鼠最不觉得累。第二天夜色降临，他是第一个醒来的。趁着天还没黑，他看看身边的伙伴有谁醒来了可以聊聊天。可是大家都还在呼呼大睡，均匀地呼吸着，身子一起一伏，连白天来往的车辆和路过的行人都丝毫没有打扰到这轻柔的节奏。

天仍旧没有下雨，鼹鼠好奇地闻了闻，空气还是那么干燥憋闷。他肚子饿得要命，琢磨着是不是要挖点蚯蚓吃。大獾也许有别的点子，等大家醒来，每个人都会想吃东西的。

头天晚上，大家实在太累了，顾不上填饱肚子的事。这么长时间以来，好多动物都没好好吃东西，肚子一定饿得不舒服了。鼹鼠又把同伴们一个个看了一遍，还是没有醒来的样子。他心想，他们又没起来，就算自己去挖一两条，也许三四条蚯蚓也不会怎么样，起码能消磨消磨时间。

他钻出棘豆丛。"哟！我的老天爷！"他大喊，"哪儿来这么多好吃的呀?"

原来在离他几英寸远的地方,地上挖了一个不深的土坑,里面都是密密麻麻的虫子、蚯蚓和肥肥嫩嫩的蛆。鼹鼠正饿得两眼冒金星,这下可好,多大的诱惑啊!他朝着大餐一头冲过去。

"哦!是你呀!"鼹鼠听到头顶有谁在说话,抬眼一看,原来是小鹰和猫头鹰棕毛儿并肩站在冬青树枝上。

"我……我就想先尝尝。"鼹鼠有点心虚,连忙解释。

"没关系!敞开肚皮吃吧!趁你们睡觉的时候我们捉来的,连雉鸡都帮忙了。"

雉鸡在树下说:"当然有我一份力啦。"他和太太正在梳洗打扮,"鼹鼠,你不知道吧,那些蛆都是我找到的。"

"是吗?太谢谢你了,雉鸡!"鼹鼠客气地说,"我能开始吃了吗?"

"吃吧,吃吧!"猫头鹰说,"他们呢?"

"还睡懒觉呢。"鼹鼠说着,挑了一条蚯蚓吃起来。

不过,他们的讲话声吵醒了睡觉的动物。棘豆丛里传出窸窸窣窣的声音,没一会儿,大獾从灌木丛伸出嘴巴。他还是老习惯,机警地嗅嗅周围,看有没有陌生的气味儿,然后才放心大胆地走到空地上来。

"大獾哥,你好哇!"鼹鼠喊他,"快来尝尝这些蚯蚓吧。味道棒极了!我都不记得上次吃这么美味的东西是啥时候了……"

"悠着点,悠着点!"大獾半开玩笑似的责备鼹鼠,"可别都吃光了哟。我知道你一见到蚯蚓就不要命了!"

"是我让他先吃的。"猫头鹰说,"我看他饿得都受不了啦。"

"就是嘛。"鼹鼠的嘴塞得鼓鼓的。

"猫头鹰,你真是太好了,给大家准备了这些吃的。"大獾称赞道,"我想还是应该把他们都叫起来,这样大家都能公平地得到一份。"

鼹鼠不再狼吞虎咽,脸上露出惭愧的表情。他难为情地说:"我说大獾哥,你看我没吃太多吧?"

大獾低头看看鼹鼠从土坑里划拉到面前的一大堆虫子,和气地说:"没事,没事。还够大家吃的。"说完,他缓缓地走回棘豆丛,里面立刻传出高高低低的说话声。

其他动物一个接一个从灌木丛中钻出来,见到食物都开心地欢呼起来。蛤蟆最后一个出来,走路的样子还是不太灵活。他说:"我还是很累,可填饱肚子要紧。猫头鹰,是你救了我的命,我真不知道怎么感谢你才好!昨天我们大家都累得没有力气,我没机会谢谢你。可是我心里真的非常感激。要是没有你和狐狸的话……"

"嗨,不算什么。"猫头鹰棕毛儿有点不好意思,爪子在树枝上踩来踩去,"咱们的公约上不就是这样说的吗?"

"可我还是要说,我当时真的以为自己完蛋了!"蛤蟆说,"那个人用靴子踢我的时候,我心想跑是跑不掉了。我还马上想到,要是我完了,那我的朋友们也完了。我当时真是心如刀绞。"

"好了,好了。"猫头鹰点点头,"我帮了你,真的很高兴。现在来吧,蛤蟆,赶紧填饱肚子!"

在大獾的指挥下,大多数动物都吃得饱饱的,并且还剩下一些食物。可是长耳兔一家,还有棕兔、松鼠和野鼠都没吃,因为他们不吃昆虫和蚯蚓之类的东西。可他们也饿得饥肠辘辘的,所以要自己去找食物。

兔子和老鼠们出发之前,大獾跟狐狸商议了一下。大家决定等他们吃好回来后召开一个小组会议,议题是商量今后的吃饭问题。因为看情形,每种动物的口味都不大一样。

到了最后,只剩鼹鼠还在吃。别的动物都肚皮鼓鼓地躺在地上,心满意足,等待兔子和老鼠们回来。鼹鼠这个家伙眉开眼笑,小尖脸上露出一副幸福陶醉的模样。他不光狼吞虎咽地吃着自己面前那堆虫子,还看别的动物剩下了什么。

终于,他抬起头来问:"猫头鹰,这么好吃的虫子,你从哪儿找到的呀?你知道吗,我自认为是了不起的美食家,可还从来没吃过这么好吃的蚯蚓。"

"哦?是雉鸡和小鹰他们找的。"猫头鹰冷冷地回答。

"这个不难。"小鹰说,"我们到沼泽那边去了一趟,那里多着呢。可要是这几天还不下雨的话,沼泽就会全部变干了。现在已经有很大一片都干掉了。"

鼹鼠的脸上露出一丝贪婪的神色,可他很快就假装漫不经心的样子小声问:"那个……嗯……沼泽离这儿远吗?"

小鹰说:"对我们来说是不远,可我说不好你走到那儿得花多长时间。"

鼹鼠瞄了大獾一眼。大獾看到了,就说:"我们可没时间啊,还要继续赶路。"

"咱们就……就去看一眼都不行吗?"鼹鼠很失望,可怜巴巴地央求道。

"看情况吧,"大獾说,"我想,狐狸是不会同意的。"

狐狸在斜阳下迷迷糊糊地打盹,对周围的事情毫无知觉。他就这样一直睡到觅食的动物们回来。

他们刚回来,天也要黑了。狐狸抓紧时间在棘豆丛里召集各小队长开会。

"嗯,各位,"大獾开口道,"大家先前委任我负责后勤,统一指挥觅食工作,现在看来行不通了。"

"大獾,我觉得有必要修改一下。"棕兔小队长说。他当了这个官儿,觉得责任蛮大的,头脑有些发热。"你知道,那些食物对你们吃肉和虫子的动物来说还行。可是我们觉得蚯蚓和肉乎乎的爬虫太恶心了。"

"我们松鼠喜欢吃坚果类的食物。"松鼠分队的发言人说,"还有,我们不习惯在地上吃东西和睡觉。我们真的只有在树上才能找到回家的感觉,才觉得没有什么危险。"

大獾提醒他们:"个人要服从集体,要以大局特别是以大家的生命安全为重。我们离开法辛林的时候就说好了的,大家一定要遵守公约，否则全体动物就不能安全抵达目的地了。"

"大獾，那在旅途中大家都吃青草吧？"棕兔提议，"青草哪儿都找得到，用不着走很远的路找吃的。我看这个办法简单可行。"

"不行，不行，不行。"大獾摇着黑一道白一道的脑袋，不太高兴，"那会让我和别的食肉动物得胃病的。不管怎么说，食物问题倒不是我现在最关心的。我想的是接下来的路该如何走，在什么地方休息。我们一定要团结，大家抱成团儿才会安全。"

狐狸开始发言："食物问题恐怕只有一个解决方案。为了吃得健康，吃得舒服，我们应该按照各自的饮食习惯，也就是说，喜欢吃什么就吃什么。否则，说不好会有多少同伴在路上病倒。"

"狐狸老弟，你有何建议？"大獾问。

"我是这么想的，每天我们行程结束的时候，分小组外出觅食。比方说，吃草的动物一组，松鼠一组，我们吃肉的动物一起或者单独去猎食，鸟儿朋友自由活动。但是有一点大家必须达成一致，那就是觅食的时间。每个动物应该是一样的。每天行程结束的时候，我们商议当天觅食的时间。这样一来，大家伙儿就能差不多同时回到既定的休息地点。"

动物们一致同意这是最好的方案。

"现在来讨论第二个非常重要的议题，"蛤蟆说，"那就是我们每天前进的速度和距离。"

大獾有些不明白："你觉得我们现在还没估算好这些吗？"

"当然没有啦。我提出这个问题，就是因为我们原先的设想是大家都尽量放慢脚步，让那些走路最慢的动物都能跟得上。可实际上了路，这样就行不通了。"

刚一听这话，鼹鼠是最不自在的，他觉得蛤蟆肯定是暗示他在路上享受的特殊待遇。后来他发现蛤蟆并没有这个意思，就松了一口气。

"昨晚穿越住宅区之后，我们都累惨了。"蛤蟆接着说，"就是因为对走路慢的动物来说，好比我和蜥蜴吧，一天的行程太长了。还有，你们个头大、走得快的动物，像狐狸、长耳兔和黄鼠狼，为了等走得慢的动物，要故意把速度拖得很慢，那也相当容易疲劳。咱们得想个更好的办法。"

"在这方面我可以贡献一点，"蜥蜴小队长说，"我们蜥蜴已经决定留在步兵营了。这对我们，对全体远征队来说都是最好的出路。"

蛤蟆点头表示同意，可是别的动物都很吃惊。"别傻了，"大獾静静地说，"总能想出办法解决问题，我们不能把你们留在这儿。而且，你们走得也真的不比蝰蛇慢。他还跟着我们往前走呢，是不是，蝰蛇？"

"哎，是的。"蝰蛇模棱两可地说。他心里还非常惦记那些食用青蛙，却又不好明说，"我是想，既然都走到这儿了，那就走到底吧。"

"情况就是这样。"蜥蜴继续说，"路程对我们来说可能实在太长了。尤其经过昨晚的急行军后,我们已经不敢想往后好几个星期,甚至好几个月每天都要这么辛苦地跋涉。我们知道自己会成为大家的累赘。"

"蜥蜴,我认为你们的决定非常明智。"蛤蟆说,"白鹿公园那边有的,你们在这里也都能找到。小鹰也说过,人类从不在步兵营这个角落有什么活动。你们在这儿跟在自然保护区里没什么两样。他们不会在这里大兴土木的。"

"我们就是这么想的。"蜥蜴说。可大獾看上去似乎还想

说服他们改变主意。于是蜥蜴转过身说:"大貛,你心地真好。可是我知道,你内心深处也明白我们做出了正确的选择。"

大貛垂下头,轻轻地点了点头。"好吧,我想你说的对。"他同意了,"没有别的动物也要留下吧?"

看来没有其他动物想打退堂鼓了。

"那好,"狐狸说,"现在,我建议,为了让大家从第一段旅行的疲惫中完全调整过来,我们在这个宿营地再待上一天。等体力恢复了,再按蛤蟆的意见,决定接下来如何前进。有人反对吗?"

没有动物回答,会议结束了。由于蜥蜴意外退出的小插曲,今后行进速度的计划没能确定。

动物们在棘豆丛里待到天黑透了。之后,有些动物开始向小鹰和猫头鹰打听沼泽饮水处的情况。最后大家决定,再睡上一小觉,然后由猫头鹰带大家去喝水。

雉鸡和太太还有小鹰回到头天他们栖息的地方,别的动物则找到舒服的安乐窝。鼹鼠给自己挖了一条短短的地道,他说这样才能睡安稳。松鼠们爬到一株矮橡树上。

夜晚降临,猫头鹰就精神抖擞了。在黑暗中,他觉得轻松自在,落在栅栏上休息。狐狸和大貛也都是夜猫子,他们很愿意跟猫头鹰待一会儿,因为他们个个心事重重,无法入睡。

几个伙伴坐在那儿,有一阵子谁都不说话。最后,还是狐狸打破了沉寂,他仿佛把三个人心里想的都说出来了:"我担心啊,不知道咱们走到目的地的把握有多大?"

"是啊,"大獾说,"你知道,假如我们千小心万小心还是有不测的话……"

"我发愁的是蛤蟆,"狐狸继续说,一阵轻盈的微风拂过他的毛,"真是什么都要看他的了,可他这一上路就已经累垮了。"

"他走过这段路。"大獾说。

"正因为如此,"狐狸摇摇头说,"连续两次长途跋涉,对他来说实在吃不消。我提议在这儿多歇上一天,说实在的,其实是在替他着想。"

"他不能再步行了。"大獾说,"得有谁背着他走,就像鼹鼠一样。"

"我也这么想。"狐狸说,"我很乐意背着他走。他上次走这段路的时候,只要把自己管好就行了。他可以按自己的速度前进,根据自己的情况量力而行。但这一次肩负的责任要大多了。"

"唉,好了,狐狸,我们才刚刚上路呢。"猫头鹰说,"这么悲观,可不像你啊。"

"我不过是现实一些罢了。"狐狸直截了当地回答,"不过猫头鹰,你说得对,"他又说,"我们要看到光明的一面……另外,还是要多加小心。"

他们又在那里坐了几分钟,深深地呼吸着微风送来的清凉。然后,狐狸和大獾也跟别的动物一起睡觉去了。

动物远征队

猫头鹰无声无息地在树林间飞翔，陶醉在宁静和黑暗带来的自由畅快中，这样过了好一阵子。他有时候踌躇满志地呼呼叫上几声，就像从前在没有遭到破坏的法辛林那样。后来，猫头鹰觉着动物们该睡够了，就从高高的榆树杈上优雅地俯冲而下，在半空划过一道弧线，落在棘豆丛中。他呼呼叫了两声，宣布："谁要是想喝水的话，现在该走了！"

他的话音刚落，立刻感觉脚下地震了。大地颤抖着，眼看着就裂开了。猫头鹰吃惊地拍拍翅膀飞起来，发现就在他刚刚站过的地方，鼹鼠的头从地洞冒了出来。

"猫头鹰，晚上好呀！"鼹鼠说，"我睡了个好觉，把刚才吃的蚯蚓都消化光了。"

"你的胃真是好得没话说。"猫头鹰冷淡地回答。他刚才在鼹鼠面前慌了手脚，觉得有点丢脸。因为在他心目中鼹鼠可比自己差远了。

"是呢，是呢！"鼹鼠喜滋滋地说，"现在再来一顿大餐也不在话下，多一倍也没啥问题。哈哈，快到沼泽去吧，我都等不及啦。大獾哥呢？"

猫头鹰干巴巴地说："就在你身后。"

鼹鼠往旁边轻轻一跳，说："嘿……大獾哥，你好啊！"

"你好啊，鼹鼠，现在猫头鹰带我们喝水去，可不是去挖蚯蚓的。"大獾说。

鼹鼠一听就蔫儿了，声音小小地说："没想到我们说的你都听到啦。"

好心的大獾又心软了。"行吧，也许我们有时间找一两条蚯蚓。"他说完，转过身子，大声喊，"伙伴们，起床了！猫头鹰等着大家呢。"

动物们集合好队伍，你一言我一语地谈论着有关干旱和旅途中如何找水的问题。蛤蟆还是没休息好，不想跟大家去。蝰蛇对头天晚上在游泳池吃的苦头心有余悸，所以也不想加入喝水的行列。

因此，这一次动物们行进的速度快多了。猫头鹰飞在前面带路，拍着翅膀，像灰色的幽灵一样。

他们穿过干燥的树丛和草地。每一片草和叶子都耷拉着脑袋，好像也渴得要命。草茎又干又脆，看上去跟干草差不多。所有的植物，包括树上零零落落的叶子都布满尘土，看上去愁眉苦脸的。

鼹鼠紧紧抓着大獾后背的毛，一心只惦记着到了沼泽马上又能大吃一顿了。

动物们脚下的土地非常坚硬，空气似乎吸收了白天骄阳的酷热，尽管有丝丝微风吹过，依然感觉不到一丝凉意。他们一声不响地走了一会儿，土地变得有点弹性了，好像踩在海绵上一般。看到路边越来越多的一蓬蓬干枯的芦苇，动物们知道已经来到沼泽附近了，只不过这里已经干涸。他们迈步的时候开始小心起来。

狐狸一直走在队前，他看到猫头鹰飞到远远的地方停下来。这附近没有树，猫头鹰只能落在摇来晃去的芦苇丛上。动物们走到他身边的时候，他说："我不能往前飞了。前面就是水了。小心脚下。这儿的地非常软。"

狐狸点点头，继续慢慢向前走，每走一步都小心地抬起爪子，轻轻试探脚下的地面是不是牢靠。动物们以这样的速度向前走了二十米。狐狸朝身后喊："我现在能看到水了，你们都别动，我探出一条安全的路来。"

动物们屏住呼吸，盯着狐狸队长栗色的身影向前移动，一步一步慢慢走着。大约走了三十步，他们看见狐狸停下来，垂下头。接着见他转过身，朝后面喊："没事了，你们照直走过来吧，排成单行，不要跑。你们会很安全的。水是凉的，就是非常苦。"他补充了一句。

动物们一个跟着一个朝前走，小心地踩着狐狸刚刚走过的路。鼹鼠从大獾后背溜下来，自告奋勇为大家殿后。

他等其他动物都走过去了，趁狐狸和大獾看不见时，擅自行动了。他的眼睛不大好使，只能模模糊糊看见狐狸在水边指挥大家喝水，大獾跟其他动物一起排队。鼹鼠倒退了几步，感到脚下的土软乎乎的，下面一定大有收获。于是他立即开挖，急不可耐地想要解解馋。

蚯蚓！鼹鼠一个劲儿地挖啊挖，除了肥嘟嘟、水灵灵的蚯蚓，别的什么都顾不上了。他一点都没留意，洞越挖越深，泥汤也咕嘟咕嘟地渗进来。鼹鼠只管高兴了，早就忘记他正身处危险的沼泽地。

其他动物终于全都喝完了水，回到干地上集合。大家都觉得舒爽多了。狐狸看了一圈，清点人数。

"大家都齐了吗？"大獾问。

"不是。"狐狸的脸紧绷了起来，"鼹鼠不在，他一定是去挖蚯蚓了。"

"对。我刚才看见他打洞了。"猫头鹰飞过来说。

"你早该说的。"狐狸不客气地说，"现在要把他弄上来可要费好大劲儿了。"

"大獾说他可以去的，我就想，用不着跟谁汇报了。"猫头鹰理直气壮地回答。

狐狸吃惊地看着大獾。

"是这么回事，出发前，我是跟鼹鼠说过有时间的话，他可以去找几条蚯蚓吃。"大獾解释说，"但是他怎么都该等合适的时机啊。我也不知道会发生这样的事。"

狐狸摇摇头说："我说大獾啊，你的心肠也太软了吧。鼹鼠已经吃得够多的了。"

"真是抱歉，"大獾说，"可是狐狸老弟，你知道鼹鼠多会装可怜呀。"

"是呀，是呀。"狐狸无可奈何地点点头，"我也跟你一样对他好。可他有点太贪得无厌了。不管怎么说，咱们别再浪费时间了。猫头鹰，他在哪儿打的洞？"

猫头鹰飞到那个地方，伸出脚点点地上，翅膀努力地扑扇着保持平衡。

"黄鼠狼,你带大家回去好吗?"狐狸问道,"大獾和我一找到鼹鼠就赶上来。要是我们都走了,让鼹鼠自己独自回营地,倒是能给他个教训,可那样的话也许就再也见不到他了。"

黄鼠狼奉命率领动物们朝第一晚宿营的方向走去。

"这个洞里除了水,好像什么都没有哇。"狐狸仔细地观察着地面,"猫头鹰,你肯定是这里吗?"

"错不了。我清清楚楚地看见他从这儿下去的。"

"这样的话,他恐怕就被淹死啦!"狐狸着急地说,"大獾,快!咱们赶紧在旁边再挖一个洞,看看能不能找到他。"

他俩开始拼命地刨开湿黏的泥土,可是刚挖到六英寸深的地方,水就一下把洞给灌满了。他们又挖了三个洞,结果都是一样。

"这可没招儿了,"狐狸说话的时候都不敢看大獾的脸,"他一定已经淹死了。"

"哦,不!一定不会的!"猫头鹰喊着,他觉得都是自己的错,"他准是往旁边挖了个岔道,钻到什么地方去了。我肯定过不了多会儿他就冒出来了。"

这时候,远处树林里有道红光吸引了他们的注意力。"那是什么东西?"大獾嘀咕了一句,又低下头接着挖起来。

猫头鹰站在芦苇梢上问:"大声喊喊他,会不会管用呢?"

"没用的,"狐狸说,"我们在地面,声音他听不到。他应该更容易感觉到震动。要是他觉出来我们的话,早该钻出来了。我恐怕不抱多大希望了。"

"也许他还吃着呢?"大獾绝望地说,"你们知道,他那个胃口……"

"嘘……"狐狸小声说,"你们听!"

远处传来什么声音,纷乱嘈杂,先是低沉的,后来越来越响亮。狐狸和大獾你看看我,我看看你,也惊慌得愣住了。他们看见的那道红光起先摇曳着,然后呼的一下蹿起老高。

突然,他们看到黄鼠狼朝他们飞跑过来,后面紧跟着长耳兔和棕兔。

"着火啦!"只听黄鼠狼边跑边喊,"逃命啊!着火啦!着火啦!"

第9章　着火啦

狐狸的第一个反应是转身就跑,因为跟所有动物一样,他也很怕火。狐狸知道,火转瞬间就能吞噬一切。火到之处,什么都逃不掉被烧光的命运。狐狸还知道,什么地方着火了,马上就会出现很多人类。他们会用样子奇怪的恐怖机器,在树林里大喊大叫,横冲直撞。但是狐狸没有跑,强烈的责任感又回到他身上,他勇敢地克服了逃命的念头。

狐狸看到黄鼠狼惊慌失措地跑过身边,就威严地大声喝道:"站住!看你都快冲进沼泽里去了!"

黄鼠狼险些一头扎进水里,他听话地转过身向队长走来。棕兔和长耳兔一家也跟在他后面。

"我真糊涂,"黄鼠狼清醒了,他说,"我们刚才都吓晕了。"

"别的动物呢?"狐狸望着远处跳跃的火光,干脆地说,"我们没时间多说了!"

"他们跟在后头呢，"黄鼠狼说，"我们快走到营地的时候发现着火了。蝰蛇和蛤蟆正朝我们跑过来。他们都以自己最快的速度跑呢，还朝我们喊，让我们按原路逃命。"

狐狸大叫："天哪，蛤蟆！他哪儿能跑得过火呀。草很干，火势一下就会蔓延开的。树、灌木什么的都会着起来。他一转眼就会被火吞没。我要回去救他，不然就来不及了。"

这时，小鹰和雉鸡两口子飞到猫头鹰身边落下。"其他动物很快就到这里了。"小鹰报告，"松鼠、刺猬早就跑出着火的地方了，田鼠他们也在后边不远。"

狐狸急得喊道："那蛤蟆呢？"

"他都使出最大的劲儿了。蝰蛇要帮他来着，可蛤蟆对蝰蛇说让他自己先逃命。我觉得要是没人帮蛤蟆一把的话……"

狐狸果断地说："我现在就回去救他。大獾，我不在的时候，你全权负责这里的事情。你要带领大家沿着沼泽的外围绕过去。到了沼泽那一边可能就安全了，这边的沼泽湿地或许能阻挡大火蔓延。无论如何，这是我们唯一的出路。你等其他动物到齐了一起走。蛤蟆和我会尽快追上的。猫头鹰，请你在天上帮他们看路，千万不要走到水里去。大獾，你走前面，每一步都要格外小心——这里非常危险。但你们还是尽可能走快一点。好了！松鼠和刺猬他们过来了。但愿大家都平安无事！再见！"

狐狸迎着火焰的方向飞奔而去，其他动物紧张地围在大獾和猫头鹰身边，刺猬和松鼠跑了过来。

"野鼠和田鼠他们还有多远？"大獾问。

"马上就到了。"一只老刺猬喘着粗气说。

"你看见蝰蛇和蛤蟆了吗？"

"没有呢。"

"我们一定要等到蝰蛇，"大獾说，"狐狸去救蛤蟆了。"

猫头鹰说："我觉得不应该在这里傻等，不能为了一个成员置全体动物的安危不顾。我们都不清楚蝰蛇离我们到底还有多远。"

大獾坚持说："等野鼠他们到了，我们问一下。"

树林间的火光愈加明亮，动物们能听得到火焰燃烧时的噼啪声。天空笼罩在浓烟之中，在黑暗里，树林那边火光冲天。

没过多久，野鼠和田鼠挤成一团，争先恐后地惊叫着冲进大家的视线。他们报告说，没有看到蝰蛇。

猫头鹰又说："不能再等了。"

大獾说："咱们数二百下心跳。如果他还不来，咱们就走。"

大火就在眼前，动物们都害怕极了，这样的情形下，心跳比平时快好几倍。大獾数着自己怦怦的心跳，发现根本没法数清楚。动物们乱成了一锅粥。大獾强迫自己一动不动。大家也都不敢擅自行动，因为眼前就是危机四伏的沼泽。他们都觉得此时是前后夹击，身后是燃烧的大火，前方是吉凶未卜的沼泽地。

这段等待的时间真是让人心急如焚，好在终于等到了结果。小鹰在黑暗中发现了蝰蛇急火火、红通通的眼睛。不一会儿他也跟大队人马会合了。

大獾发出了命令："猫头鹰，现在出发吧！"猫头鹰带领鸟儿们飞上天空，地面上的动物跟在大獾后面，以急行军的速度前进。

大獾朝天上喊："绕着水边走！小鹰看得清路。"

猫头鹰在离地面十二英尺高的半空飞着，向地面的动物发出指示。动物们听了他的话，闷着头向前跑。大獾一丝不苟地听从猫头鹰的指挥，不声不响，带着他的队员走过弯弯曲曲的道路。他们要避开地上的凹洞和堆积了厚厚淤泥的芦苇丛，每次朝前迈一步，或是深深地吸一口气，动物们都知道，他们离火焰又远了一点。大獾和其他大个子动物每走一段就停下来等蝰蛇、野鼠和田鼠他们跟上来，然后又继续往前跑。黄鼠狼殿

后，负责前面队员的安全。他不断地鼓励跑得慢的动物，还不时留意狐狸队长有没有赶上来。

大约走了半个小时，他们来到沼泽这一边的尽头，转过长长的弯儿，就到沼泽对面了。那就是狐狸所希望的安全地方。年幼的动物已经精疲力竭了，而其他动物也是骨头都跑酸了。

"猫头鹰！"大獾向天上喊，"我们要停下来稍微休息一会儿，小家伙们已经喘不上气来了。"

鸟儿们落下来，其他动物也都瘫软在地上，身子剧烈地起伏，嗓子眼跟冒火一样。他们呼吸的时候声音嘶哑，身子也跟着瑟瑟发抖，累得眼泪汪汪的。

动物们看到远方熊熊燃烧的大火。他们这里的地势高一些，可以观察到火势蔓延的情况。就在他们眺望的时候，大火好像又要朝他们扑过来似的。

"爸爸，咱们还能再见到狐狸队长吗？"一只小兔子怯生生地问。

长耳兔爸爸低下头，微笑着说："当然会啦，宝贝。"他温柔地安慰着小兔子，"狐狸队长很快就回来了，你等着瞧吧。"

狐狸向着棘豆丛营地和火焰飞奔的时候，已经下定决心把一切杂念抛在脑后。他不停地提醒自己，心里只能想着蛤蟆，想着怎么把蛤蟆救出来，这也是救大伙儿呀。要是没有蛤蟆，他们不就真的迷路了吗？

前方火焰越来越高，燃烧的声音越来越大，空气就像烤炉一般，带着烧焦的味道。还是不见蛤蟆的影子。

狐狸大声喊起来："蛤蟆！蛤蟆！你在哪儿啊？"他提高了嗓门，好压过树枝噼里啪啦的声音，使出吃奶的力气大声喊："蛤蟆！"

狐狸飞快地往前跑，他不敢看眼前闪过的可怕景象。他知道只要看上一眼，自己就会吓得跑不动了。可他还是能听到树枝烧断时的咔嚓声，有时候甚至能听见整棵树倒下来的声音。贪婪的火苗发出轰轰的声响，让狐狸心惊胆战。终于，再也不能往前跑了。狐狸也害怕了，觉得到了这儿只能转身往回跑，回到安全的地方和伙伴们在一起。

就在这时，"咕儿呱！"他听到一声绝望的惨叫。"狐狸！是你回来了吗？我在这儿呢！"

只见蛤蟆端坐在棘豆丛里一动不动。

"你在那儿干吗呢？"狐狸的嘴唇都裂了，小声问，"快出来呀，火马上就烧过来了。"

"我以为我又完蛋啦。"蛤蟆回答，"我知道我走得太慢了，根本就不可能走到安全的地方。所以我就在这儿听天由命了。"

蛤蟆说这话的时候，火舌正呼呼响着朝他们卷来。正好有阵风，火势更加猖狂了，狰狞着扫过地面的一切。棘豆丛像篝火一般轰地着了起来，蛤蟆蹿起老高。火焰狂舞，忽明忽暗，一下把黑夜照得通明，一下又黯淡下来。

现在他们听到远处传来救火车的警笛声和人的喊叫声。狐狸低下头，把蛤蟆轻轻地含在嘴里。然后他转身三步并作两步，飞奔起来，穿过干枯的草木向朋友们跑去。

狐狸中间只停下一次，把蛤蟆放了下来，让他爬到自己的背上。然后，他们向沼泽一路狂奔，耳边还响着火焰可怕的轰轰声。

在朋友们逃命的时候，倒霉的鼹鼠还不知道大火眼看就要烧过来了。他的肚子好像总也填不饱，就这样一直挖呀挖呀，越挖越深。沼泽地的泥土里蚯蚓多得说不清，鼹鼠敞开肚皮吃得不亦乐乎。后来，他先是觉得脚湿了，最后连毛也湿了。鼹鼠这才发现身边都是水。原来是他挖的洞被水灌满了。鼹鼠想着要是往回走，一准儿会被淹死。于是他不敢再往下挖了，而是横着打了一个洞，大概挖了十二英寸远，再朝上挖去。

返回地面的路似乎特别漫长。鼹鼠都没想到，原来自己在饥肠辘辘的时候，挖了这么深的一个洞。他越是往上爬，越是感到热。鼹鼠心想，一定是因为爬得太卖力了。可是他又觉得这不是一般的热，连泥土都烤得慌了。他很快就发现热得吃不消了——脚都没法着地，像烧烤炉似的。鼹鼠赶紧往后退，向下出溜了一点儿。他现在是进退两难，头顶是滚烫的泥土，脚下是凉凉的水。

大獾一伙儿休息了几分钟,等大家都喘过气来,又在猫头鹰的带领下迈着均匀的步伐前进。这一段距离不再那么漫长了,没多久他们就走到了沼泽的另一边。

他们望着沼泽对面的大火,那里似乎离他们很远,他们眼下没有危险了。浑浊的水面倒映着熊熊的火焰,忽明忽暗。

一只小野鼠看见了就尖声大叫:"看,看!水里也着火了!"

他妈妈轻轻地安慰道:"那不过是火的倒影呀。"

"俗话说,水火不相容。"大獾也和气地告诉小野鼠,"水是火的敌人。你知道吗,人类就是用水来扑灭大火的。我们现在安全了。狐狸可真聪明。"

"大獾,大火烧到水边来的时候,会怎么样呢?"一只小松鼠问。

"火就会自己熄灭了,"大獾回答,"水把它制伏了。就像你口干舌燥的时候,水一喝下去就没事了。"

动物们全放心了。他们像对狐狸那样,信任和尊敬大獾。大家都相信现在肯定安全了,就都躺了下来,小动物依偎在自己的妈妈身边。

猫头鹰站在一根矮树权上,大獾朝他喊:"请你到沼泽那边飞一趟好吗?看看能不能找到狐狸和蛤蟆。没有他们平安无事的消息,我就睡不着觉。"大獾的话中露出一丝不安。

"大獾,我要是你的话肯定不担心,"猫头鹰安慰说,

"狐狸能照顾好自己。"

"不错,可万一他找不到蛤蟆呢?"

"好吧,我去看看,只要能让你放心……"猫头鹰拍拍翅膀从树杈上飞起来,消失在沼泽的水面上。大獾凝视着猫头鹰的身影,一直到融进黑夜之中再也看不清了。

大獾觉得有谁拉了拉他的毛,原来是长耳兔。

他问大獾:"要是狐狸来不及救出蛤蟆……那以后该怎么办?"

"我也不知道。"大獾说,"咱们没法走回头路。不用急,狐狸一定能想出办法来。"

猫头鹰刚走没多久,大獾和长耳兔还注视着沼泽的时候,就看到他灰色的身影又回来了。

"他们都好着呢!"猫头鹰大喊,叫声中透着一股高兴劲儿,"他俩都没事!"

大獾长长地舒了一口气:"谢啦,猫头鹰!谢谢你帮我们打探消息。"

"别客气,我跟你们一样高兴。"猫头鹰说,"狐狸看上去很累,可他还是铆足劲儿往前赶。他刚刚转过弯,正朝这边来呢。他累得说不出话,可是蛤蟆一路狂喊,他提醒我们说,要小心人类!来了很多人。"

"蛤蟆是骑在狐狸背上的吧?"大獾估计。

猫头鹰点点头。长耳兔这时突然想到一件事。

"不知道鼹鼠那个可怜鬼怎样了?"他说。

就在朋友们惦念他的同时，咱们的鼹鼠当然也想着朋友们。他好不后悔，自己怎么就那么馋，陷入这样危险的境地。

"他们喊我的时候，我都听见了，怎么就没有回答呢。"他号啕痛哭，地道里很不舒服，"喔，大獾哥，要是我能从这里出去，我保证再也不因为贪吃乱跑了！我对天发誓！哦，天哪，我还能再见到大獾吗？还有狐狸队长？"他心里越是想大家，就越是觉得自己悲惨无助。

他想到了地面上一定有什么危险，可是他不知道究竟发生了什么，也不知道狐狸和大獾还有别的动物是不是已经逃走了。想到这儿，他忽然意识到动物们大概已经跑到几英里外，不要他了，只丢下他一个，没人管他了！他怎么办呀？想到这里，鼹鼠又放声大哭。他害怕极了，悲伤地哭啊哭啊，后来哭着哭着就睡着了。

不知道睡了多长时间，鼹鼠被头顶重重的脚步声吵醒了。那是很多双脚，而且不是动物的脚步声。他感觉到了新的危险，打了个冷战，因为他知道了地面上肯定是人类在活动。

喧哗的声音过去了，震动也小了很多。鼹鼠拿定主意，要想再跟伙伴们会合，现在正是行动的大好机会。他小心翼翼地一点点往上爬。爪子摸到的泥土还是烫烫的，可是他不管，还是继续爬着。鼹鼠很快就觉得经过了先前折返的地方。又爬了一会儿，泥土变得潮湿起来，也凉了一点。他更使劲儿地往上爬，又发现了新的感觉。他闻到烧焦的味儿，有点刺鼻，还带着焦炭的气味。这时鼹鼠的爪子冲破了地面,他扭着身子从洞里钻了出来。他简直不敢相信自己的眼睛。

天亮了。出现在鼹鼠眼前的是一片凄惨的景象,到处都黑糊糊的。大地、青草、灌木、矮树,全都烧成了灰烬。一些树的下半截儿已经烧成了炭,没有树叶和枝丫,像骷髅一样戳在那儿。而大树则逃过了凶猛的火焰,只是靠近地面的树枝和树叶烧光了。可就连它们看上去也跟残兵败将似的,树干上留下了抹不掉的伤痕。烧焦的地面湿乎乎的,有的地方还冒着烟。

鼹鼠恍然大悟,原来这里经受了一场残酷的大火!人类用水把火扑灭了。他想,伙伴们一定都烧死了,他们不可能在这场灾难中生还。

"妈呀!把我也烧死算了!"鼹鼠悲痛欲绝,"我自己什么都干不成。我能上哪儿去呀?啊,我可怜的大獾哥!"他一头栽倒在灰烬里,头伏在爪子上,哇哇大哭。

鼹鼠的眼神不大好,他没看见,尽管人类用水和灭火器材

控制住了大部分火势,可在不远的地方,沼泽那边,大火还在熊熊燃烧。与此同时,他的动物朋友们,包括赶上大部队的狐狸和蛤蟆,虽然没有烧死,却陷入了更大的危险之中。

第10章 不期而遇

鼹鼠万念俱灰地躺在那儿,哭得天昏地暗,披着丝绒般光滑皮毛的小身子抽动着,根本没发现有个人正盯着他看呢。一个消防员留下来巡查,确保那些还通红的灰烬没有燃起余火。现在他走到鼹鼠刚才挖蚯蚓的那个洞边,惊讶地发现那么凶猛的大火之后,竟然还有野生动物活着。他弯下腰看那个小东西是不是真的还有气儿,发现鼹鼠的确还在呼吸。消防员又看到旁边鼹鼠刚刚钻出来的洞,他就明白了,原来鼹鼠是因为躲在地下才逃过一劫。他小心地伸出一只手,发现鼹鼠并没有想逃跑,于是就把鼹鼠捧起来,仔细地看着。鼹鼠一动也不动。

消防员有些拿不定主意,不知道该把这个小东西放在哪儿好。可是,他又不愿意丢下不管。他觉得是自己救了小鼹鼠,很开心。在他看来,小鼹鼠这么安静,肯定是受了伤。最后,他把鼹鼠放进制服侧面的大兜里,擦擦额头的汗,继续缓步朝沼泽那边走去。

大家看到狐狸和蛤蟆平安回来，都高兴得跟什么似的，等这股兴奋劲儿过去了，蛤蟆才有机会告诉朋友们大火是怎么烧起来的。

"我当时才刚睡醒，"他说，"就蹲在早先自己挖的那个舒服的小坑里，闭目养神。只有我一个，蝰蛇不知道溜到什么地方去了。"

"我不过出去转转，"蝰蛇说话的时候，眼睛里闪着红光，"保不准能找到什么好吃的……"

"还是听我说吧。我记得听到嗞嗞的响声，"蛤蟆说，"声音好像越来越大。"他故意卖关子，等着看大家的反应。蛤蟆环视了一下动物们，看到他们三五成群地聚集在草根和芦苇丛中，正聚精会神地听他讲话，"我就去看了看。原来是栅栏后面的草着起来啦！大火一定是由路过的车里扔出来的烟头引起的。火苗迅速蔓延，眼看就烧到步兵营了，我就赶紧去告诉蝰蛇。

"火焰离我越来越近，棘豆丛也呼地烧着了。我心想，这下是逃不掉了。我跑得太慢了。我跟蝰蛇说不要等我了，还是自己逃命去吧。可是，多亏了咱们英勇的狐狸队长，我现在还能跟大伙儿在一起。"

狐狸累得都虚脱了，直挺挺地躺在地上，他说："要不是缺鼹鼠一个，我们大家就悉数到齐了。"他对蛤蟆讲了鼹鼠失踪的事情，大家都沉默不语，为同伴担心。他们都觉得鼹鼠不是被淹死了，就是被烧死了。

黎明快到了,天色渐亮,沼泽对岸的火苗看上去也黯淡了许多。但是大火并没有完全熄灭。

个子小、胆子也小的动物们又着急起来,棕兔朝狐狸喊:"火就要烧过来了,火就要烧过来了!"就好像火还烧着全都怪狐狸似的。

狐狸有气无力地答道:"是的,我也看见了。"

棕兔不依不饶地问:"你不是说火烧到沼泽那边就会灭了吗?"

狐狸说:"我是说我希望火会灭。"

"要是沼泽拦不住大火怎么办?"田鼠问,他的兄弟们也都惊慌地问个不休。

"狐狸队长会想出办法来的,别担心。"黄鼠狼满怀信心地说。

"不管怎么说,"蛤蟆插嘴道,"人类已经带来了机器,他们会有办法的,一定能很快扑灭大火。他们也跟我们一样害怕火,火也是人类的敌人。"

在大家的七嘴八舌声中,狐狸又迷迷糊糊地昏睡过去。越来越多的动物担心起来。大獾想办法让他们把心放回肚子里去。天色大亮以后,小鹰飞出去侦察情况。

火势呼啸着蔓延过来,吞没了沼泽的岸边。雉鸡抗议说:"难道我们非得待在这儿不可吗?"

"那你说我们到哪里去呢?"猫头鹰也不客气地说。

"嗯……反正我……反正我们不必守在这里呀。我们鸟类又不怕火烧过来。"

"你想飞走的话,就请便吧,那是你的自由。"猫头鹰话里有话。

雉鸡太太用翅膀捅了捅丈夫,雉鸡脸上有点讪讪的。

这时候,小鹰飞了回来,大家不再注意尴尬的雉鸡了。"人类灭火已经有进展了。"小鹰报告说,"但是我认为短时间内火势还不会得到彻底控制。我们要快点决定下一步的行动方案。火正沿着沼泽两岸包抄上来。实际上,我们现在被大火左右夹击了。"

动物们的目光都转向狐狸,可狐狸还睡个不醒。

大獾果断地说:"我们得把他叫醒。"他走到狐狸身边,抬起一只爪子摇摇狐狸。

狐狸立即睁开眼睛。"我刚才打了个盹儿。"他说。

大獾向狐狸汇报了火势的情况。

狐狸无可奈何地说:"看情形,我们的命运又一次掌握在人类手中了。现在只有他们能救我们了。"

动物们听他们的队长这么讲,全都慌了神儿。

"咱们彻底没救了吗?"长耳兔问。

"也不一定。"小鹰说,"我从天上能隐约看到一条小路,在水面以下。那是一条窄窄的堤坝,从我们现在站着的地方通到沼泽湖中央的小岛。我想你们能走过去。到了小岛上,火就烧不着你们了。"

狐狸一听,马上精神起来:"小鹰,那条堤坝在哪里?让我看一眼。"

他留下大獾照看大家,自己跟着小鹰去了。

"瞧见了吗?"小鹰朝下喊。

"好像看到了。"狐狸回答,仔细向水里看去,"没错!没错!我看见那条路了。"

小鹰老练地在空中盘旋,注视着狐狸。他先小心翼翼地往水里迈出一条腿,试探水下的小路够不够结实。看来他觉得还可以,向前又走了几步,让自己整个身体稳稳地站在小路上。

"这条路应该还结实。"他大声说,"你快回去,让大家都到水边集合。"

动物们来到水边,他们看见队长站在水中,水刚没到他膝盖下面一点点。

狐狸对大家说:"我要走到湖心小岛去。大獾,你跟在我后面好吗?我们得搞清楚这条路能吃住多大的分量。"

狐狸和大獾一前一后,中间隔了一米的样子,在水下堤坝上徐徐前进,水没到大獾的腿根那儿。

田鼠一见,尖叫起来:"这里没法走呀!我们田鼠、野鼠,还有松鼠和刺猬一过去,水就要没过头顶啦。"

猫头鹰说:"狐狸不会想不到这一点的。"

此刻,狐狸和大獾已经平安无事地走到小岛上。只见他俩商量了一阵子,还不时张望不远处的火焰。现在的情况很明显,大火把沼泽都包围了。狐狸和大獾迅速沿水下堤坝返回,脚下泥汤飞溅。

"咱们的时间不多了。"狐狸对大家说,"虽然人类在努力扑灭大火,可我认为火不会很快熄灭,我们的生命还是受到很大威胁。大獾和我两个轮流把小个子动物背到小岛去。大个子动物、长耳兔、棕兔和黄鼠狼,你们可以把头露在水面游过去。小鹰,还是请你在空中侦察,随时告诉我和大獾火势的情况,好吗?赶紧!野鼠,到我背上来。"

在这千钧一发的当口儿,平时就容易激动的小野鼠们更是急得要命。他们一股脑儿扑到狐狸的大毛尾巴上,争先恐后地往上爬。可是他们太多了,你挡着我,我拦着你,推推搡搡谁也爬不上去。

"哎呀!不要这样!"狐狸大喊,他觉得自己的尾巴好像要被拽断了,"冷静!一个一个地爬。"他扭头看到大獾卧在地上,好让田鼠从侧面往上爬。

"好了,好了,你们都等一下。"狐狸说完,也照大獾的样子卧下。野鼠们这才飞快地爬到他的背上。大獾在前,狐狸跟在后面走上水下堤坝。

狐狸和大獾把那些小不点动物安全地运到小岛上,然后迅速折回,运送第二批同伴。他们都能听到大火噼里啪啦的响声和呼啸声,动物们也闻到空气中迎面扑来的焦味和烟味。

"松鼠,轮到你们了!"狐狸大喊,"大獾和我可以一次把你们都背过去了。棕兔和黄鼠狼,你们跟在我们后面。长耳兔,你带好自己一家。快!"

动物们全都跳到狭窄的堤坝上。狐狸和大獾背着那些毛茸茸的动物,好像披了两件会动的灰斗篷。长耳兔跟在后面,他的太太紧跟着他,他俩每人背着一只小长耳兔。水淹过了他们的身体,只有脑袋和脖子能露在外面。小兔子们用牙齿紧紧咬着爸爸妈妈的脖子,也差不多要淹在水里了。

棕兔们的腿比较短,水没过大部分身子。兔妈妈们还能把鼻子、眼睛和耳朵露在水外。小兔子就不行了。棕兔只好告诉孩子们等着狐狸和大獾来背他们,让刺猬照顾他们一下。

"快呀!狐狸!"小鹰在伙伴的头顶盘旋,眼睛注视着大火,"火往这边烧过来了!快呀!快呀!"

黄鼠狼看到棕兔们的窘境,就知道如果换成自己,水肯定没过头顶了。他急中生智,干脆跳进浑浊的湖水里,朝小岛游过去。

蛤蟆和蝰蛇也马上跟着跳进水里,眼睛直勾勾地盯着小岛,向前游去。岛上,伙伴给他们加油助威,他们英勇地击打着水花。

蝰蛇在水里游得很快,只有小脑袋露在水面。眼看他游到岸边的时候,狐狸和大獾也第二次从堤坝返回,去背第三批同伴。

大獾背着小兔子,狐狸背上了所有的小刺猬。就在这时,大火从四面八方朝他们扑来。

狐狸喘着粗气,对大刺猬和其他大个子动物喊:"你们也自己游过去!没时间回来背你们了!"说完,他和大獾飞快地朝小岛飞奔而去。说时迟,那时快,火舌朝大刺猬们卷过来,他们一股脑儿跳进了水中。

小鹰像颗子弹,从天上俯冲而下。猫头鹰和雉鸡两口子早就飞到同伴们那里了。

蝰蛇和蛤蟆都是游泳好手,转眼间游上了干燥的小岛。虽然还剩几个在水里奋力游着,但大多数动物都脱离了火海的威胁。

刺猬和黄鼠狼也都水性出众,可是他们的腿总是被水草和芦苇缠住,这让浮水的过程加倍辛苦。不过他们互相帮助,给彼此加油,岸上的动物也为他们呐喊,终于,最后一个浑身湿淋淋的动物爬上了干燥的小岛。

有那么一阵子,动物们都失魂落魄,只是盯着对岸熊熊燃烧的大火。他们紧紧地依偎在一起,大家都深深地体会到一种相濡以沫的温情。

狐狸道出了大家的心声。"在危险降临的时刻,"他说,"我们形成了坚如磐石的集体。大家都是这个集体中的一员,永远不分离。"

虽然狐狸说话的声音不大,但是他的声音里充满了激情,让动物们的心里涌起一股暖流。不论是鸟们还是其他动物,不管他们在今后的远征途中遇到什么艰难险阻,这个重要的时刻将永远铭刻在他们心底。

就在这时,他们听到了什么声音。那是人类在灭火的时候大声指挥和互相建议的声音。他们看到那些高大的黑影戴着头盔,穿着厚重的消防服,手握粗大的水管,朝火焰猛喷。还有一些人用绑着厚厚防火布的棒子拍打地面的余火。

"人类很快就会赢得胜利的,"猫头鹰很有把握地说,"你们看,火势已经减弱了。"

"这么大的损失和这么恐怖的事情,都是因为一个愚蠢的人造成的。"蛤蟆说,"可这一切又得由他那些与此事无关的同类来补救。"

"人类真是好奇怪的动物啊,"大獾附和道,"我真看不透他们,可我也不想不懂装懂。"

动物们眼看着火势在消防员的努力下慢慢地减弱。在他们心里,大概第一次对人类产生了一种不同寻常的亲近感。这或许因为火是他们和人类的共同敌人,他们都急切地想要消灭它。但是,动物们心底都很了然,这种亲近感只是昙花一现。一旦扑灭了大火,他们跟人类这么靠近,对他们来说无疑是新的威胁。只要人类还留在堤坝的另一端,动物们的安全逃生之路就被阻挡着。

狐狸转身看着大獾,发现大獾也在看着他。他从大獾的眼神里看到同样的忧虑。狐狸示意他的朋友到旁边来,也招呼猫头鹰和小鹰参加他们的讨论。

狐狸说:"我认为大家全部都要游过去。"

"不是全部都要游。"猫头鹰的更正显然有点多余,"不过我明白你的意思,人类离我们太近了,这让我们很不自在。"

"我们现在的条件还很有利,"大獾提出来,"他们还没发现我们。"

"可不能大意了。"猫头鹰没那么乐观，他警告大家，"刚才人类都忙着灭火，没工夫四处看。我认为咱们不能心存侥幸。这个小岛上没遮没拦的。他们一旦控制了大火，就会看到我们。"

"猫头鹰说得对。"狐狸也这样认为，他点点栗色的头说，"按照我的分析，咱们现在有两条出路。一是游到沼泽对面的岸边去；二是等火完全扑灭，沿水底堤坝冲回去。"

"就是说从他们的眼皮底下冲过去？"小鹰吃惊地问。

"没错，就是要趁人类大吃一惊的时候，我们一下子跑过去。"狐狸回答。

"这个办法不错，另外，"大獾也出了个主意，"鸟类可以掩护我们，让我们神不知鬼不觉地跑走，但具体怎么做我还没想好。"

"恐怕你们忘了最重要的两点。"猫头鹰条理清晰地说，"首先，你们走水底堤坝返回陆地，要来回好几趟，你们不就是这样过来的吗？其次，就算火扑灭了，可地面还是滚烫的，你们谁在上面也走不成，像蝰蛇那样的，就更没辙了，怕是要变成炭烤活蛇啦。"

狐狸沉吟道："这是千真万确的，猫头鹰。我要说，关键时刻，你的判断太有用了。"

猫头鹰假装没有听到狐狸的称赞，接着说："我就是希望能帮上忙。"可他心里还是禁不住得意起来。

狐狸问他:"那么你的建议呢?"

猫头鹰回答:"假如你们个个都是'水耗子',也没有拖家带口的话,我会毫不犹豫地建议你们都游过去。可是就算大刺猬和黄鼠狼,他们游过来的时候也都拼了老命。所以我认为你们的出路只有一条,干脆原地不动好了,就看人类会不会发善心。再不就是,等他们扑灭大火以后,说不定精疲力竭,也就顾不上你们这些野东西了。"

大獾和狐狸听了猫头鹰的话哑口无言。

小鹰这时说:"猫头鹰,我相信你对当前形势的分析无懈可击。但是,正如大獾刚才讲的,我们鸟类可以分散人类的注意力。"

猫头鹰争辩道:"可那只不过几分钟而已呀。"

"咱们可以拖住人类的注意力,把他们引开,引得远远儿的。这样一来,步行的动物就能有足够的时间脱身了。"

猫头鹰耸耸翅膀说:"听起来可有点悬呀。"

小鹰给惹得有点儿不太高兴了,他说:"总归可以试试看嘛。"

他们四个正讨论得不可开交的时候,耳边突然响起一阵快乐的欢呼声。"鼹鼠在那儿呢!鼹鼠在那儿呢!"

讨论马上就停止了,狐狸和大獾面面相觑。他们连忙回到其他动物们聚集的地方,看到大家都站在小岛岸边,伸长了脖子往对岸看,完全忘了掉进水里的危险。

沼泽岸边现在只有一两处的余火。一个消防员似乎刚来到这里。他脱下消防服，抹抹额头的汗珠，把制服团成一团，随便丢在满是灰烬的地上。鼹鼠就从制服的兜里探出半截身子，眯着眼睛四处张望。

幸好那个人没有听到动物们的欢呼声，对他来说，那不过是一些呜呜嗷嗷、叽叽喳喳的声音罢了。可狐狸还是立即叫大家不要作声。

动物们看见鼹鼠不慌不忙地从消防员制服的口袋里爬出来离开时，都紧张得不得了。

"他会把自己烫死的！"猫头鹰说。

可是鼹鼠似乎什么都没有感觉到，他在布满灰烬的地上漫无目的地乱走起来。

"小鹰，猫头鹰！快呀！我求你们啦，飞到天上去，引住那个人的注意力。"狐狸着急地说，"我去把鼹鼠接过来。"

小鹰和猫头鹰对视了一眼，随后同时展翅飞上天空，大声叫起来。

"唬！唬！唬！"这是猫头鹰的声音。

"咔！咔！咔！"小鹰的声音更尖了，他像利箭般直冲云霄，然后又一个翻身，像标枪一样扎向地面。

那个消防员手里还攥着手绢。他看了看天空，只见小鹰和猫头鹰像两只大蚊子，在空中一边上下翻飞，一边尖叫呼啸。

狐狸留意着消防员的举动，同时走到水下堤坝，朝对岸飞奔。小鹰和猫头鹰继续大喊大叫，盖过了狐狸水花四溅的脚步声。

当狐狸安全地抵达对岸时,他立刻就明白了,原来鼹鼠走在大火烧过的土地上也没有反应,是因为消防水龙头喷出的水使地面冷却了不少,尽管还是有些余温,可地面有一层浸湿的灰烬,踩上去软软和和的,还挺舒服。这让狐狸更有信心了,他跳了几下就来到鼹鼠面前。

狐狸从天而降,把鼹鼠吓了一跳,吱吱儿地惊叫了几声。他们两个谁都没说话,鼹鼠飞快地爬上狐狸的背,狐狸马上转身朝水底堤坝跑去。

那个消防员起先还注视着天空中的小鹰和猫头鹰,可是看得久了眼睛直发酸。就在他低下头来的时候,眼角的余光看到有团模糊的影子一晃而过。他转身再看,正好看见狐狸背着他

的"小伙伴"跳进水里朝小岛跑去。

"啊,难道眼睛看花了……"他嘟囔着走到水边仔细看,立刻发现了水底隆起的堤坝。他顺着堤坝望过去,马上就发现了小岛上大大小小的动物们。

"我的天哪!"他惊呼起来,还招呼同事来看。"快来看!小伙子们,快到这边来!对面好像一个动物园啊!你们都来看看!"

大部分消防员都跑了过来,只剩两个还在扑火。这些消防员在岸边排成一溜儿,都瞪大眼睛看着小岛上的动物们。这时已没有必要去分散注意力了,小鹰和猫头鹰从空中飞落到伙伴们中间。

"这……这简直神了!"一个消防员自言自语道,"这些动物打哪儿冒出来的?"

动物们终于团圆了,一个都不少。他们面对人类,心里的劲儿拧成了一股绳。而在人类那边,刚才扑火的两个消防员也来了。在他们身后,高大火红的消防车像一个张牙舞爪的怪物,矗立在烧得焦黑,铺满灰烬的原野上。火,熄灭了。

就这样,人类和野生动物们不期而遇——人类看着动物们,动物们也注视着人类。双方都在心里打鼓,不知谁会先采取行动。

第11章　倾盆大雨

就在动物和人类都全神贯注地观火和救火的时候，大家谁也没有留意天边悄悄飘过来一团乌云。小鹰和猫头鹰在空中飞翔的时候，只有小鹰看到了那抹乌云。可是这乌云的到来意味着什么，他却没有去多想。现在，动物们站在小岛上，正在考虑是不是又遇到了新的危险时，只听耳边传来阵阵雷鸣。

消防员们纳闷地你看看我，我看看你，又一起抬头看看天空，这才发现头顶已是乌云密布。先前的徐徐微风刹那间变成狂风，乌云乘着飓风滚滚而来，宣告这场漫长的旱季眼看就要结束了。

动物和人类对峙着，都不知道接下来如何是好。这几分钟的工夫，豆大的雨点滴滴答答打在焦土上。太阳被乌云遮挡。雷鸣声一阵高过一阵，天色也愈加昏暗。终于，一道闪电划破阴沉的天际，大雨倾盆而下。

动物们的皮毛淋湿了，这久违的感觉太好了。蛤蟆向来喜欢湿答答的天气，他快活地跃入水中，扑打着水花，咕儿呱大叫，欢天喜地。

假如这场雨提早几分钟到来，那么消防员们一定会求之不得。可是现在，就像所有人类遇到这种情形的本能反应那样，他们呼啦一下散开了，各自寻找避雨的地方。

这正是狐狸盼望的大好机会。他连忙把蛤蟆从水里喊上岸，叫他爬到背上来，同时又吩咐鼹鼠像以前那样爬到大獾的背上。

"快，都跟上我！"狐狸急迫地发出命令，"越快越好！"

说着，他跳下水下堤坝，个子大的动物紧随其后。

大獾和狐狸在滂沱大雨中来回三次，终于把所有的同伴都安全送到对岸。

狐狸问背上的蛤蟆："咱们往哪边走？"

蛤蟆回答："照直走。前面就是步兵营另一头的栅栏。过了栅栏，咱们就到田野了。那里有不少可以藏身的地方，可是也要当心。"

动物们早就淋得湿透了，雨水从身上哗哗流下，他们把头垂得低低的，缩头缩脑地闷声朝前跑。只有蛤蟆和蝰蛇很享受雨中行军的乐趣，他俩身上本来就没有毛，所以没有累赘。蛤蟆本想唱支《咕儿呱歌》给大伙儿提提神，可是电闪雷鸣，震耳欲聋，搅了他的好兴致。

猫头鹰和其他鸟类一直飞在前面不远的地方，不时地停下来等待大部队赶上。

淋得跟落汤鸡一样的大獾，在猫头鹰飞过身边的时候说："咱们可真不走运。先是大火，现在又是大雨，再没比这更倒霉的了。"

猫头鹰却说："大獾，你换个思路想就对了，这些不过是咱们旅途中的小插曲。"

"是啊，我们走了这么远，还一个都不少，应该满怀感恩之心啊！"

鼹鼠这时说："最幸运的就是我啦。本来你们都以为我死掉了。"

猫头鹰听了板着脸说："倒不如感谢你那张小馋嘴吧。"

"啊呀，好啦，好啦，猫头鹰。"大獾说，"我肯定鼹鼠已经吸取教训了。"

鼹鼠怯生生地说："大獾哥，谢谢你！"

猫头鹰又朝前飞去，动物们一言不发地走了一会儿。

突然，鼹鼠开口了："可我们不是一个都不少！"

狐狸轻声问："你说的是蜥蜴？"

"对呀。"

狐狸说："我还暗自希望大家谁都不会提到他们。"

"要是我当时说服他们别打退堂鼓就好了。"大獾难过地说，"我就知道他们做了错误的决定。可现在……"他伤心地说不下去了。

"也许他们没被烧死呢。"狐狸的话好像是说给自己听的。他知道这些话不能安慰大獾，大獾现在什么也听不进去。

这会儿，动物远征队已经走出了大火烧过的土地，来到了火灾的边界。过去之后，土地踩上去越来越软，越来越黏。个子小的动物身子也轻，他们在地上走起来倒还轻快，可是身子重的动物却越走越吃力。

大雨还是下啊，下啊。没多久，狐狸、大獾、长耳兔和棕兔就感觉脚掌陷入了泥泞的土里。他们深一脚浅一脚地往前走，情形越来越糟糕，他们的脚脖子都被烂泥给糊住了。

狐狸连头也没法回，他朝后面喊："咱们要挺住！这里没有避雨的地方，地也越来越泥泞。"

蛤蟆早就不再想引吭高歌的事了。他在雨幕中眺望着远方，突然大喊起来："对了，就在那儿！我看见了！我看见栅栏了！不远啦！"

动物们听到这个消息都振奋起来，步伐也加快了很多。不久，大家都看到了栅栏的铁柱子和栏杆，那就是步兵营的边界了。

栅栏后面，是一片茂密的灌木丛和带刺的矮树，小鹰、猫头鹰和雉鸡他们已经在那儿找好了安乐窝，正在梳理湿淋淋的羽毛。

他们看到其他动物一个接一个地钻过栅栏，看上去都没了模样，皮毛紧贴着身体，雨水顺着身体两侧滴滴答答往下淌。

狐狸把大家领到密密的冬青树丛里，那儿紧实的枝叶挡住了雨水，地面还算干爽。他们瘫坐一地，个个愁眉苦脸、饥肠辘辘。

棕兔和老鼠妈妈们要哄自己饿得哇哇哭的小宝贝们，暴雨停下之前根本没法出去找吃的东西。

天空不时划过一道闪电，动物们避雨的地方给照得通明，但有些动物还是睡着了。

蛤蟆想邀请蜷蛇跟自己一道，来一次雨中觅食探险。可是蜷蛇拒绝了蛤蟆的美意，他懒洋洋地说："我累都累死了，咱可是一路自己走来的，不像你，有狐狸驮着。"

蛤蟆耸耸肩膀，说："随你好了。"说完，就蹦跶蹦跶地找鼻涕虫和蚯蚓去了。

剩下的动物你看看我，我看看你，模样悲惨极了。他们饥寒交迫，难受得快吃不消了。

大獾想起了他那干燥舒适的老窝，不知道那里现在怎么样了。他思量着，要是再挖一个那么像样的家，不知要花多少个星期呢。

黄鼠狼、田鼠、狐狸和棕兔们也都想家了。啊，那小小的温暖的地洞啊！鼹鼠盘算着要不要打个地道好好休息一下，可是又怕大獾不同意。

无情的大雨哗哗下个不停。蛤蟆从他的觅食之旅返回的时候，看到伙伴们的临时避难所漏水情况越来越严重，到了后来，简直跟露天的没什么两样了。

狐狸心力交瘁地说："不行。咱们得换个干燥些的地方避雨。"

蛤蟆说："要是我没记错的话，不远处好像有座谷仓。"

狐狸想知道到底有多远。

"我也记不太准，"蛤蟆说，"现在除了大雨，啥也看不清啊。"

狐狸说："那你还记得是哪个方向吗？"

蛤蟆左思右想，终于说："我觉得还能找到。"

"那可就全看你的啦，"狐狸说着耸了耸肩膀，"无论如何，我们不能留在这里了。"

动物们有气无力地起来排成一队,走进雨里。大家原本就湿漉漉的身子又让大雨浇透了。蛤蟆在前面辨别方向,狐狸也走在前头,带着大家穿过田野。

在田野的一端有一个栅门,这没难住大家,然后是一条窄窄的小路,两旁是大片农田。在一侧的农田里,大家见到一群长着黑白花斑的荷兰母牛和小牛犊,他们都挤在一棵大橡树下躲雨。

蛤蟆建议狐狸继续走小路,狐狸在确定周围没有人之后,率领伙伴们慢慢地踏上那条小路,不过他还是叫大家尽量靠着路边的灌木丛走。

他们走着走着,看到小路的尽头是一片果园。梨树和李树开了花,才刚刚谢掉。果园的那一头有一座长长的,窗户小小的矮木房子。

狐狸小声问:"那是不是谷仓?"

"不是我先前见过的那个,不过看样子也可以进去躲躲雨。"蛤蟆回答。

动物们不由分说就跑了过去。这一次他们走运了。房子的门敞开着呢。

狐狸说:"原来是储藏室啊!"可眼下的季节水果还没有成熟,地上只放着几个空箱子。一面墙上是个架子,摆了些杂七杂八的东西。房间的一头堆着一捆干草,一定是用来包装水果用的。除了这些,储藏室里空空荡荡的。

干草和地面是干燥的。刺猬说:"简直美死啦!咱们在这

儿待上一会儿身上就会干干爽爽、暖暖和和的。"

田鼠和野鼠们早就动手从干草捆里往外拉干草了。狐狸站在那里,低着头,心里还是七上八下的。雨水顺着他的毛滴下来,在脚边积了一大摊。

大獾问道:"狐狸老弟,你还琢磨什么呢?"他说着,在屋子的一角用干草给自己铺了一个小窝。

狐狸回答:"门大敞着,我总觉得不对劲儿。储藏室没人用,门干吗不锁起来呢?"

大獾说:"这我哪儿知道呀。可要是门锁起来的话,你我不就进不来了吗?"

狐狸还是一动不动，他说："当然如此，你说的也对。"

大獾宽慰狐狸说："咱们就在这里待到暴雨过去。那么大的雨，不会有人外出的，农场的工人也不会来的。"

狐狸说："等雨一停，我们就去找东西吃。这样的话……那好，我们就暂且留下吧，休息休息。"

猫头鹰在门口落下，他向大家伙儿汇报："小鹰落在一棵李树上，为大家放哨呢。雉鸡两口子同意过一会儿去换岗。天黑以前我就跟你们在一起啦。"

猫头鹰拍拍翅膀，飞到一个空架子上站稳。他先是看着其他动物用干草给自己铺床，看着看着，也合上眼皮睡着了。

大獾给自己铺好了窝，又指挥田鼠和野鼠把干草团成团儿当床。

地上铺了厚厚一层干草，个子大的动物们四处散开，你挨着我，我挨着你躺下了。就连蝰蛇都把自个儿盘在几缕稻草上，觉得相当满足。

松鼠们还是老样子，不乐意在地上睡觉。大獾对他们说："忍耐一会儿嘛，就这一回。咱们没时间在架子上搭窝了呀。"

于是大家就都睡下了。黄鼠狼、鼹鼠跟大獾睡在屋子一角，狐狸跟棕兔、刺猬们卧在一起，长耳兔一家，再加上松鼠和蛤蟆，跟田鼠、野鼠们挤成一堆儿，只有蝰蛇发现没人愿意睡在他旁边。

他们聆听着屋外哗啦啦的雨声。从法辛林远征到此的动物们，都因为有了这个干燥舒适的储藏室躲雨，内心洋溢着感恩之情。他们不再去想咕咕作响的肚子，一个个都睡着了。

小鹰结束了他那一班岗，飞到门槛上，看到大家没一个醒着的。他身上的羽毛干干的，这说明那场可怕的暴雨已经过去了。

小鹰跟伙伴们一起睡下，这下，大伙儿的安全就都落到了雉鸡两口子的肩上。

第12章 包围了

那天，汤姆·葛里格斯整个上午都闷闷不乐的。头天晚上他又丢了一只母鸡，而且是在他家看家狗——一只壮实的斗牛獒鼻子底下被偷走的。这只看家狗真是个草包，每回最需要他的时候，他都睡得跟木头似的。加上昨晚失窃的这只母鸡，他总共已经丢了四只了。现在，母鸡们吓得魂儿都飞了，已经不肯下蛋啦。走着瞧吧，只要让他亲手逮住那只罪大恶极的狐狸，就有他好看的！

真是祸不单行，偏偏又赶上这场暴风雨。连续几个星期的干旱让他家地里的庄稼死了大半，而剩下的又被这无情的暴雨打了个七零八落。他站在窗边，看着大雨顺着玻璃水流如注，气恼地对妻子说："贝西，这回咱们要破产了，肯定要破产了。"

葛里格斯太太也没法安慰丈夫。靠天吃饭，人从天愿嘛。她一言不发地照样做她的午饭，除了有时跟她家的猫说上几句。这只猫淋得浑身精湿,坐在厨房里一个劲儿地发抖。

葛里格斯愁眉不展地嚼着老婆做的肉饼。这时候,雨终于停了。他把盘子一推,说:"亲爱的,我吃不下了。我要出去看看。"

他站起身,也不管贝西说他午饭没有吃干净,套上胶鞋和雨衣,从墙角抄起那支老猎枪,走出门去。

天亮了一些,可是地上到处都是积水。

斗牛獒看到主人,使劲儿挣脱皮带,可是葛里格斯吼道:"杰克,趴下!你个没用的东西!"

斗牛獒又听话地趴了下来,伤心地望着主人走远。

葛里格斯花了半个钟头的时间,把他家的田地巡视了一番,损失跟他预料的差不多。这样一来,他的心情简直郁闷到家了。

正当他垂头丧气走过小果园的时候,看到草丛里飞出一只五颜六色的雉鸡来。他立即扛起枪,一打一个准。那只羽毛靓丽的鸟儿应声而落,掉到了地上。枪声响过,又一只颜色灰扑扑的母雉鸡也飞了起来,嘴里还嘎嘎地惊叫着。葛里格斯不由分说又是一枪,母雉鸡也应声落地。

他拾起两只一动不动的雉鸡,看到老婆站在储藏室门口,身边是没有拴着的斗牛獒杰克。他大喊:"贝西!瞧我们多走运啊。一对儿雉鸡!"

贝西回答:"你还是过来看看我发现了什么吧!"

葛里格斯看见自己的狗直挺挺地站在储藏室外面,连看见他走过来都没有动窝，觉得好生奇怪。

葛里格斯太太指指储藏室说："你不是想要个惊喜吗？那就自己往里面看看吧。"

她的丈夫把脸贴在玻璃窗上，这一看可不打紧，只见他倒吸一口凉气，人整个儿僵住了。他好不容易才转过头来，眼睛瞪得跟铜铃似的。

他半信半疑地说："一屋子……一屋子的动物哇！"他恍恍惚惚地把雉鸡朝老婆手里一塞。

贝西意味深长地加了一句:"还有你那只狐狸哟!"

葛里格斯低头瞅瞅手里的猎枪,咬牙切齿地说:"可算让我逮个正着!"

贝西告诉丈夫:"我出来给杰克喂东西吃,不知道怎么就绕到这儿来了,看见咱家的储藏室里全都是动物,还有鸟儿。他们都睡着呢。我看见了狐狸,就赶紧把门关上啦。"她停了一下,看看手里那两只倒霉的鸟儿,那是她丈夫在果园打下来的。可她不知道的是,这对雉鸡原本是狐狸的远征队队员,奉命在露天站岗放哨的。贝西指指储藏室说:"里边架子上还有只猫头鹰呢,和一只长得像鹞鹰一样的鸟。我估摸着他们是跑进去避雨的。你从来没见过这样的怪事吧?"

"没有,我可从来没遇到过这等奇事。"葛里格斯狠狠地说,"以后恐怕也遇不到啦。这帮小崽子,休想逃出我的手心!"他似乎也认定其他动物都是母鸡失窃案的同谋。

他命令斗牛獒说:"杰克,你给我听好了!坐在这儿,除非有我的口令,你哪儿也别去。咱们要干场硬仗啦。"

杰克没有一点动窝的打算,纹丝不动地蹲在那儿,龇着牙,仿佛静候着即将到来的胜利时刻。

葛里格斯太太跟着丈夫走回屋子,她问:"当家的,你打算怎么办?"

葛里格斯朝老婆挥了挥猎枪,说:"我要给这个老伙计好好擦一擦,然后上点油,再装满子弹。再然后嘛,我要去找狐狸那个老朋友算总账!"

贝西问:"别的动物呢?"

葛里格斯回答:"那就看情况了。反正咱们有的是时间。"

狐狸在睡梦中听到关门的声音,猛地惊醒了。那个声音不大,他的同伴们还一无所知地继续睡着。

狐狸看到小鹰动了一下,便轻声问:"小鹰?你醒了吗?"

小鹰也低声回答:"我醒了。刚才是风吗?"

狐狸说:"不像。我听到外面有人说话。"他走到大门边,想从门底下的缝隙往外看。门外立刻响起一声狂吠。狐狸赶紧缩了回来。

他对小鹰说:"门外有人,听上去还有一只大狗。"

小鹰说:"那咱们得赶紧把他们都叫醒。"

狐狸明确地说:"不,还不到时候。我们不希望有不必要的惊慌。"说完,他绕着储藏室的墙闻了一圈,用爪子推推这儿,又推推那儿。

最后他说:"再检查一下窗户。"

小鹰报告说:"没有窗闩,可是你们谁都爬不上去。"

狐狸点点头,走到大獾睡觉的角落,轻轻推了一下,大獾就醒了。

大獾马上发现储藏室的门关上了。他说:"哎呀妈呀,咱们这回可惨了。"

狐狸说:"恐怕是的。但是一定有办法出去。"

大獾站起来,不小心碰醒了鼹鼠。这个睡得迷迷瞪瞪的家伙,打了个大哈欠,问道:"大獾哥,怎么啦?咱们要出发了吗?"

大獾连忙示意鼹鼠小声点:"嘘!我们在讨论问题。鼹鼠,快回去睡觉吧,乖乖的,听话啊!"

可是鼹鼠已经感觉到什么地方不对。"啊哟!我们被关起来了!"他尖声喊起来,"咱们叫人活捉了!"

狐狸严厉地说:"别喊!你想把大家都吵醒吗?"

可是已经晚了,草堆里传来窸窸窣窣的声音。他们听到蝰蛇懒洋洋的说话声。"嗯,看来储藏室的出口让人给堵死啦。"他慢慢悠悠地说,"我就知道,让那俩又笨又臭美的雉鸡去放哨是错误的。他们除了是道好菜,啥都不是!"

大獾说:"你说这些有什么用?木已成舟,我们现在要做的是……"他说到这儿,屋外发出"嘭"的一声,分明是声枪响。

动物们惊得面面相觑。短暂的寂静之后,他们听到母雉鸡嘎嘎报警的喊声,随即又是一声枪响。

狐狸喃喃地说:"听上去雉鸡两口子已经送了命。"

所有的动物都醒来了,在储藏室当中乱转,连珠炮似的向狐狸和大獾问些可怕的问题。

最后,狐狸不得不大喝一声:"安静!大家都不要慌!"

他在储藏室里踱起步来,向前走几步,又掉头走回来。狐狸说话的声音不大:"这回咱们真的遇到危险了,这一点不可否认。"他低着头,好像不是跟大家说话,而是把心里想的说了出来。"可要是你们都保持冷静,"他喃喃自语,"一定能想出办法来。"说完,他继续来回走着。

这时候猫头鹰说:"出路嘛,只有一条,准行!"

大家都转过头看着他。

"挖!"猫头鹰说。

"挖?"松鼠们听糊涂了。

"挖?"野鼠们也不明白。

只有狐狸豁然开朗,他说:"对呀!咱们就挖出一条生路来!"

这个时候,他们听到门外有人喊来喊去的声音,那是汤姆·葛里格斯告诉老婆他打着了一对儿雉鸡的事,葛里格斯太太告诉丈夫她发现了什么。

动物们一下都不敢出声了。下一刻,他们看到一个农夫的大脸贴着窗玻璃往里看。他们看到这个人的眼神,先是惊讶,然后是愤怒,最后带着誓不罢休的决心转身离开。动物们听到他和太太的脚步声朝农舍方向而去。

"事不宜迟。"狐狸说,"说干就干!咱们这儿谁是打洞能手?"

大獾回答:"是鼹鼠。"

小家伙一下子觉得自己的形象高大起来。他可算能为大家伙儿做点什么了。这是他唯一的心愿呢。

狐狸说:"鼹鼠,那你就动手吧,让我们也见识见识你的本领!"

鼹鼠慷慨激昂地说："你们就瞧好吧！"话音刚落，他不知所措地抬起头看着狐狸队长，愁眉苦脸地问："可是我从哪儿开始挖呀？这我可挖不动啊。"他用嘴点点木头地板。鼹鼠心里好失望啊，眼泪在眼眶里直打转儿。

松鼠说："这活儿就留给我们吧！"说完，他叫来了所有咬功了得的伙伴。

刺猬们说："咱们的咬功也不赖！"

棕兔、田鼠和野鼠都加入了啃木头大军。他们张开嘴，露出二十多副整整齐齐、结结实实的小白牙，趴在地上嚓嚓嚓地啃起来。

这样一来动静可真不小。大狗杰克听到咔嚓咔嚓和吱啦吱啦的声音，又高声叫起来。

小鹰告诉狐狸："他们留下大狗把守呢。"

"那我们怎么躲开他呢？"

动物远征队

"我觉得现在就要我上场啦。"蝰蛇刺溜刺溜地游到门缝儿那边。他盘踞好,拉开架势,一会儿发出咝咝的声音,一会儿又猛地把头一伸一伸的,吓得农夫的大狗不敢靠近。

储藏室的地板没一会儿就被啃木头能手们咬出一个口子。等洞口够大了,鼹鼠就一头钻了进去,灵巧的小爪子飞快地挖了起来。

等木板上的洞又咬大了一点,大獾也钻进去挖起来。他跟在队友后面一边前进,一边把洞拓宽。不多会儿,勤快的鼹鼠觉得挖得够深了,便开始横着挖。这条横着的地道正好通到果园。

大獾停下工作,轻声喊:"鼹鼠,你挖到哪儿啦?出去了没?"

他听见前方黑暗中传来闷闷的声音:"还没呢!大獾哥!"

大獾接着问:"你怎么知道的呀?最好还是打个洞到地面看看吧。"大獾真担心立功心切的鼹鼠挖昏了头,不知道挖哪儿去了。

"好的呀,好的呀!"他听见鼹鼠回答他。

大獾耐心地等了一会儿,听见鼹鼠兴冲冲地尖叫:"万岁!我出来啦!大獾哥,我成功啦!"

大獾亲切地说:"好小子!那你现在到我这儿来吧。咱俩一起挖,动作快的话再有几分钟大家就脱险了。"

鼹鼠脸上挂着得意扬扬的神采,顺着地道跑回大獾的身边。

大獾对他说:"现在,我要你回去告诉狐狸,让大家排成一队,把我要挖出来的土传送到地面去。狐狸最好留在地道口,把土堆在储藏室里。快去吧!"

不一会儿,黄鼠狼来了。他通知大獾:"队长说开始吧。你把土推给我,我推给长耳兔。他后面是棕兔,然后是鼹鼠,狐狸在最上面接应。"

大獾点点头:"好!我挖得可快啊,你要当心,别被土给埋住了。"

说完,他就朝地道前方挖去。只见他有力的后脚踢起两行泥土,远远地甩在身后。黄鼠狼费了九牛二虎之力,把泥土推向身后的长耳兔,保持自己负责的那段地道畅通无阻。

动物远征队

　　动物们努力拓宽着鼹鼠挖好的地道，越往前，就越需要更多的动物把土传送到地面上去。狐狸在地道口负责把土铺在储藏室的地上。等大獾挖好那段水平地道，开始往上挖的时候，差不多所有的动物都加入了泥土运送大军的行列。只有个子特别矮小的动物，像田鼠、野鼠，还有特别幼小的动物和蛤蟆、鸟类留在储藏室里。他们也在力所能及地帮助狐狸队长。

　　蜂蛇一直坚守在他的岗位上，成功地吸引了斗牛獒的注意。那只大狗根本就没察觉动物们的地道已经快要挖好，马上就可以溜之大吉了。

　　大獾很快看到了头顶的天空，小心地朝地面挖去，先是只露出脑袋。他确定自己又来到了果园，离储藏室大约六英尺远的地方。斗牛獒就蹲在拐角的另一边，离自己也就几英尺远。大獾仔细地在四周嗅了一圈，然后才走出地道。

　　他向地道里面望去，看到黄鼠狼的身上和脸上都是泥土，正朝自己爬上来。

　　大獾小声说："快把话传给狐狸，就说我们挖出来啦！让他叫所有动物都从地道里钻过来，越快越好！我守在这儿帮大家出来。"

　　黄鼠狼转身小声把话递给长耳兔，然后走出地道来到大獾身边。地道里的动物们就这样一个传一个，一直传到刺猬那里，他是负责传送泥土的最后一个队员，由他把大獾的话告诉狐狸。这时候，大部分动物已经钻出了地道，躲进了果园茂密的杂草中，时刻准备着疾跑到更安全的地方去。

狐狸把最后一拨泥土撒到地板上。"小朋友们,你们先下去吧。"他对幼小的动物说。小动物们钻进地道,由田鼠和野鼠照顾他们。

蛤蟆、猫头鹰和小鹰一个接一个,鸟儿几乎是半飞半爬着钻过地道的。

狐狸把目光投向蝰蛇。他问:"你能坚持住,等我们大家都脱险吗?"

蝰蛇回答说:"当然可以。我们每一个人都要完成自己的使命。"

狐狸为了让蝰蛇放心,就说:"我们不会忘记你所做的一切。到了安全地点后一定等着你。我会派小鹰回来为你带路的。"

蝰蛇还是嗞嗞地小声说:"你快点走吧。我看到那个农夫回来了。"

狐狸最后对蝰蛇道声"保重",转身跳进了地道。

第13章　智斗恶狗

现在只剩下蝼蛇自个儿了，他也为逃跑做好了准备。只见他把身子伸得溜直，紧贴着墙角，尽量不让人发觉他在那儿。他打算等农夫和大狗一进屋子，还没转过脸来的时候，神不知鬼不觉地从门底下溜走。

他先是看着农夫朝储藏室走过来，后来就只能听见农夫咚咚作响的靴子声。他听到农夫给斗牛獒发出了命令，脚步声没有了，紧接着，门"咣"的一声打开了。

大狗狂吼着一跃而入。可储藏室里空空荡荡的，大狗转着圈儿找起来，鼻子贴着地板闻呀闻，哼哼唧唧地完全乱了章法。

"看我不好好收……"农夫一脚跨入大门，嘴里的话只说了一半，枪也刚端起来。他看见地上均匀地撒了一层土，木地板上开了一个洞。他简直不敢相信自己的眼睛。

蝼蛇躲在农夫身后，看准时机从敞开的大门刺溜一下钻了出去,来到小路上,并以最快的速度蹿进离他最近的杂草丛中。储藏室里传来震天动地的响声,那是被捉弄了的农夫破口大骂,还把怒气撒到大狗身上。大骂声过后,又传来凄惨的嗥叫,蝰蛇猜想,一定是农夫朝大狗身上狠狠地踹了一脚。

蝰蛇游到果园旁边一处隐蔽的角落里,在湿漉漉的茅草枝叶中藏了起来。他想在这里先缓口气,等觉得安全了再做下一步打算。

农夫像颗冲出枪膛的子弹,一个箭步跨出储藏室。那只大狗可怜巴巴地跟在主人身后,夹着尾巴。农夫头也不回地跑进果园,蹲在地上仔细搜索。果不其然,他发现了想找的东西,动物们挖的地道出口。农夫发出一声怒吼,拿起枪对准洞口一口气把子弹都打光了,顿时土星四溅,还冒起一缕浓烟。

"给你们点好瞧的!"汤姆·葛里格斯怒冲冲地说完,皱着眉头跺着脚走回家中。他的老婆在门口等着他。

大狗杰克还赖在地道口不肯走,好像他不愿再上一次当,宁愿守在那里似的。

蝰蛇躲在临时的藏身处想,不知道朋友们走到哪儿了。他知道大家一定先是能走多远就走多远,然后才会休息。

蝰蛇的眼睛通红,他在草丛里往外看,看见杰克突然从地道口转过头,把嘴贴在地上,疯狂地嗅着草地。他似乎闻到了什么,顺着气味一直跟踪到果园的树林里。蝰蛇心里有数了,这只大狗一定是发现了狐狸和远征队队员们的踪迹。

动物远征队

杰克跑了起来，来劲儿地嗷嗷喊着。那声音像是从他喉咙深处发出来的，听上去令人毛骨悚然。

蟒蛇认为他这里眼下没有危险了，就游到空地上，七拐八扭地来到下一处隐蔽的地方，那是一块孤零零的荨麻丛。他又在那儿歇下脚，考虑下一步该怎么办。

经过一番仔细的思量，他觉得现在除了等小鹰来以外，什么也做不了。他不知道伙伴们朝哪个方向去了，也没办法通知他们大狗已经在跟踪了。好在那蠢狗的叫声很大，死人都能给叫活了，伙伴们一定能听到，有时间逃走。蟒蛇想到这儿放心了许多，就先藏好自己，耐心地开始漫长的等待。

狐狸健步如飞地穿过地道，蹿出地道出口，集合了早就等候在那里的同伴们，这一切只不过两三分钟的工夫。他和蛤蟆简短地碰了一下头，定下前进的方向。

根据蛤蟆的建议，狐狸率领大家离开农夫葛里格斯家的地界，走上了田间小路。这条路蜿蜒向前，经过几家农舍和果园，通往一片开阔的原野。原野位于一片很陡的山坡脚下，那里不属于任何人家。

大家走到山脚下，在灌木丛里稍作休息。狐狸问蛤蟆："你有十二分的把握这么走是对的吗？"

"啊呀，没错啦。"蛤蟆说，"这一片儿我都还记得。当然啦，只不过上回我自己走的时候，花老鼻子时间啦。"

狐狸说："我看前面的路，心里总是不踏实。爬山的时候人们从远处就能清楚地看到我们,这一点我真不放心。"

蛤蟆回答:"别担心这个。这山上到处都是乱石头,路也高高低低的。人很少往这儿走。再者说,刚刚下了那么大的暴雨,聪明人都猫在家里呢。"

"希望你说的是对的。"狐狸说,"翻过山是什么地方?"

"下山的路很陡,下去就是小树林。后面还有几家农舍和田野。等我们走过那些地方就到青草甸了。那儿的青草又茂密又肥美,你从来都没见过。走过草甸就是大河了。"

狐狸高兴地问:"咱们今天到得了小树林吗?"

蛤蟆说:"嗯,不是很远。到那儿我们就安全了。那地方除了几只老鸹以外,啥都没有。"

狐狸看了看自己的伙伴们,他们全都又累又饿,说不出话来。狐狸跟大伙保证:"再最后加把劲儿,我们很快就能到休息的地方,也能踏踏实实地大吃一顿了。你们能做到吗?"

有的动物点头同意,有的动物连点头的力气都没有了。

狐狸走在最前面,他们稳步向山上爬去。爬了一会儿,雨又落了下来。可是这次的雨小多了,不像先前的大雨那样凶猛,反而让大家感觉很清新。

动物们吃力地走着。猫头鹰和小鹰飞到山顶,给奋勇前进的伙伴们鼓劲儿。

猫头鹰喊:"到山顶就能看到河了,从这儿看上去跟小溪一样。"

小鹰喊:"你们就要爬到山顶了,加油!"

他们快走到半山腰的时候,狐狸突然停下脚步。他转身问跟在后面的大獾:"你听到什么没有?"

"没有哇。"大獾说。

小鹰大喊起来:"别停下!快点爬呀!"他犀利的眼睛已经捕捉到山脚下一个可怕的影子。"不要停!"他喊,"快走!"

狐狸现在知道刚才没有听错,远处隐约传来狗叫声。"是农夫的看家狗!"他对大獾说,"咱们得赶快!"

狐狸自己闪到路旁,他鼓励大伙再加把劲儿,看着大家一个个从他身边走过。

"大獾,我就把队伍交给你啦!"他朝大獾背后喊,"你领大家到小树林去。我看看能不能拦住那个狗东西!"

接着,他轻声对蛤蟆说:"蛤蟆,好兄弟。恐怕你要下来自己走上一段了。我很快就会赶上你。"

"没问题!我明白。"蛤蟆说着,立刻从狐狸背上跳下来,使出浑身力气跟着大部队往山上爬去。他扭头对狐狸喊:"你也要当心呀!"

杰克才刚刚开始爬山,狐狸往山下走了一段,迎了上去。大狗因为爬山直喘气,这才停止吼叫。

狐狸站稳脚,朝山下喊:"我在这儿呢!我就是你要找的家伙!你放过其他动物!"狐狸说完,飞快地扭头看了一眼伙伴们走到哪儿了。动物们已经爬过山坡的四分之三了。

"没错,找的就是你!"大狗抬头看着山上狐狸那栗色的，精干的身影，喘着粗气说，"你……你你你！……你就是凶手！我主人……要……要你偿命！"

只听狐狸回答："你主人想叫每只狐狸都来偿命。他朝储藏室里瞧的时候，满腔仇恨，我都看见啦。"

杰克走到离狐狸几英尺远的地方，他说："我主人就是想干掉你！是你杀了他的母鸡。他要报仇！"

狐狸平静地说："那他认错狐狸了。我一辈子都没杀过鸡。我不爱吃鸡，吃起来一嘴毛！"

看家狗大吼："说的比唱的还好听！那你说奇怪不奇怪，我怎么就看见你在鸡窝旁边鬼鬼祟祟地转悠呢？"

狐狸说："那就奇你的怪呗。我可没鬼鬼祟祟的。我和我的伙伴们只不过到储藏室里去避避雨罢了。谁叫你们把我们关起来了？"

"鬼才相信你的话！"大狗凶巴巴地说，"你们狐狸不是都很聪明狡猾吗？可是你，你骗不了我！我要把你抓回去。这回说不定我的主人会好好犒赏犒赏我呢。"

他小心谨慎地朝狐狸跨了一步。

只听狐狸泰然自若地说："你的如意算盘要是这样打的话，可就大错特错啦。"

斗牛獒吼了一嗓子："你，你什么意思？"看得出来他犹豫了。

"你家主人怎么会希望你来替他报仇呢？他只有自己亲手杀了我，才会痛快呢！别的都别提。相信我吧。我对人类的心理可是了如指掌。"狐狸说着耸耸肩膀,"你们这些看家护院的畜生,被人类的小恩小惠蒙蔽了眼睛。他们给你们吃的喝的,养着你们,给你们一个窝。你们就看不出来他们的坏心眼儿啦。可是我们野生动物就不一样了。我们从远远的地方观察他们,我们更了解他们。当他们的利益跟动物的利益发生冲突时,他们才不管什么动物的权益呢。就是这么回事,以往如此,今后也不会改变。所以我要奉劝你,老弟,你就算是把我大卸八块,你的主人也不会感谢你的。"

斗牛獒看起来有点动摇了。他吼叫的时候也没那么有底气了。"那我就把你活捉了带回去!"

狐狸马上回答:"那是不可能的!虽然我的个头和力气比不过你,可是你要想活捉我,就先杀了我再说!"

"别拿花言巧语来骗我!"斗牛獒虎视眈眈地说,"抓不到偷鸡的狐狸,主人拿我出气。现在,我终于逮着了,你又说他不想要。"

"因为你没有抓到真正的凶手呀。"狐狸顺着斗牛獒的话说下去,"我跟你可是往日无冤,近日无仇。咱们井水不犯河水。可是那个偷鸡贼,不管他是个什么东西,你们居然都让他给逃了。现在你枉杀无辜,又能得到什么好处呢?"

狐狸说完,气定神闲地掉转身子,朝着同伴们走的方向扬长而去。其他动物早就翻过山顶,无影无踪啦。

狐狸继续大摇大摆地走着。他心里有数,只有摆出这样胸有成竹的气派,才能让斗牛獒彻底相信,他不该活捉狐狸。

狐狸走到山顶，看到蛤蟆正在那里等着他，这时候狐狸才往后看了一眼。那只斗牛獒还傻愣愣地站在那儿，原本凶神恶煞的脸上露出一副茫然无措的表情。他也看着山坡上的狐狸，呆若木鸡，而当他看见狐狸转过身来的时候，吓得倒退几步，顺原路灰溜溜地跑走了。

蛤蟆激动得不能自已，高声叫道："狐狸队长！你太伟大了！我全都听见了。简直太棒了！等我见到大伙儿一定好好跟他们说说。你真沉着！真冷静！啊呀，你简直把他给镇住了！"

狐狸说："像我们这样的野生动物要想生存，不光得眼观六路、耳听八方，还要会动脑子。"他微微一笑，"跟那号家伙论战，小菜一碟！好了，我们走。上来吧，我的朋友。我们要赶上大家才好。咱们都好长时间没吃东西了。我打赌，小树林里的美味一定不少！"

第14章 小树林中

狐狸和蛤蟆追上大部队的时候，大獾率领众动物给予狐狸英雄般的欢迎。他们原来就非常尊敬和钦佩这位队长，现在这种感情又因为狐狸立下的汗马功劳，升华到新的高度。

黄昏时分，大家走进了小树林。乌鸦成群结队在树顶盘旋，照例聒噪一番，然后才一个个飞回巢里睡觉。

动物远征队最迫切的任务是要解决饥肠辘辘的问题，大家先在榆树丛后安营扎寨，随后就分小队出发寻找食物去了。

松鼠们看到那么多高大的树，终于可以上蹿下跳，喜不自禁，连吃饭的事都抛到脑后。他们在树干上跑上跑下，在树枝间追来追去，气得乌鸦们睡不着觉，嘎嘎抱怨。

动物们都找到了自己喜欢的食物，个个吃得肚儿溜圆，之后大家回到驻地。狐狸召集各小队长开会，大家一致同意远征队在小树林多休整几天，养精蓄锐。连日来他们饱受惊吓，经历了接连不断的种种危难。这会儿，大家都觉得这里真是个安全宁静的梦中港湾,他们可以从容地为下一段旅程做充分的准备。前面一定会有更多难关要闯呢。

黄鼠狼说:"你打算怎么接蝰蛇呀?"

狐狸惊叫一声:"蝰蛇!我的天,咱们把他给忘啦!他该怎么怪我们哪!"

猫头鹰棕毛儿自告奋勇:"这事就交给我吧。现在一片漆黑。我飞回农场找他去。别担心!"

他飞出树林,向广阔的田野飞去。

大獾对懊丧的狐狸说:"别责怪自己了。你的脑子里装的事情太多了!"

狐狸难过地说:"可是我答应过他呀,他还指望我呢。"

"蟾蛇在夜里赶路更安全,他们两个都不会让人看到的。"黄鼠狼为狐狸宽心,"天一亮,猫头鹰就会把他带回来。咱们就等着吧。"

整个下午,蟾蛇都藏在密密匝匝的荨麻丛里,他觉得相对安全了,就开始担心起朋友们的安危来。

他看到农夫的大狗狂叫着一路追过去,叫声渐渐消失在远方。蟾蛇的心都揪到嗓子眼儿了,他真为狐狸、大獾和其他动物的命运担忧啊!

虽然他自己还不肯承认,不过他发现,自己已经做不到像从前那样对什么事都漠不关心、无动于衷了。他的的确确感到非常忐忑。这种感觉随着时间的推移越来越强烈。实际上,在他看见斗牛獒回到农场之前,心里一直七上八下的。

斗牛獒回来了。他的行色跟先前大不相同——溜边走过果园的杂草丛,闷头回窝里去了。蟾蛇马上就猜出,这个家伙一定是让他的朋友们教训了一顿。

蟾蛇的心情稍稍豁朗了一些。他很有把握,小鹰不久就会来接他的。

雨又停了,天空还是阴沉沉的。很快,黄昏降临了。蟾蛇开始盼望小鹰快点到来。不然的话,天真的黑了,他们看不见对方,说不定就错过了。

天大黑了。蟾蛇还是独自等着。他想反正天都黑了,也不用藏着了，就四处游荡着寻找吃的东西。

　　他离斗牛犬的窝远远儿的，贴着墙角游到农夫葛里格斯的农舍另一头去。拐角有一只旧水桶，旁边是一个旧得不像样的装蔬菜的箱子，里面是土豆皮和别的什么烂东西。很走运，蝰蛇在这儿逮着了一只老鼠，这就是他的晚饭了。当时那只老鼠正在厨房丢出来的烂菜堆里为自己翻腾晚餐呢。

　　蝰蛇决定离开人类的房屋，不受任何干扰、安逸地享受这顿晚餐。所以，他就用牙齿紧紧咬着老鼠，回到了那片荨麻丛里。

　　吃到一半的时候，他听到呼呼的叫声。多熟悉的声音啊，是猫头鹰来接他啦！蝰蛇急忙来到果园里，猫头鹰在半空中飞来飞去，像只大蝙蝠似的，用银笛般的嗓音轻轻呼唤着他的名字。

　　蝰蛇在草地上摇头示意，猫头鹰锐利的目光很快捕捉到了他的身影。

　　猫头鹰说："蝰蛇！看见你真高兴啊！"

　　蝰蛇拖着鼻音说："我也一样！你们遇到什么麻烦了吗？"

　　于是猫头鹰把情形一五一十地跟蝰蛇讲了一遍。

　　蝰蛇听完说："我正吃晚饭呢。你吃过没有？"

　　猫头鹰说："只垫了一下肚子。"

　　"那你愿不愿意跟我共进晚餐？"

　　"荣幸之至！"

　　他俩兴冲冲地回到荨麻丛里，很快就把蝰蛇吃了一半的晚餐分享得干干净净。

猫头鹰说:"我再去给你捉一只来,咱们还一起吃。礼尚往来嘛,呵呵。"

蝰蛇告诉猫头鹰他在什么地方捉到的那只老鼠,猫头鹰飞走了。

没过一会儿,他叼着一只老鼠回来了。蝰蛇对猫头鹰夜间猎食的本领大大恭维了一番。他们安顿下来,谁都不说话,在友好的气氛中品尝了这份额外的点心。

吃完,猫头鹰说:"咱们该上路了,蝰蛇。这段路对你来说可不轻松喔。我们互相讲讲打猎的段子解闷吧。"

差不多后半夜的时候,天还没亮,蝰蛇和猫头鹰走到了山顶,在下山前短暂休息一下。猫头鹰利用这个机会向蝰蛇摆起了龙门阵,大讲狐狸是如何舌战凶狗,把那土老帽儿训得服服帖帖的。

蝰蛇听得津津有味,听完了,他说:"是啊,聪明绝顶的家伙,我是说咱们的狐狸队长!瞧着吧,他终将率领远征队渡过所有难关,到时候我一点儿都不会吃惊的。"

猫头鹰的智慧,那是连狐狸都大为赞赏的,所以当他听到蝰蛇把这么多夸奖的话都献给了狐狸时,心里酸溜溜的。他想,还不是他猫头鹰提出挖洞的建议,大家才从农舍脱险的,功劳应该算在他头上才对。

猫头鹰说:"狐狸的确非常机灵。但是要我说啊,在我们的远征途中,每个动物都在不同阶段发挥了关键性作用。"

聪明的蟾蛇明白猫头鹰内心的真实想法。他故意恶作剧，假装没听懂猫头鹰的话，给自己找点乐子。于是他咝溜咝溜地说："那是当然。不过我们的远征队里也找不出做队长的第二人选了吧？"

猫头鹰说："嗯……没有，当然找不出了。"

"可是，假如狐狸病倒或者发生什么……总要有候选人顶上来呀。"蟾蛇继续说，"万一那样的话，我想大獾一定会接他的班。"

"我真是不该这么说，"猫头鹰不耐烦地说，"大獾这个家伙嘛，心肠很好，又有人缘。但我不清楚他是不是具备一个领导者所应具备的素质……"

蟾蛇忍不住回答："那让你说，谁还能胜任呢？"

"这个嘛，"猫头鹰郑重其事地拍了拍身上的羽毛，说，"我……这个这个……我认为……"

蟾蛇试探道："你不会是想说你自己吧？"

猫头鹰说："哦不，蟾蛇，你知道的，推荐我自己？我怎么能做得出来呢！不过，既然你都说出来了……"

"我说了吗？"蟾蛇还想逗逗猫头鹰，"啊对！我大概是这么说了。我想大家都有自己的远大抱负嘛。至于能不能实现，那就另当别论啦。"

猫头鹰发觉蟾蛇是在拿他寻开心，连忙想挽回面子。"从我个人的角度来讲，"他说，"当需要我的时候，我能做个参谋就心满意足了。狐狸队长，我清楚得很，他在这方面还是离不开我的！"

"噢，当然，当然，"蝰蛇回答，"嗯……我们是不是继续赶路哇？"

他俩继续朝小树林前进。在路上，猫头鹰觉得心里很不舒服。他意识到虽然自己没有坦白，蝰蛇却已"揭露"了他内心最隐秘的想法，那个想法连他自己都没有意识到。

他们到达小树林的时候，天也亮了。同伴们都起来了，是乌鸦们的晨歌把他们从睡梦中吵醒的。动物们都热情地欢迎猫头鹰和蝰蛇，等大家稍稍平静了，他们俩才得以休息。他们实在太累了，对猫头鹰来说，白天睡觉是他的习惯，所以这样刚刚好。其他动物就忙着到灌木林里参观去了。

就这样，他们度过了一个逍遥的白天。除了松鼠，大多数动物游览之后都回到榆树营地。他们发现营地来了几位客人。

那是几只公乌鸦，他们从榆树顶上飞下来，一摇一摆地朝动物们走来。落日的余晖穿过茂密的树叶，洒在他们黑里透紫的羽毛上，熠熠夺目。他们自然很想知道这群各种各样的动物怎么会来到小树林的，不过他们的语气中丝毫没有怠慢的意思。

狐狸跟他们解释了为什么会来到这里，把一路上的经历讲给他们听。

乌鸦们听了一会儿，其中一只打断了狐狸的话："我必须说，我们刚才就在猜测，你们是不是传说中的那群动物。"

动物们很惊讶，你看看我，我看看你。

乌鸦说："在我们鸟类的世界，消息传得飞快。当然，像着火这样的大事大家很快就都知道了。你们是怎么逃脱大火的，我们都听说了，也听说了你们如何战胜了暴风雨。但是我还从来没听说过白鹿公园这个地方。这么说，前面还有很长的路在等着你们吧？"

说到这里，蛤蟆也加入了谈话。他讲述起自己如何为远征队做向导，因为他曾经独自走完全程。

乌鸦听了，钦佩地摇晃着脑袋说："我真希望自己也有你那种大无畏的精神。可惜我老啦，做不来那些事喽。在这里我住了一辈子，看来我要在这儿养老啦。"

"嘻！我们这群动物里也不都是年轻人呀！"蛤蟆爽朗地

笑起来,"你知道吗?大獾和我也都是一把年纪喽。"

乌鸦说:"这么说我就更加佩服你们了。"这只乌鸦似乎是小树林乌鸦家族的首领。他又说,"既然已经来到敝处,尽管各位前面还有漫长的旅程,但我希望你们多逗留几日。在我们这儿,地面上走动的动物可不常见啊。我们乌鸦是很喜欢跟朋友聊天的。"

狐狸对他说:"我们已经决定在贵地叨扰几日。在继续上路之前,我们需要安安静静地休养一下。"

乌鸦没有听出来狐狸话里的意思,他回答道:"你们这个决定非常明智。咱们这个地方僻静、隐蔽、人迹罕至。有你们来做客,我们真是欢喜得很啊!"

他回头看看自己的同伴,问:"今晚咱们拉歌吗?"

一只年轻的乌鸦回答:"定在明天啦。"

老乌鸦对动物们解释:"男士们有时候拉拉歌,娱乐娱乐。夫人们到时候就留在巢里带孩子啦。聚会地点就在树下。要是明晚你们肯赏光,就到大榆树底下来吧。让我们敞开话匣子,聊个痛快!"

狐狸说:"我想我的伙伴们会愿意去的。谢谢你的邀请。"

老乌鸦展开翅膀准备起飞,他说:"那就明天见喽。"

"明天见!"狐狸说。

第15章 过河遇险

动物远征队在小树林受到新朋友乌鸦们的热情款待，个个儿都不愿意走了。日子就这样一天天过去，无忧无虑、开开心心。这是自他们离开法辛林以来，第一次享受到无人打扰的自由时光。

大獾找到一所空闲的地洞。他很快打扫出一部分自己住下，另一部分让棕兔们住。

鼹鼠、黄鼠狼和狐狸也睡在这个地洞的地道里。田鼠和野鼠在一棵老梧桐树树根底下安了家。蛤蟆在连钱草丛里找到一个空果酱瓶子住下了，还觉得比较满意。

松鼠们，不用说，还是在树顶用树枝和树叶给自己搭了临时新巢。他们离乌鸦窝很远，只有这样才能好好享受属于自己的空间。

只有刺猬和长耳兔一家住在地面上。长耳兔爸爸认为有必要把小家安排在干燥的草丛中，离那些刺猬远远儿的。刺猬们睡觉的时候，呼噜打得实在有水平。

大家都不知道蜷蛇在什么地方藏身。有时候，一两个动物会在林间草地阳光融融的地方，不小心被蜷蛇绊个大跟斗。他在那里晒太阳，可是从不见他主动找谁做伴。

白天里，小鹰就在林子附近广阔的原野和乡间猎食。到了晚上，他回到宿营地。猫头鹰则不然，他总是等到天黑透之后才外出夜间漫游。这两只鸟只要发现小树林外任何对远征队有潜在威胁的事，都会回来跟大家报告。

动物们的生活又安逸起来，现在他们恢复了从前的作息，觅食、吃饭、睡觉，时不时小聚一番，或者跟乌鸦们聊聊天……很多动物都开始想，干吗还要继续前进呢？

虽然如此，狐狸还是发现他们被一种安全的假象蒙蔽了。他很确定，小树林里没有动物定居，其中一定有什么原因。于是，在他们到达小树林满十天的清晨，狐狸在小树林里巡视了一遍，集合了所有动物，包括蜷蛇，通知大家第二天黄昏时分上路。

那天晚上，他们最后一次和乌鸦们唱歌联欢。虽然乌鸦们尽力挽留，但他们还是跟这些鸟儿朋友们依依惜别了。

第二天到了约定的时间，动物们在榆树下碰头。大家都到齐了，狐狸率领队伍走出小树林。乌鸦们推迟了就寝时间，夹道欢送，齐声高唱，祝他们一路平安。

动物们先穿过一片开阔的农田。因为他们最近刚跟农场的看家狗打过交道,所以大家都特别谨慎,离人类的房屋和牲畜棚远远的,因为那些地方很可能有恶狗把守。

在蛤蟆的指引下,狐狸带大家绕过了农场的房屋,还好路边总有隐蔽之处,供大家白天休息。

他们每天黄昏的时候从集体宿营的地方出来,分头寻找食物。只要条件允许,大家都会共进晚餐。之后就开始夜行军,路上只要遇到饮水处就去畅饮一番。五月的大旱结束之后,饮水不再是问题,隔几天就会有场阵雨落下。

蛤蟆还是提醒大家,现在仍未走出人类活动的区域。他们行军和休息的规律一直没有改变,就这样昼伏夜行,离大河越来越近了。

终于,有一天夜里,他们走过了河这边的最后一户农庄。黎明时分休息的时候,他们放眼望去,只见一片绿茸茸的草坡,黄盈盈的毛茛花点缀其间,河岸缓缓地延伸到水边。

他们先把这宁静的景致看了个够,然后在草地上选了一角,准备白天在那里休息。那里长着茂密的灌木和荨麻。

大家休息的时候,长耳兔跟蛤蟆打听河对岸的情况。

蛤蟆回答:"过了河还是草甸子。走过去,我记得没错的话,是一大片狭长的公共用地。别担心,我一走到那儿就都想起来了。"

田鼠问:"那条河宽吗?"

蛤蟆说:"不是很宽。我们都能过去。有一片水域离我们要到达的地方几米远,水流很慢,差不多是静止的。就都交给我吧，我保证让大家在最合适的地方渡河。"

这正是大家眼下最担忧的问题，有了蛤蟆的保证他们都很满意，于是不再啰唆，各自准备睡觉了。

小鹰声明他厌烦了黄昏猎食，这个时候他锐利的眼神派不上什么用场，现在太阳当头，他要好好利用日光。

猫头鹰深表同情，他说："可怜的小鹰啊！目前的作息时间对我最有利，昼伏夜行。当然对小鹰来说就最不合适了，把他的生活习惯整个儿颠倒了。"

狐狸说："我们的行动每一步都要以安全为重。我个人并不反对白天猎食，但是对我们这个集体来说，晚上去找食物……嗯，还有行军，都要安全得多。"

"黄昏，"蝰蛇咝咝地说，"真是打猎的好时候呀。我发现一到那个时候，很多好吃的小东西就都出来啦。"说到这儿，他忍不住意味深长地朝野鼠瞥了一眼。野鼠们看见了心里直发毛。"昼伏夜出挺适合我……有个词儿怎么说来着……哦对了，正合适！"

猫头鹰和个头大一些的动物听到蝰蛇打趣的话，都咯咯地笑了，只有野鼠和田鼠不安地往后缩。他们虽然跟蝰蛇一同旅行了很久，可还是觉得猜不透蝰蛇的想法。他们知道只要有大獾和狐狸在就没事。

太阳越升越高，蜜蜂和蝴蝶陆陆续续地飞来。他们在毛茛花上跳来跳去，或者到白白的三叶草花上停一停。甲虫、甲壳虫、蚂蚱、蚂蚁和耳夹子虫在草丛间忙碌着，嘤嘤嗡嗡、啾啾唧唧，清晨的河堤上，四处是他们的声音。

动物们很快就打起瞌睡，幸福地合上了眼睛。

白天过去了。狐狸领着大家穿过清凉的草地，走到河边。他们站住脚，凝视着清澈的河水——夜是那么深，河面倒映着点点星光。动物们在横渡大河之前，又痛痛快快地喝饱了肚子。

蛤蟆往上游走了一小段路，仔细地寻找他上一回渡河的地点。终于，他停住了。

蛤蟆很有把握地说："我肯定就是这里了。岸边有个洞，跟我上次藏身的那个一模一样。"

动物们挤成一团，大家都争先恐后地朝河里张望，想看看河水的情况。

狐狸说："蛤蟆，你说得对。河水流到这里好像静止了似的。"

野鼠声音细细地说："看上去到对岸好远哟！"

蛤蟆和蔼地说："别担心。我先过河。你们看着我是怎么过去的。我跟你们的个头差不多，要是我能过……"

狐狸说："你就先过去吧。我们剩下的一起过河，互相照应着。祝你好运！"

蛤蟆对大家微微一笑，转身跃出河岸，扑通跳进水里，溅起不大不小的水花。大家注视着蛤蟆，只见他有节奏地踢着结实的后腿，身子一冲一冲地往前游去。

蛤蟆游到河心的时候,大家都看不到他了。又过了几分钟,大家就听见河对岸传来蛤蟆咕儿呱、咕儿呱的报捷声。

"我游过来啦!我游过来啦!"他喊着,"快游过来吧!水好着呢!"

狐狸派小鹰和猫头鹰飞过去跟蛤蟆会合。其他动物站在岸边随时待发。

狐狸又重复了一遍命令:"咱们大家一起游!在岸边排好,各就各位!"

野鼠和田鼠站在队列中间,两侧是松鼠和刺猬。棕兔、长耳兔一家和大獾在最右侧。黄鼠狼、狐狸、鼹鼠和蝰蛇在最左侧。

在蛤蟆振奋人心的呼唤下,这长长的一列动物大军一齐跳进了漆黑的水里。

鼹鼠和大獾很快就游到了最前面,他们两个都是游泳好手。长耳兔和刺猬踩着水花,也没有什么困难。狐狸和黄鼠狼没有全速挺进,因为他们要照顾那些游得不是很好的动物。

说也奇怪,野鼠和田鼠算是游得慢的动物,可是他们游得倒是很在行。他们个子小,相对弱一些,所以渡河对他们来说是艰巨的任务。不过他们勇气可嘉,小小的脑袋冒出水面,更加瘦小的粉红脚丫儿奋力地划着水。

蝰蛇不是游泳爱好者,不过前进的速度也不赖。棕兔和松鼠是游得最慢的了。他们是远征队里最神经过敏、容易紧张的动物。尽管他们都具备游泳的能力,可是一到了水里就吓晕了头。他们不是向对岸游,而是在原地打转儿,噼里啪啦地瞎扑腾,乱成了一锅粥。狐狸和黄鼠狼让他们镇静,可根本不管用。

蛤蟆站在岸边,看在眼里,急在心头。当伙伴们站在月光下,在岸边排成行的时候,他还能看清大伙。可是等大家跳进漆黑的水里,蛤蟆就只能看到水面倒映的星光和大动物,也就是大獾和狐狸的脑袋。唯一能证明水里有动物的,就是他们溅起的水声和跳进河里时水面荡起的涟漪。等到几只动物快游到河中央的时候,蛤蟆使劲儿辨认,才看清他们的身影。

他认出了鼹鼠。这个家伙游得非常轻巧,身旁就是他的好朋友大獾。蛤蟆激动地喊道:"大獾!我看见你啦!鼹鼠!我也能看见你!"下一分钟,蛤蟆已经在岸边欢迎刚刚爬上来的两个同伴了。

大獾像狗一样甩掉身上的水,溅了猫头鹰一身。他也顾不上猫头鹰的抗议,转身到岸边察看其他同伴游得怎么样了。

刺猬,仿佛很陶醉游泳这项运动似的,马上就要游到岸边了。他们后面,朦朦胧胧地看到长耳兔太太,她游的姿势也很舒展,和孩子他爸一左一右保护着两个孩子。

很快,安全上岸的动物总数已经达到了十九个,包括两只鸟儿,再加上扭着腰游上岸的蝰蛇,总共二十个了。

接下来游进大獾视线的是田鼠和野鼠他们。他们紧紧地凑在一起游着,大獾猛一看,还以为是个千头千脚的怪物呢。

这些勇敢的小家伙游到岸边已经耗尽气力,怎么也爬不上来了。不用说，岸边的朋友们全都拥上前，帮他们上了岸。

蛤蟆说："我就知道你们都行的！只要满怀勇气！瞧，还有很多大个子动物仍在水里呢，奇怪吧？所以说，你们真的给他们树立了榜样！"

"狐狸去哪儿了？"大獾担心地问，"我一点都看不到他！"

他眯缝着眼睛，努力寻找狐狸的影踪。他沿着岸走了几步，又折转身往另外一个方向走，脸上露出疑惑的表情。

他大声喊："狐狸！你没事吧？我们看不到你呀！"

传进他耳朵里的，仍旧是哗啦哗啦的击水声，这声音自从他们跳进河里的时候就有了。

"狐狸！"他又用更大的声音叫，"你们在那里吗？棕兔！黄鼠狼！你们听见了吗？"

他的话音刚落，就听到一声隐隐约约的回答，大獾也不知道是谁，他一个字都听不清楚。

他喊："你说什么？我听不清！"

就在这时，黄鼠狼的头从黑暗中冒了出来，他身边跟着松鼠们。

黄鼠狼一边朝岸边游，一边喘着粗气说："不……不……不好了！棕兔他们吓傻了。乱……乱游一气，就……就是不往河对岸游。狐狸……他……他一直让他们镇静。松鼠……松鼠……都没事。"

大獾一听，急得忍不住说起粗话来。

他问:"那他还行吗?"这个时候,黄鼠狼和松鼠一起爬上了岸。松鼠们都觉得自己有点丢脸。

黄鼠狼回答:"我说不好。他已经累坏了。我跟他说别管那些兔子了,可他就是不听!"

大獾说:"狐狸就是这样的。也许我该去帮他一把。"说完,他四脚并用爬下河堤。

"也让我去吧!我水性好!"鼹鼠喊。

这时,长耳兔突然叫道:"他们在那儿呢!"

大家终于看到了狐狸和棕兔们的头。狐狸游在棕兔的后面,千方百计让那些兔子朝前游。即便到了这个关头,棕兔们还是惊恐万分,没有一个能笔直朝前游的。

精疲力竭的狐狸奋力划水，游到一只兔子旁边，因为那只兔子硬要离开伙伴自己游。狐狸才把他拉回来，队伍那头另一只兔子又往相反的方向游回去了。

大獾和渡河成功的动物们都被棕兔们愚蠢的举动气得直瞪眼，他们都非常同情神勇的狐狸队长，就对着兔子们气急败坏地大喊大叫。

黄鼠狼喊："你们打算往哪儿游哇？朝这边游嘛！"

田鼠扯着嗓门喊："你们干吗掉头呀？！"

大家七嘴八舌地责备本来就战战兢兢的兔子们。狐狸用恳求的目光希望岸上的动物不要再说了，可是已经晚了。兔子们原本就紧张，现在彻底乱了阵脚。他们各自朝不同的方向游去，你撞我，我踢你，把那些小兔子挤到水底，没命地挣扎。

狐狸绝望了。他游到乱作一团的兔子中间，竭尽全力护送这些吓破了胆的动物去岸边。

大獾还蹲在岸边，脑子里两种想法在激烈地斗争着——到底要不要下水帮助狐狸。如果水里再多一个动物，那些兔子会不会更慌张了？他下意识地抬头朝上游看了一眼。糟糕！他浑身哆嗦起来。

大獾看到河上漂来由碎屑聚成的庞然大物，树枝、树叶、杂草，甚至整段的树干，正顺流而下，向狐狸和棕兔漂去。它那么大，大獾在三十米开外就看到了。

要是狐狸自己在水里的话，就不会有什么危险。因为他们渡河的河段水流很缓，那些漂浮物的速度也会随之慢下来。狐狸会有充足的时间脱身。可是大獾知道，狐狸永远不会丢下兔子们不管的。所以，除非他迅速下去支援，否则水里的动物都会被那个庞然大物卷到下流去，更有可能在湍流中遭遇灭顶之灾。

大獾喊："伙伴们！上啊！他们有危险了！会水的都下河救他们去！每个动物保证救出一只兔子，我不管你们用什么法子。我去接应狐狸。快！时间就是生命！"

大獾带头跳进河里，黄鼠狼、长耳兔、鼹鼠和刺猬们紧随其后。就连蛤蟆也跳了下来，他也一门心思想要帮把手。

每个动物都找到了一只兔子，然后，他们一边留意水里的漂浮物，一边连哄带拽地把兔子往岸边拉。蛤蟆救起了一只小棕兔。大家使出各自的招数，终于把所有的兔子带到了离岸边不远的地方。

现在只有狐狸和大獾还在危险之中。狐狸刚才抢救兔子时与水流搏击，已经耗尽了气力和耐力。当大獾在河心找到他时，他已经精疲力竭，眼看就要沉入水底了。大獾连忙上前帮忙，狐狸忍受着极大的痛苦，总算吃力地划起水来。

漂浮物只有十米远了。大獾看到其他动物都安全抵达了陆地，松了一口气。他们看起来离自己那么遥远。他又看了一眼漂过来的那个庞然大物，心里猛然感到一阵恐惧。他知道自己和狐狸来不及游到岸边了。

狐狸也意识到了这一点。他恳求道："大獾兄，我求你，别管我了。你还来得及脱险，回到大伙儿那儿去吧。他们需要你……"狐狸再也说不出话了。

　　大獾一声不吭。他挺直了身体,准备迎接那巨大的冲击。他听见猫头鹰和黄鼠狼惊慌的叫喊声,还有野鼠、田鼠和鼹鼠撕心裂肺的尖叫声。说时迟那时快,那个冰冷湿重的东西撞上了他的左半边身子,顷刻间将他卷入水底。

　　大獾感觉好像有什么东西把他往水下拉,腿和头都被密不透风的枝叶死死缠住。他奋力想挣脱出来,可是却被越拖越深,沉入了无底的深渊。

第16章　新队长

望着河里那惊心动魄的一幕，岸上的动物们慌恐万分。他们的远征队队长狐狸，还有大獾，这位（也许除了猫头鹰之外）全体队员心目中的副队长，此刻正身陷危急，眼看就要淹死了。动物们目睹着这一切，禁不住浑身发抖。大家眼睁睁地看着那块庞然大物就要将水中的两个伙伴卷走了，却无能为力。

他们看到大獾的脑袋没入水中不见了。与此同时，一根浮木重重地打在狐狸身上。狐狸顺流而去，他已经没有气力挣扎了。

动物们不约而同地沿着河岸奔跑，追随着水中的狐狸。猫头鹰和小鹰顺着河流往下游的方向飞。

大概跑出了二十米，那漂浮物来到了水流湍急的河段。狐狸转眼间就从大家的视线中消失了，只有猫头鹰和小鹰还在天空中紧追不舍。

动物远征队

这时，河心出现一块巨大的礁石。那漂浮物被它拦住，从中间断成两截，分别从礁石的两侧顺流而下。有一大团杂草和树叶被礁石绊住。

动物们看到河中的这幕悲剧，伤心绝望到了极点，无可奈何地正要往回走。只听蛤蟆一声大喊："等一等！烂草堆里好像有什么东西。"他的声音突然变得激动起来，"我觉得……是……是大獾！没错！我看见他了！大獾在那儿呢！"

动物们屏息凝神。没错！流水冲进杂草堆里，溅起层层漩涡，在那中间，分明是大獾黑一道白一道的脑袋。可是他一动也不动。

"他是不是……是不是……"鼹鼠结结巴巴地问，声音直发抖。

黄鼠狼说："恐怕希望渺茫。"他尽量安慰着鼹鼠，可鼹鼠此时已经泣不成声。

一只小棕兔尖叫起来："快看！快看！他动了！"

刺猬说："长耳兔！快！我们一定要把他救上来。"说完，他毫不犹豫地跃入河中，竭尽全力与湍急的水流搏击，朝礁石游去。长耳兔和黄鼠狼也没有怠慢，跟着刺猬游过去。

在岸上等待的弱小动物觉得时间好像过了很久，大獾的救援者才游到礁石背后。黄鼠狼拼命地拉掉大獾身上的杂草。等大獾身子两侧露出来之后，他就跟刺猬一边一个，用小小的身子撑住大獾的脑袋，不让他再沉入水底。长耳兔是三个当中最强壮的，他直接在背后用肩膀不断顶着大獾那毫无知觉的身子，朝岸边游去。

终于，他们四个回到岸边，鼹鼠那悬着的心这才放了下来。大獾自己根本站不起来，大家连推带拉，把大獾带到安全的地方。

大獾的样子非常悲惨：眼睛睁也睁不开，身上的毛糊满烂泥和腐草。他拼命地喘息，身子一起一伏，剧烈地咳嗽着，吐出来好几大口水。

动物们围在大獾左右，心疼地抚摸着他经受了巨大痛苦的身子。鼹鼠将自己丝绒般柔滑的黑脑袋靠在大獾的腿上，哭得肝肠寸断。

"行啦，鼹鼠！"蝰蛇训斥道，"大獾已经脱险了。你就

别再哭啦!"

大棕兔说:"你哭也帮不了他呀,你知道。"

黄鼠狼恶狠狠地朝大棕兔嚷道:"你再敢出声!这一切还不都因为你们这些胆小鬼!"

大棕兔看到黄鼠狼怒目圆睁的样子,害怕得直发抖,只好干咳了几声。

他尴尬地望着别处,咕哝着:"嗯,谁都有害怕的时候嘛。我们兔子本来就不喜欢哗哗的流水,水性就更别提了。这你又不是不知道。不像你们生来就会游泳……嗯,对刚才发生的事,我们也都觉得挺抱歉的……"

这时,大獾费力地喘上一口气来,说:"求你们了,大家不要吵了。现在我们全都……全都没事了。"

黄鼠狼看看长耳兔,刺猬给蛤蟆使了一个眼色。显然大獾还不知道狐狸的遭遇。黄鼠狼跟大家偷偷示意,让他们暂时保守秘密。

他温和地对大獾说:"你现在最需要的是好好休养。睡一觉就会好很多。我们去给你准备点吃的,你醒来吃了,好暖暖胃。你能站起来走到那边灌木丛去吗?"

大獾在同伴们的帮助下走到灌木丛,头一挨到地,就昏昏沉沉地睡着了。

动物们分头寻找食物。他们回来的时候,看到猫头鹰在等着大家。

"我们把狐狸跟丢了!"他告诉大家,"小鹰抓紧时间补觉……我让他留在那里。天亮之后他就再去寻找……他的眼力比我好。"

长耳兔问:"可这样狐狸不就越漂越远了吗?"

猫头鹰说:"小鹰飞得像子弹一样快。天也很快就亮了,他花不了多长时间,能赶上的。我想……还没有大獾的消息吧?"

动物们都忘了猫头鹰还不知道大獾得救的消息,马上七嘴八舌地讲起来。

猫头鹰听到这个消息,真是既高兴又欣慰。尽管如此,他的话音里还是有那么一点弦外之音,大概只有蝰蛇听得出来。

"等大獾醒来,"黄鼠狼忧郁地说,"总得有谁告诉他狐狸的事。"

动物们你看看我,我看看你,没有谁自告奋勇接受这个任务。

猫头鹰说:"也不必这样绝望。大家都振作起来吧,至少等小鹰回来呀。他也许会给我们带来好消息的。"

鼹鼠说:"那要是坏消息,我们可怎么办?"

"继续前进!"蛤蟆说,"我们必须前进。"

"没有狐狸队长吗?"

"如果不得不如此。我们要面对现实,有这种可能。"

"当然了。我们还能怎么样?"猫头鹰说,"咱们能对付得了,起码大獾和我……"

蝰蛇狡黠地一笑。猫头鹰不自觉地往蝰蛇那边瞄了一眼，当他俩的目光接触的一刹那，猫头鹰赶紧不自在地转过头去。

黄鼠狼激动地说："我相信每个动物都会担负起责任来的，可我不记得狐狸队长任命过谁做他的副手。"

蝰蛇更是皮笑肉不笑、慢吞吞地说："瞧瞧，原来对'王位'垂涎的人还不少哩！"

忠心耿耿的鼹鼠有板有眼地宣布："由大獾哥来领导我们吧。在路上有一两回，狐狸队长有其他任务时，都是让大獾哥来负责的。"

猫头鹰低着头，盯着自己的爪子说："是吗？我真的担心大獾的身体啊，不知道他能不能胜任。"他又补充道，"我的意思是，他能马上缓过劲儿来吗？"

蛤蟆大声指责："你们怎么能站在这儿，争吵谁做队长的事呢？你们想一想，是不是忘了什么呢？我们现在最关心的应该是狐狸的下落啊！也许他现在正朝我们赶过来呢。"

长耳兔说："蛤蟆！你说得对！狐狸离开队伍只不过几个小时。他要是听见我们这样争吵，会怎么想啊？"

"我建议大家现在抓紧时间休息，"刺猬站出来岔开话题，"小鹰很快就会回来叫醒我们了。"

鼹鼠自己的眼神不好，他问："小鹰怎么知道我们在哪里呢？"

猫头鹰说："很明显，你从来没听说过锐利的鹰眼吧？他在一英里以外就能看到我们。"

动物们朝大獾睡觉的地方走去。

他们问猫头鹰:"你困不困?"

猫头鹰回答:"我等等再睡,先去吃点东西。"

动物们第二天都是睡到自然醒。根据太阳的位置——据这方面的行家蝰蛇判断,此刻是正午时分。只剩大獾还昏睡不醒。大家也看不到猫头鹰的影子,都在想,他一定也在附近哪棵树上打盹。

动物们立刻讨论起狐狸的处境来,可是大家对狐狸能平安回来都不抱太大希望。

在等待小鹰回来的时候,蛤蟆想到水里游个泳。鼹鼠也不知道哪里来的勇气,要跟着一起去。

蛤蟆和鼹鼠沿着河边走着,蛤蟆说:"你最好跟我到水流慢的地方去。"

他俩走到昨天夜里渡河的地方,鼹鼠问:"白天这里安全吗?"

"我们靠近岸边,应该是安全的。"蛤蟆回答,"咱们俩个头都不大,不会有谁注意到的。"

他们一同跳进河里,高兴地扑打起水花来。蛤蟆游着游着,兴致越来越高,一个接一个地扎猛子,潜到水底去不见了,然后又突然从鼹鼠面前钻出来,吓他一跳。

鼹鼠羡慕地说:"我也想有你那一手啊!"

蛤蟆说:"你想学吗?我教你呀!来,你看我!"

他做了两次比较简单的潜水动作，鼹鼠跟着学，可总也学不会。

蛤蟆又潜到水下，这次大约有几分钟的样子。鼹鼠都担心了，蛤蟆一脸惊慌地跳出水面。

"快！往岸上撤！"他焦急地说。鼹鼠听了二话不说，朝岸边游去。

他们爬上岸，蛤蟆长长地松了一口气。"哎哟！好险啊！"他说，"你看！"

鼹鼠往清澈的河水里一看，只见一条大梭子鱼，大约三英尺长，张着可怕的大嘴一路游着找吃的呢。

蛤蟆说："幸亏我藏水草里了，他没看见我。谢天谢地昨天晚上他不在这儿。"

鼹鼠打了个寒战。"咱们还是回去吧？"他说。

蛤蟆连忙同意："说走就走！"

他们回到宿营地，看到大獾已经醒来。伙伴们正围绕在他身边。大家告诉蛤蟆和鼹鼠，大獾醒来以后精神很好，还吃了一些草根和小虫。他对大家说自己感觉好多了，当然，他也问起了狐狸。猫头鹰自告奋勇地告诉大獾狐狸失踪的事情。他说这事的时候尽量让自己的声音听起来充满希望。

大獾正在跟大伙描述他在河里的情况。"当时，我被拉进河里，越沉越深，"他说，"我那时想的就是，要是我淹死了，鼹鼠就要找别的动物来背他走路了。"

鼹鼠听了，像依偎在长辈身边那样靠在大獾的身上，说:"你可真好!自己那么危险还想着我。"

大獾继续说:"嗯,你们知道,我真的以为自己要淹死了。当时我好像完全被水控制了,四条腿叫该死的烂草缠得紧紧的。我觉得肺要憋炸了。再后来,突然撞上了什么东西,一切都静止了。可恶的水草好像从我身上被扒走了,我觉得自己又冒出水面,头一露出来我就使劲儿呼吸。"

刺猬说:"我们大概就是这个时候看到你的。"

"恐怕还不是。"大獾回答,"我只记得头露出水面,后面发生了什么就记不清了。我一定是昏过去了。我记得天旋地转,然后……就什么都不知道了。"

黄鼠狼告诉他:"我们是在礁石那儿发现你的。"

"没错!"大獾激动地说,"那块礁石是我的救命恩人。水草被石头挡住了,所以我就得救了。不瞒你们说,那真是死里逃生啊!"

大獾说话的时候,大棕兔偷偷看着其他动物的表情,就是不敢正眼看大獾。等大獾最后说完,他才胆怯地凑过来。

他说:"我……嗯……我是说,我要代表全体棕兔,我的意思是……"他停下来,样子很尴尬。谁都不说话。大棕兔只好吃力地说:"我是想说……"他嘴里咕哝着,"是……唉!大獾,我们都希望能得到你的原谅。昨天是我们太不懂事了。我们……嗯……"

大獾给大棕兔解了围。他宽厚地说:"忘了吧。谁都有缺点,以后大家不要再提这件事了。"

大棕兔脸上露出感激的表情。他对大獾笑了一下，大獾也对他笑了一下。

鼹鼠说："不知道小鹰多久才能回来？"

猫头鹰教训起鼹鼠来："你要耐心。小鹰没有侦察到消息，是不会回来的。"

时间一分一秒地过去，几个小时都过去了。动物们都不发一语，相偎而坐，仰望天空，寻找小鹰的身影。等着等着，有的动物就睡着了。

他们耐心的等待终于有了结果。长耳兔在蔚蓝的天空中发现远远的一个小黑点，正迅速地朝大家飞来。

长耳兔说："一定是小鹰！只有他才能飞得那么快！"

大家翘首期待。小鹰在天空兜了一圈，像箭一般直冲大地。他看到伙伴们都在焦急地望着他，心不由得一沉。

他强迫自己开口说道："消息不大好。天亮的时候，我找到了狐狸，一直跟着他漂了一段。他当时还漂在水面，半个身子趴在一根浮木上。后来河面有一道河堰，他也漂过去了，身子也还在浮木上。再后来，河面变宽了，上面有一些船，有小船，也有游艇。狐狸趴着的那块浮木没有撞到船上。河上出现了一座桥，我飞到桥另一面去等他，可是他再也没出现。我只看到一艘带发动机的小船，却没看到那块浮木，也没看到狐狸。我又等了很久，可他再也没有出现。"

动物们一听都慌了，小声惊呼道："狐狸失踪了！"

小鹰说："我连桥底也飞下去看了。各个地方都找遍了，哪儿都没有。"

大家陷入了沉默，谁也不敢说话。鼹鼠靠着大獾的身子，无声地抽泣着。大棕兔失魂落魄，蹒跚着走开，跌坐在地上。他的棕兔弟兄们跟在后面。

大獾轻声说："我不相信他不在了。小鹰，你肯定没有看错吗？他不会就这样失踪了吧？"

小鹰无言以对。

又过了几分钟，大獾站起来抖抖身子。

他说："今晚我们要继续前进，再在这里等下去是没有用的。各位，你们都听明白了吗？远征还要继续！大家都准备好，今晚上路。"

大家都听得很真切，大獾的语气里多了一丝威严。猫头鹰棕毛儿什么都没说。其实他也没有什么好说的。大獾的体力恢复了，现在是远征队的新任队长。事情就是这么简单，谁都不愿意为这事争论。说来也奇怪，就连猫头鹰自己也觉得这样没什么不好。

第17章 迷路

夜色降临，动物们踏上了新的征程。

大獾向大家宣布，他的体力已经完全恢复。他还跟鼹鼠反复保证，鼹鼠的那点重量对他来说真的不算什么。蛤蟆爬到长耳兔的背上，远征队就这样静悄悄地上路了。他们心里想的全是杳无音信的狐狸队长。

这是一个凉爽的夜晚，微风习习、云儿飘飘，月亮想方设法透过云朵洒下一些光芒。

那几只棕兔看起来没精打采的，虽说大獾原谅了他们，可是他们还是感觉到，别的动物都在埋怨他们，就是因为他们，英勇的狐狸队长才失踪的。他们低着头，拖拖沓沓地走在队伍的最后，不敢看同伴们的眼睛。

大伙儿走过一片芳草地，空气里充满青草甜美的香味儿。有几只棕兔，特别是小兔子就停下吃起草来。

大棕兔严厉地喊："快走！快走！我的小祖宗！不要磨

蹭!咱可不能再惹麻烦了。"

过了一会儿,动物们都想聊聊天了。黄鼠狼率先打破了沉默。

"不知怎么了,"他说,"我总有种感觉,狐狸并没有失踪。说不定就是现在,他正追赶我们呢。"

蝰蛇冷嘲热讽地说:"你是说逆流而上?"他最不待见那些不接受事实的家伙了。

黄鼠狼说:"不,不!当然不是。我是说……嗯,咱们谁都不清楚究竟发生了什么。"

蝰蛇一口咬定:"但我们清楚的是,他现在没跟我们在一起。所以我们要让自己适应现在的样子,没有狐狸,我们也要走到目的地去!"

"行了,蝰蛇!"大獾觉得非得出来当和事佬了,"你也要体谅一下嘛,有愿望并不是什么坏事。"

蝰蛇听了,小声咕哝着回嘴:"呵呵,说到愿望,我的愿望可多着哩。"

这段小口角之后,队伍又陷入沉默。动物们走到最后一块草甸上。

蛤蟆抬头喊:"猫头鹰,你看到前面有什么吗?"猫头鹰拍着翅膀飞在队伍前面。

猫头鹰停了片刻,回答蛤蟆:"我看到一片旷野。"

"好!"蛤蟆说,"正是我计划的。"他提高嗓门,好让全体队员都听到,"前面的路就好走了!"他宣布,"大家都打起精神来吧！情况还没有那么糟糕。咱们已经走了很长的路了。"

"是哦，是走了很长的路。"鼹鼠小声抱怨。

大獾对他说："不要让自己不开心。你也知道，狐狸肯定不愿意看到大家这个样子。"

鼹鼠说："大獾哥，对不起！我知道他也一定希望我们继续前进。可是……唉！怎么说呢！"他悲伤地叹了一口气，不作声了。

"我会带领大家走到自然保护区的。你就瞧着吧。"大獾鼓励鼹鼠。

动物们走出了草甸，看到眼前是无边无垠、铺满青草的辽阔丘陵。这儿的草长得又高又密，微风阵阵，草儿随风摇摆，好像荡起了层层波浪。动物们觉得心旷神怡，草踩上去也软软乎乎的，特别有弹性。于是这一群动物不知不觉又充满了活力。

蛤蟆和鼹鼠也被大家的高兴劲儿感染了，他俩都跳下来，肩并肩走起来。

长耳兔不用背着蛤蟆了，顿时觉得又轻松又自由，忍不住又跑又跳。他让长耳兔太太也跟他一起放松放松，只见他俩撒开了欢儿，尽情地追逐嬉戏，还疯了一样地赛跑。他们纤长的后腿和苗条的身子特别柔韧，脚下仿佛安了弹簧似的。

动物们就这样轻轻松松地走着。他们把过去那些让大家心焦的事抛到脑后，都确信眼下暂时没有危险和困难，要好好地享受这自由的感觉。

大獾抬头看着猫头鹰，问道："猫头鹰，你下来陪我聊聊天好吗？"

猫头鹰高兴地同意了。他拍拍翅膀飞到大獾身边，说："我跟你走上几步。"

大獾说："你知道，自从离开法辛林，我还是头一回不再后悔离开老家。现在，我对未来的道路终于有了那种期待和憧憬的感觉。"

猫头鹰点点头说："你的话我完全理解。"他昂首阔步地往前走着，一双翅膀悠哉地背在身后，"我现在也感到，咱们终于把往日的岁月抛在脑后了，对不对？"

"没错，"大獾说，"我很高兴咱们没有亲眼看到法辛林被毁灭的那一幕。至少，在大家的记忆里，法辛林还是那么美好。"

他们一边缅怀往昔的好时光，一边信步而行。队形拉长了，动物们分成了三五成群的小队，像蜂蛇和黄鼠狼那样独自行走的很少。这一次，大家都找到了无拘无束的感觉，他们陶醉在这广袤的大自然里。

突然，蛤蟆停了下来。他转着头，看来看去，一脸迷惑的表情。别的动物也停下了。长耳兔两口子在几米开外的地方蹲下来，回头看着。

黄鼠狼问："怎么了？有什么不对劲儿吗？"

蛤蟆自言自语道："奇怪。我肯定咱们是照直走的呀。可是，我怎么总觉得有什么东西老是拉我，让我朝左边去。"他耸了耸肩膀，按着原来的方向往前走。同伴们盯着蛤蟆，跟着他慢慢走。

蛤蟆才走了几米，就又停下了。"不对！"他说，"我觉得不对劲儿。怎么那么别扭呢？我的腿怎么老是往左边迈呀。可是……"他往四周打量，"搞不懂，搞不懂。"他自顾自地咕哝着。

松鼠说："是不是上一个路口咱们走岔了？"

"不，不！就是这条路。我们一路走来，路边的景致跟我记得一点不差。"蛤蟆强调说。

大獾问："要是你觉得行的话，我们要不要试试另外那个方向？"

"那也好。"蛤蟆说着，朝左边走去。动物们重新调整好队形，跟在蛤蟆身后。

蛤蟆看起来还是一副不确定的样子。虽然他没有停下，可总是纳闷地摇着脑袋。

蝰蛇慢条斯理地说："这下有好戏看喽！咱们的向导迷路啦！"

"天哪！"大獾叫道，"可别这样！"

蛤蟆没有理会蝰蛇的话，依旧绷着脸朝前走。他边走边回头看，好像在寻找什么线索。

蛤蟆这副犹犹豫豫的模样，让动物们失去了游山玩水的兴致。

猫头鹰回到天上，和小鹰一起飞。小鹰看到同伴后高兴地翻了个跟头，猫头鹰却面无表情。小鹰那点灵巧的飞行技巧，在他眼里不过是小菜一碟。现在是夜晚，该轮到他这只夜猫子大显身手了。

接下来，小鹰好像自己承认了这一点，他说："天黑了，恐怕我帮不上什么忙了，可是你能看得清。现在你在前面做侦察员好不好？这样蛤蟆就能知道带我们走的这条路对不对了。"

猫头鹰傲慢地回答："你难道不知道我早就想这么做了吗？"

小鹰顶了他一句："你又没说。我不过想帮忙嘛。"

猫头鹰没再说一个字，使劲儿地拍着翅膀飞走了。小鹰很厌烦地看着他的背影，自言自语道："真是一点建议的话都不爱听啊！"

鼹鼠问大獾："猫头鹰去哪儿了？"

大獾回答："我们很快就知道了，猫头鹰做事向来有他自己的道理。"

蛤蟆用不着想猫头鹰干什么去了。他马上就看出来那只鸟的用意。他觉得稍稍松了一口气，但同时又惶惶不安。如果猫头鹰证明他为大家带的路不对，那大家一定会非常失望的。他们会不会不再信任他这个向导了呢？想到这儿，蛤蟆打了个冷战。大伙那么信赖他，依赖他的记忆。到目前为止，他都没带错一步路。可是现在呢？他期待着，却又害怕猫头鹰的归来。好像总有只看不见的离奇的大手，在前面招呼他，让他向左边走。蛤蟆步履艰难地继续朝前赶路。

大獾看出蛤蟆内心的焦虑，察觉到空气中有一种紧张的气氛。

"不要担心，"他用只有蛤蟆才听得到的声音温和地说，"即便是你领错了路，也没有人会怪你的。"

蛤蟆抬起头，看见大獾温和亲切的样子。他们四目相对，蛤蟆微微一笑，他实在什么都说不出口了。

这时，大獾大声说："我提议，大家先停下来。让我们等猫头鹰回来。"

蛤蟆心情沉重地点点头，身后的动物们都停了下来。大家舒服地伸展身子，躺在柔软的草地上。小鹰也落了下来。

他们等了没多久，猫头鹰灰色的身影在黑暗中出现了。他飞到大家身边落下，每个动物的眼睛都看着他。只有蛤蟆抬不起头来。他平平宽宽的脑袋垂得低低的，气都不敢出一下。

"这条路不对！"猫头鹰像宣布判决那样肯定地说。话音刚落，动物中间响起一片惊叫和叹息声，"我们又快走回河边了，正好兜了一个大圈子！"

蛤蟆觉得所有动物的眼睛都盯着他，责怪他。因为他的错，白白浪费了大家宝贵的时间和体力。

他大哭起来："我……我对不住大家！"

鼹鼠走到满怀内疚的向导身边。大獾也正要开口说句话，但是猫头鹰的话还没说完。

他说："不必道歉。是你那想家的本性又开始作怪了。就跟上回你被绑架之后独自逃出来,直奔故乡一样。这回你又不自觉地朝法辛林水塘的方向去了,因为那是你出生的地方。"

蛤蟆抬起头来,低声说:"就是这么回事嘛!那种抑制不住的力量,一直拉着我往错路上走。"

其他动物感觉他们好像成了那种神秘力量的牺牲品。那种力量古老而神秘,无论谁都主宰不了。

野鼠问:"那……那我们现在怎么办?"

"简单!"猫头鹰说,"掉转头,按原路回去。"

"可蛤蟆怎么办?"田鼠问,"他现在怎么给我们当向导呀?"

"幸运的是,蛤蟆对路线还是记得一清二楚的。"猫头鹰说,"毫无疑问,他会记得前面的路该怎么走。"

蛤蟆点点头。

"不过,"猫头鹰说,"今后,在夜间将由我来领路……"

"白天就让我来!"小鹰说。

松鼠问:"这样能行吗?"

猫头鹰挺直了腰板,傲气十足地说:"当然行!"

第18章 屠夫鸟

远征队在小鹰和猫头鹰的引导下,行进的速度不是很快。可这也不能怨他们。在下一站休息的时候,几只母野鼠和田鼠为远征队增添了几个新成员。这成为远征途中的转折点。

在动物们,特别是在灰心丧气的大獾看来,事情是明摆着的,刚刚生了小宝宝的几位田鼠和野鼠没法继续远行了。在营地的石楠丛里,各个小队长开了个碰头会。

黄鼠狼说:"这样看来,咱们的队伍又要减员喽。"

大獾愁眉苦脸地说:"也没别的法子。我们总不能都停下来,等这些小不点长大啊!"

野鼠说:"这是注定会发生的事,只不过大家从来没提起罢了。"

大獾说:"假使我们已经走到白鹿公园,那添丁增口这事我会很高兴的。"

猫头鹰说:"可惜我们还没走到呢。"

"是啊,天哪!"大獾叹了一口气,"不知道狐狸遇到这事会怎么处理。"

猫头鹰不耐烦地说:"你就不该这么想,现在要我们自己拿主意。"

蝰蛇插嘴道:"也没啥好决定的。如果我们继续前进,那这几窝小娃娃就要留下。如果狠不下心来的话,那倒不如全都不走了,'虫儿虫儿飞飞……'唱到这些娃娃会自己走路的时候。你们信不?我其实早就想好解决方案喽。"

田鼠听了,生气地说:"如果什么事都由你来拿主意,那我们早就不在这世上了!"蝰蛇没有说话,只是龇牙咧嘴露出吓人的样子,田鼠对此毫不畏惧。

大獾连忙打断他们的话:"好啦,好啦。这样争吵是解决不了问题的。"

这时,猫头鹰有板有眼地说:"蝰蛇的话当然有道理了。

那些刚刚生了小宝宝的家长会尽心尽力为自己的孩子着想，他们只能留下。我们可以帮助他们在附近找个好地方安家。而剩下的必须继续前进，因为咱们都是拴在一根绳上的蚂蚱。"

大獾点点头说："猫头鹰老弟，我赞同你的意见。"

"可是我反对！"田鼠争辩道，"这事对我们田鼠和野鼠来说可不是那么轻松就能决定的。他们都是我们的亲人，把他们丢在这里，我们做不到！"他看着野鼠，希望得到支持，"我说的是，只要有鼠类留下，那我们鼠类就全都要留下！"

大獾大吃一惊，他恳求说："不要这样想啊，田鼠。"

野鼠说："大獾，你要明白，这些鼠类，就算他们的孩子长大了也再没有机会去白鹿公园了。我理解田鼠的想法。我们怎么能把自己的亲戚留在这里，让他们苦苦等待，谁知道会发生什么啊？谁来担这个责任啊？"

大獾毅然地说："这个责任我来担！现在我是队长！"

田鼠气哼哼地说："可你不是野鼠，也不是田鼠！你跟我们想问题的立场不同！"

蝰蛇慢吞吞地说："我真搞不懂，咱们为什么对别人家的事这么着急上火呢？"

田鼠和野鼠怒视着蝰蛇。

"蝰蛇，我认为你忘了点什么。"大獾说，"我们出发之前都宣了誓，也包括你在内。公约上说，任何一个动物的安全和权益，都跟远征队这个集体的安全和权益息息相关。你要好好反省一下。"最后，大獾以训诫的口吻结束了发言。

蝰蛇天生就不会跟谁道歉。他只是咧嘴笑笑，表示妥协了。

田鼠和野鼠又转身看着大獾。

"队长，既然你说那个公约还算数，又怎么能说出那种话来呢？把我们当中的任何一个留下来？"

"田鼠兄弟，那是因为你和我一样明白，那些刚生了孩子的家长根本就不想再长途跋涉了。但是考虑到集体的安全，我们一定要尽快到达目的地。咱们都走了那么长的路，你们剩下的鼠类兄弟应该跟大家走到底。我们会尽最大努力帮他们在这里把家安好。"他又补充了一句，"你知道，他们在这里生活会很舒服的。这儿相当僻静。"

"大獾队长，谢谢你！"野鼠说。跟田鼠表亲相比，他更通情达理一些。他劝田鼠道："大獾也有难处，你说是不是？他也不希望这样的事发生，可他要为大家考虑。"

"可在这个节骨眼儿上，我只能考虑我们鼠类同胞的利益。"田鼠回答，"你也应该如此啊，野鼠老弟。你要站稳立场！只要有任何鼠类留下，那我也不走了。"

"大獾，真抱歉！"野鼠小声说，"恐怕田鼠也没错。"

"如果这是你们的决定，我只有接受了。"大獾忧伤地说，"但是我们的首要任务是走到目的地。虽说狐狸不在我们中间，但我要确保远征队的最后胜利。我很遗憾。"

田鼠耸耸肩膀，一言不发地离开了会场。野鼠看似做了激烈的思想斗争，他犹豫了一下，最终跟着表亲离开了。

黄鼠狼说："他们如此担心，也是正常的。"

动物远征队

会议结束了,大家一致决定趁天还没亮,帮野鼠和田鼠找好安家的地点。

大獾独自思忖着走到一边。远征队已经行进了这么远的路程,在这个时候队伍又要面临一次分裂。这个想法在他脑海里萦绕不去。他意识到,如果狐狸在,大家一起商量该多好。现在他是动物们的主心骨,他一定要率领大家渡过难关。

天刚蒙蒙亮,大獾就带领几个动物出发,为鼠类分遣队的成员寻找安置新家的地点。这不是什么难事,那些小动物的要求都很实在。

在野鼠的建议下,他们在茂密的白桦丛里找到一个地方。那里有一层厚厚的落叶,踩上去软软的,还有很多树枝和草丛做掩护。田鼠也认为那个向阳的山坡是个理想的好地方。

野鼠和田鼠很快就在新地点安置好了家。大家互相告别之后,大部队还是由小鹰做向导,继续上路了。

太阳越升越高,天也越来越热,动物们的脚步也缓慢了很多。他们都很口渴时,幸运地看到了一条小溪,那浅浅的涓涓流水好像在邀请他们。几个动物学着蛤蟆的样子,走进水里凉快一下。

乡间的景致空旷、幽静,大獾决定小憩一下,等大家的精神都恢复了再走。

小鹰和猫头鹰飞到前方侦察情况。周围暖暖的、静静的,动物们都打起瞌睡来。蛤蟆四仰八叉地漂浮在溪水上,满脸陶醉的样子。水波荡漾，轻轻地拍打着他的身体。他那对映着阳光的宝石般的眼珠子闪着光芒。蛤蟆迷迷糊糊地要睡着了。

突然，耳边传来一声尖厉的叫声，他猛地清醒了，看到一只身体瘦小、样子凶悍的鸟儿从头上掠过。他的嘴尖死死地叼着一只挣扎着的小野鼠。

蛤蟆赶紧游到岸边，看着那只长着灰色脑袋的鸟儿带着猎物飞走了。大獾、黄鼠狼、刺猬和长耳兔都跑了过来。

蛤蟆大喊："说不定是我们的鼠类朋友！"

大獾说："快！长耳兔、黄鼠狼，你们跟我走。刺猬，你留在这里，带大家找地方隐蔽起来，好吗？啊，小鹰和猫头鹰哪儿去了？"

三个动物朝着那个"强盗"飞走的方向追去，长耳兔冲在最前面。

那只鸟儿叼着猎物，扑棱着翅膀，飞不快。飞毛腿长耳兔很快就追到那只鸟儿的下方。他放慢脚步，正要大喊，可抬头一看，那只鸟儿的嘴像冷酷的钩子，可怜的小野鼠耷拉着身子，不用说，已经断气了。

长耳兔知道再怎么追也是白搭。那只鸟儿向下冷冷地看了一眼，嘴里闷闷地骂了一声"嘎嘎"，然后转过身，给束手无策的长耳兔亮出一个漂亮的棕色背影，像个得胜者一样飞进白桦丛不见了。长耳兔知道，那正是田鼠和野鼠安家的地方。

长耳兔向四周看看。大獾和黄鼠狼还远远地落在后面。于是他也跟着那只鸟儿钻进树丛。那只鸟儿激动的尖叫声暴露了他的行踪，原来他的妻子正站在一根白桦树的嫩枝上迎接自己的丈夫。长耳兔一眼望去，不禁毛骨悚然。

只见那只棕背鸟儿飞到一旁的黑刺李树丛中，把嘴猛力朝尖刺上一甩，那只小野鼠就死死地插在尖刺上了。之后，他飞到树枝上落在妻子身边。他俩兴高采烈、摇头摆尾地说起话来。

尽管长耳兔不情愿，可他还是不由自主地朝黑刺李树丛走过去。他只走了几英尺就停下来，简直无法相信眼前的恐怖景象：树刺上插满了尸体，熊蜂、大甲虫和蚂蚱，还有小小的，毛儿还没长出来的老鼠，全都整整齐齐地穿在锋利的刺上。

长耳兔喃喃自语："屠夫鸟！"所有野生动物都听说过屠夫鸟食物橱的传说——这些背上长着红棕色羽毛、大名叫"伯劳"的鸟儿，把他们的猎物挂在树刺上，所以大家都叫他们"屠夫鸟"。

长耳兔打了个寒战，脑子里突然闪过一个自己都不敢承认的念头——田鼠和野鼠在哪儿呢？他在树叶和树枝间寻找起来，越找心里越着急。他什么地方都找遍了，可是一只鼠类都看不见。

他听到大獾在喊："长耳兔！你在哪里？"

长耳兔马上走出灌木丛。那两只屠夫鸟直挺挺地站在枝头，脑袋转来转去，寻找着新鲜的食物。

长耳兔拿定主意，不能让大獾看到他刚刚看到的景象。大獾心肠太软了，要是给大獾看到那个恐怖的"食物橱"，他一定会为发生的一切自责，认为都是他把田鼠和野鼠，至少是把他们那些无助的小宝宝送进了火坑。

长耳兔走到树丛外。"原来你在这儿啊！"大獾喊，"那只鸟儿去哪里了？你看到了吗？"

长耳兔悲伤地摇摇头，说："那只小鼠不知是谁家的孩子，已经死了。我亲眼看到的。"

大獾刨根问底地问："那是什么鸟儿？"

长耳兔飞快地思索了一下，含含糊糊地回答："嗯，我也不能肯定。那鸟儿的背是红棕色的，脑袋是灰色的，嘴巴尖尖的像个钩子。"

黄鼠狼马上说："是屠夫鸟！"

大獾惊慌地看着他。"该死的东西！"他说，"原先在法辛林边界就住着一对这种鸟儿……他们捕捉小动物，比蝰蛇还凶狠。"大獾不说话了，转头四处张望。

他一边朝黑刺李树丛走去，一边咕哝着："可……田鼠呢？野鼠呢？他们都去哪儿了？"

长耳兔还是忍着不吭声，只是慢吞吞地跟在大獾身后。他们走进灌木丛，大獾四下看起来。

突然，他们听到脚下的树叶里传出沙沙沙的声音。从一堆烂树叶下，田鼠和野鼠一个个走了出来。

田鼠问："平安无事了吗？"

长耳兔说："是的，快过来吧。"说完，他和大獾、黄鼠狼一起把鼠类同胞夹在中间，护送他们从白桦丛跑到一个树洞里。大家钻进树洞，一边喘气，一边定定神，半晌谁都不说一句话。

后来，大獾开口说："田鼠，你看，离开集体的保护是不是出事了？你们个子小的动物独立生活真是太危险了。到底失去了几只鼠？"

田鼠痛哭流涕地说："所有的小娃娃。大獾，我真后悔啊！我早该知道你是真心替我们着想。"

"以后还是跟着大部队走吧，"野鼠说，"那几个可怜的家长都同意了，否则我们田鼠和野鼠都要绝后了。"

"走吧！"大獾果断地说，"我们不能离开刺猬太久。谁也不清楚还会发生什么危险。"

动物们走回小溪边。刺猬跑出来迎接他们，他报告说："这里一切安全！"

大獾跟刺猬讲了发生的事。"悲剧啊！"他说，"但是以后绝对不会再发生这样的事情了。你们相信我。从现在开始，我们的行动要更加谨慎，只有喝水、吃东西和睡觉的时候才停留。小鹰和猫头鹰两个轮流在空中值勤，他们能发现任何威胁我们生命安全的情况。"

大獾看了大家一眼，声音中又充满温和与慈爱："在我负责远征队期间，再也不会有伤亡事件发生了。我保证！我希望大家都相信我的话！"

动物们一致表示同意。

大獾说："谢谢大家。蝰蛇，你好像有话要说？"

蝰蛇冷笑着慢吞吞地说道:"大家都给你投了信任票,多么感人的一幕啊!要是我能鼓掌的话,我肯定会这么做的!"说完,他自个儿咻咻地笑了。

大家谁都不理他。尽管远征队刚刚经历了沉重的打击,但是动物们心中重新燃起了希望的火苗。他们经历了横渡大河的危机,又失去了狐狸队长。狐狸是一位天生的领袖,他在大伙心目中的地位是无可取代的。

但是,动物们也感到大獾展露了他的领袖风范,可以从容地应对任何意外状况。不论前方还有多少艰难险阻,大家心中都有共同的目标。他们已经走过了漫长旅途,现在没有什么能够把他们分开了。

狐狸生死不明,但是大多数动物都不相信他真的死了,他们还是坚信,终究有一天,狐狸会回到他们身边。现在,不论狐狸是否在他们身边,不论前方的路有多么遥远,每个动物都抱着相同的信念:远征的终点只有一个,那就是白鹿公园!

下部

挺进白鹿公园

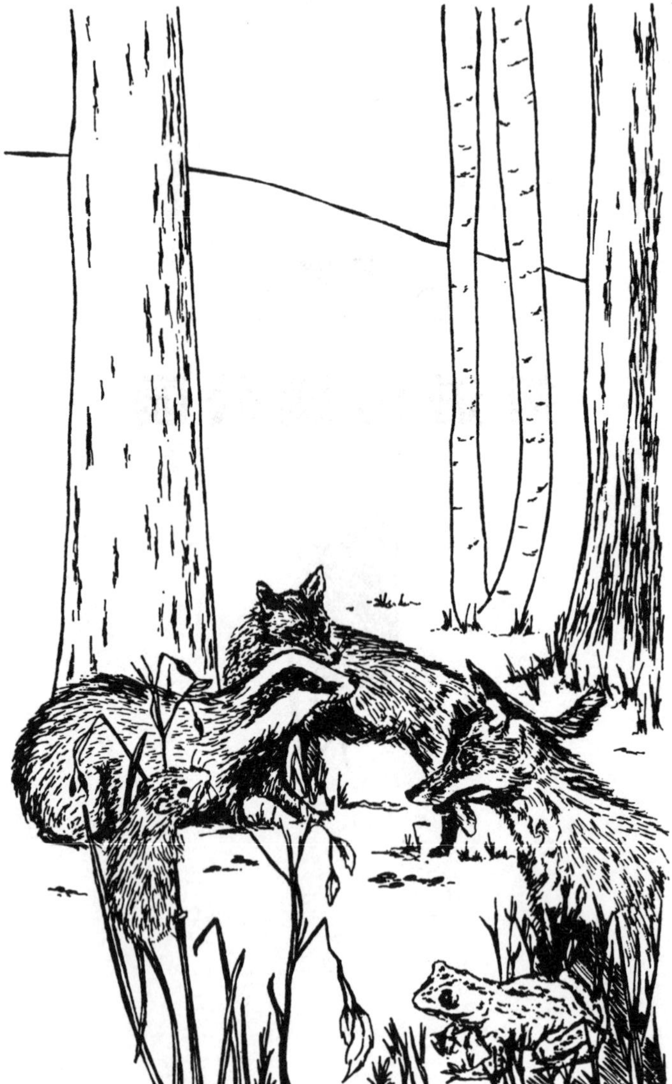

第19章 狐狸掉队

狐狸在河心，看到浮木和杂草缠在一起的庞然大物顺流而下，向他迎面撞来。此时他已经精疲力竭，知道自己离岸边太远，肯定躲不过这重重的一击。只不过几秒钟的工夫，那庞然大物已经冲到他面前，将他包围，一块断木砸在他的脑袋上。狐狸随即被水流卷走了。

不管狐狸如何挣扎，都无法挣脱那块断木。他无助地漂浮在水上，朝岸上投去最后一瞥。他看到朋友们沿着河岸奔跑，努力要赶上他，但是他知道那是无济于事的。

几分钟后，狐狸便孤零零的了。他使出全身的力气让头露出水面。

终于，狐狸漂到了水流平缓的河段。他好不容易让身体的姿势自在了一点，上半身露出水面，前腿搭在缠绕在他身边的那些棍子和树枝上。就这样，他漂了相当长的距离，天也渐渐亮了。

河水凉凉的,狐狸觉得很清爽。他被树枝缠着,没法自己游开。不过他感觉体力恢复了很多,不像先前那么疲劳了。他就趴在这个小小的"浮岛"上,随波漂荡,离朋友们越来越远。狐狸不免担心起来,不知道自己还能否踏上坚实的土地。

树枝将狐狸带到一道低矮的河堰,在这里,他稍稍遇到一点惊吓,头没到了水里,然后又冒了出来。而接下来的河段就不那么宁静了。河面越来越宽,狐狸像一片落叶,显得特别渺小。他漂过一些钓鱼和野餐的人,几艘游艇和小船。他还从一排垂柳下漂过,又漂过几艘大的观光船,船上是一些身着夏装的游客。只是没有人发现他,更没有人对他这个"水上漂"指指点点。

狐狸渐渐地意识到,过不了多久,他就会被冲到大海里去。关于那无边无垠、波澜壮阔的大海,他听说过很多可怕的传说。就在这个时候,情况突然有了转机。

他漂到一座桥下的时候，前方正好有艘汽艇。汽艇上的人显然刚钓完鱼，正把最后的钓竿拉上来。缠绕着狐狸的那些树枝被船外的马达挡住，停了下来。

汽艇虽然距水面不高，狐狸却不敢爬到艇上去。不过他想，也许这是个机会，等这个钓鱼的人靠岸的时候，他就可以回到岸上去了。

这个人收拾停当后并没有发动马达，而是取出桨，优哉游哉地划起汽艇来。他根本没朝后看一眼。

没划多久，河心出现一座小岛，河水从两边分成两股。钓鱼的人把汽艇划向左边的河道。狐狸看到前面有两扇大木门，将河面拦腰挡住。汽艇划近的时候，两扇门慢慢地打开，那个人照直划了进去。

突然，汽艇不动了。狐狸发现自己来到一个狭窄的水闸里，左右两边是高高的石壁，上面长满了黏糊糊的青苔。前后分别是两组巨大的闸门。狐狸抬头一看，发现好多人正从闸顶往下看。

他听到咕嘟咕嘟的水声，然后就觉得自己跟着水面慢慢升高了，布满湿滑青苔的石壁从身边闪过。头顶那一张张人脸越来越近了。他们一定会发现他的！

就在这个时候，他听见一个孩子兴奋的喊声。闸顶的人们都探着身子张望。狐狸一下子觉得又紧张又害怕，不知如何是好。他听到人们的叫嚷声越来越大，还看到钓鱼的人从汽艇上站起身，朝他这边望。

狐狸想缩进树枝里,不让人看见,但是已经来不及了。越来越多的人都在往下看。他们激动地指指点点,七嘴八舌地议论着。狐狸眼看就升到水闸上面来了。

水面上升的速度慢了下来。汽艇上的人不得不坐下来,准备继续划。他前方的闸门打开了,那个人抓起了船桨。

狐狸明白,假如他现在不立即采取行动的话,就又要被拖到河里去了。他的头差不多跟石壁顶端一样高了,很多双手臂向他伸过来。可是狐狸不知道他们是不是来帮忙的。他管不了那么多了,于是龇牙咧嘴做出吓人的样子。那些胳膊就都缩了回去。狐狸趁机轻轻一跳,跳出缠绕着他的树枝,刹那间稳住身子,再接着一跃,跳到人行道上。

腿,到处都是人腿!狐狸趁人们还来不及拦住他,从这些腿中间直冲过去。他看到了河岸,就朝那个方向飞奔。他这辈子还从来没有跑得这样快,把人和他们的叫嚷声远远抛在后面,直奔他发现的第一个藏身地。

可这里好像处处都是人。狐狸的身后有人追着他喊,而且周围也都是人。有的在散步,有的在岸边的草地上闲坐或自在地躺着。他们当中有些人根本没发现蹿过去的狐狸,有些人则大吃一惊,尖叫着闪到路边。

狐狸沿着纤道朝前跑,左边是河流,右边是篱笆、矮树丛、围墙和房屋。他夹在中间不顾一切地朝前冲去。

很快,前方隐隐约约出现了不久前他漂过的那座桥。纤道一直从桥底穿过。狐狸还是没有停下。

在阳光和微风中，狐狸湿了很久的身体干了。他感觉浑身是劲儿，精神抖擞，勇气十足。他边跑边想着要回到朋友们身边，脚步更快了。突然，篱笆消失了，右边出现了树林和广阔的田野，还有三五成群的牛和马。

狐狸转身跑进第一块农田里。青草凉凉的，狐狸踩上去觉得特别柔软。他离人类的道路越来越远，感觉踏实多了。田间有一条蜿蜒流过的小溪，狐狸大口大口地喝起水来。

一头荷兰母牛在小溪上游不远的地方喝水。她抬起头来，温柔地看着狐狸，说："你胆子可真不小。农夫就在旁边那块农田里。"

"我……我迷路了。"狐狸回答，"我想找到回去的路。"

"这里离你家很远吗？"母牛问。

狐狸回答："离我以前的那个家很远了。现在我还没有家，不过我正在去新家的路上，可我跟朋友们走散了。"

母牛回答说："不知道我和姐妹们能不能帮上什么忙。"

狐狸感激地说："你已经帮了我，我会避开下一块农田的。现在我要走了，前面还有很长的路。"他再次向母牛表示感谢，然后继续健步如飞地跑起来。他绕过农田跑进旁边的地里，眼睛一直盯着左边的河流。

这块地里孤零零地站着一匹黑马。看他那灰乎乎、瘦巴巴的后背和脖子，狐狸推断这匹马已经很老了。老黑马安详地斜卧在栗子树下，眼睛偶尔眨巴眨巴，那快秃毛的尾巴懒洋洋地赶着苍蝇。

"你好！"狐狸小跑过去，愉快地跟他打招呼。

老黑马略微一惊，低下头道："哦？你好！"然后呼哧呼哧地说，"我一定是又睡着啦。天气可真热啊！"

"可不是吗。"狐狸停下来，从背上抓起一只鹿角甲虫，那虫子拼命地挥舞着六条腿。

老黑马掉过头去，恶心地说："喂！你怎么吃得下这种东西？"

狐狸说："我都好几个钟头没吃东西了，这才是第一口啊！"

老黑马热情地说："你要是饿得慌，我的马厩里还有半槽子东西呢。我的牙都要掉光了，草嚼不烂，胃口也大不如从前喽。"

狐狸说："你的心意我领了，不过说实话，我不大喜欢吃那些东西。"

"哦，那也好。那咱爷俩儿就聊会儿天吧。"老黑马换了个话题，"这里总是只有我自己，憋闷死了。"

狐狸虽然归心似箭，但是他觉得拒绝老黑马的邀请实在过意不去，尤其是老黑马对他如此彬彬有礼。

他走到栗子树下，在树荫下趴下来喘口气。太阳火辣辣地照耀着。

老黑马点点头说："这就对了。随便点，像在自己家里一样。这里凉快些。"他依旧靠着树干，"这些日子我都没什么伴儿，"他说着，用那双温润的眼睛打量着狐狸，"我的老哥枣红马去年夏天去世了。打那以后，我再没有什么朋友。自从我老伴过世之后，我只跟那个老家伙谈得来。虽然他只不过是个干力气活儿的。"

狐狸问："干力气活儿的？"

"对啊，就是专门拉车的马。"

"那您是……"

"我是一匹猎马啊！"老黑马回答，"我是此地马厩里最棒的猎马，系出名门的纯种马。虽然我现在跟你这样聊天，但我可是干了一辈子围猎狐狸的活儿啊。听着好笑吧？"

狐狸听后吃了一惊，竖起了耳朵，小声问："围猎？"

"没有错。唉，其实我也不赞成呀。这是一项罪恶的娱乐运动。可是一想到奔跑、跳跃，还有猎人们火红的斗篷，我就热血沸腾啊！"

狐狸惊得打了个冷战。老黑马的话将他的思绪带回儿时，带回到父亲讲过的那个故事里：疯狂吠叫的猎犬，滚雷般的马蹄声，还有那些被紧逼不舍、无休止地奔跑、最后因精疲力竭而死去的狐狸。

老黑马觉察出狐狸的不安，深表歉意地说："请你一定要原谅我，就当是我这个老家伙无聊的怀旧吧。相信我，当年我追逐的动物每每成功逃生的时候，我的心里比什么都轻松，就跟你的感觉一样。"

狐狸说："您的心地真好。我从来不怀疑什么。只有人类才会做出那种残忍的事情。"

老黑马点点头:"我同意你的看法。可是,那些人类待我不薄,相处得如一生一世的朋友。"

狐狸摇着头说:"一种不同寻常的关系。"

"当然了。"

"谢天谢地。我自己从来没有遇到过被围猎的事情。"狐狸说,"但是我父亲给我讲过他的经历。他的运气还不错。可我的祖父母就是双双被猎杀的。猎犬把他们撕成了碎片。"

老黑马点点头,严肃地说:"我给你一个忠告。我要是你的话,绝不会在这里久留。这儿方圆几英里都是狩猎区,我不希望你遇到什么意外。"

狐狸说:"非常感谢您的建议,不过您不用担心,我只是路过这里。我要到河的上游去找我的朋友们。昨晚我跟他们失散了。"

"真的吗?发生了什么?"老黑马很想知道事情的原委。

狐狸讲了自己如何在渡河的时候,因为搭救一些受惊的兔子而被河水卷走的经过。他看到老黑马满脸狐疑的样子,又一想,多休息一会儿对自己也是有好处的,就索性一五一十地给老黑马从头讲了起来。

他讲述了法辛林的动物们如何被人类驱赶出家园,如何听蛤蟆描述了一个美妙的地方——白鹿公园自然保护区。他们希望在那里可以重新开始安宁的生活。于是大家同舟共济,踏上了漫长而艰难的旅行。当狐狸回忆到他们在路上遇到的种种危险的时候,声音都颤抖了。尤其是从恐怖的大火中逃生,还有为了躲避暴雨，遇到愤怒的农夫要用枪干掉他们，最后就是横渡大河那惊心动魄的一幕了。狐狸越回忆，便越惦念朋友们。他连忙尽可能得体地将谈话收尾，迫切地想要再次上路。

老黑马除了偶尔表达一下愤怒之外，一直一言不发地听着。狐狸的话音刚落，他便忧心忡忡地发表议论："这种事在世界各地都时有发生，你们这些野生动物被逼到绝路上去了。人类向来贪婪成性，特别是涉及跟土地有关的利益时。但是也幸亏有了他们中间的另一些人，这些人特别重视野生动物的生存，为你们开辟出了一些受保护的地方。在那里你们可以过上太平日子。你刚才提到的那个白鹿公园我也听说过。从这儿到那里对于我们马来说不是很远，但如果你们以老鼠的速度前进的话，就另当别论了。"

狐狸也承认道:"有时候我也担心,不知道是不是每一个队员都能走到目的地。这样的远征对那些小动物们来说的确非常辛苦。"

老黑马衷心地说:"那祝你一路顺风!我也不挽留你了。你的朋友们会担心的。"

狐狸客气地说:"跟您聊天非常愉快。也许有一天您会听到我们成功的消息。"说完,他起身抖了抖身上的毛。

老黑马说:"期待着那一天!我每天都会为你们祈福的!"

狐狸微微一笑,说:"后会有期!"

老黑马说:"后会有期!我的朋友,祝你一路平安!"

狐狸头也不回地离开了农田,前方还有漫漫长路在等待着他。

狐狸尽量在矮树林和灌木丛的掩护下一路奔跑。他认出了在河上漂流的时候看到的很多景物。那几艘船看上去就很眼熟。眺望河对岸,有一些景物还让他回想起在水上漂浮时脑海中的想法。

他想得最多的是如何从困境中脱身。但是,朋友们的生命安危以及他们失去了队长如何行动,也同样是他思考的问题。他也一直期望大貛会派小鹰来寻找他。他一边往回走,一边不时地抬头在天空搜索小鹰的身影。可他的伙伴们仿佛已经去了遥远的地方。

过了几个小时,狐狸觉得自己应该休息一会儿。虽然时间宝贵,可是他明白,为了找到大貛他们,小憩片刻对自己来说是非常重要的。他除了被树枝缠住、无依无靠地漂流时曾经迷迷糊糊睡了一会儿之外,一直都处于高度紧张的状态,始终没有好好睡个觉。于是他开始四处寻找隐蔽的地方。

周围还是有很多钓鱼和野餐的人,他们离狐狸很近,让他觉得很不自在。狐狸只得放慢脚步。这段河面上只有一两艘小汽艇,狐狸觉得对岸似乎也近了一些。他来到河边的柳树林,柳枝轻拂着水波。人们无法从这里下水,狐狸觉得这儿是一个非常好的藏身之处。

树枝低垂到地上,狐狸钻进去,在厚厚的落叶上躺了下来。他确定河里的人看不到他,就把头枕在前腿上,放心地舒了一口气。他要好好睡上几个小时,然后就又能精神抖擞地上路了。虽然饥肠辘辘,可他实在是太困了。微风从柳树林间吹过,柔软的柳枝在他背上抚来抚去。一眨眼的工夫,狐狸就进入了梦乡。

第20章 母狐狸

天黑透了,这时柳树林间吹过一阵大风,把在树下睡觉的狐狸惊醒了。他站起来,觉得神清气爽,只不过肚子饿得实在厉害。他踢踢腿、伸伸腰,然后从藏身的地方走出来,去寻找吃的东西。

狐狸已经饥不择食——甲虫、鼻涕虫、蚯蚓、蜗牛,看到就捉住塞进嘴里。他胃口大开,觉得什么都好吃。等肚子不那么饿了,他就继续快跑起来,心里还记着老黑马的忠告。

到了夜晚,大河静悄悄的。河面上没有了吵闹的汽艇,岸边闲坐或散步的人也都离去了。

从狐狸被河上的烂木头卷走的那一刻起,到现在已经过去了整整一天一夜。他没有发现同伴们来寻找他的任何迹象。他明白了,一定是因为自己在河里漂得太远了,除了那两只鸟,其他朋友是没法寻找他的。他设想,小鹰来找过他,可是他正在睡觉,所以就错过了。但在那之前的好几个小时里,他也没有看到小鹰的影子。朋友们肯定以为他失踪了,所以就没再来寻找他。狐狸觉得自己孤零零的。

狐狸一边走,一边回忆起这一个多月来的经历,件件往事浮现在眼前。旅途中大家同甘共苦的集体生活彻底改变了他。从前,他在法辛林过着一种独来独往的日子,那是典型的狐狸的生活方式。白天大多数时间他都在睡觉,到了夜晚他就独自游荡和猎食。当然了,大獾一直都是他的挚友,还有其他一些点头之交,比如猫头鹰棕毛儿。在那些日子里,他并不习惯与其他动物相约做伴。

而现在,狐狸觉得他特别需要一个伙伴,渴望到心里隐隐作痛的地步。眼下狐狸最担心的是,如果他的朋友们真觉得已经失去了他,他们便会继续赶路,这样,他离朋友们就更远了。唯一让他感到欣慰的是,他独自行进的速度比远征队的速度要快很多。因为大家要迁就走得慢的动物。想到这儿,狐狸脚下的步伐就轻快多了,他知道这样小跑起来反而省力。

狐狸的心底仍旧抱着一线希望。现在天黑了，猫头鹰也许正在找他。可是时间一点点过去，这希望也越来越渺茫。

狐狸还惦记着大獾和棕兔们的命运。当他被河水卷走的时候，他们还在河里挣扎。狐狸不知道他们的下落，真是心急如焚。在这个云淡风轻的夏夜里，狐狸匆忙赶路，脑海里思绪万千。

狐狸看到前方不远处就是那道低矮的河堰。他知道自己已经走了相当远的路。那湍急的流水、哗哗的漩涡又让他浑身发抖，四肢绵软，可他还是逼着自己朝前飞奔。

很快，天边露出鱼肚白，一抹朝霞预示着黎明即将到来，风也停了。

天色越来越亮，狐狸也更加疲倦。他心想，等天大亮的时候自己会累倒的。

狐狸终于跑不动了，头垂到两腿之间，呼哧呼哧地喘着粗气。他走到那变幻莫测的水边，喝了几口凉丝丝的河水。他的腿吃力地站着，一个劲儿地颤抖，就好像小鹰飞翔时翅膀在振动一样。

等狐狸喝够了水，知道自己不能再往前走了。他的朋友们需要他，但是如果想赶上大家的话，就必须吃些东西，再充分地休息。昨夜他走了很远，自己很满意。于是，他四下寻找睡觉的地方。

河边无遮无拦，狐狸就朝岸上走了一段路。在原野和草地那边有浓密的矮树丛。狐狸看到一块农田的拐角处有一些灌木，下面有一个大地洞。他先是小心地嗅嗅洞口周围，然后又把脑袋伸进去闻了闻。

他觉得闻到了狐狸的气味，但洞里没有声音。于是，他小心翼翼地走进了那个地洞。洞里很黑，空荡荡的，可是很温暖。狐狸想，这儿也许曾经是一只狐狸的家，可多久没有狐狸住过，就不得而知了。他又一次回到洞口，向外张望一番。周围没有任何动物的迹象。狐狸转身背对阳光，在地上舒舒服服地躺了下来。地上的土很松软，狐狸转眼就睡着了。

狐狸觉得有什么东西碰了碰他的身子，一下就惊醒了。洞里很黑，他过了一会儿才看出来那是什么。不过，他敏锐的嗅觉早就已经告诉他，那是母狐狸的味道。他连忙站了起来。

母狐狸体贴地说："别害怕。你躺着吧，想休息多久就休息多久。天要黑了，我出去找点东西吃。"

"我……你瞧，我不知道这里是你的家，"狐狸结结巴巴地说，"我看这儿是空的，所以就……"

母狐狸说："这个洞不过是我狡兔三窟中的一个。"

狐狸有些不解。

"我很久没到这一带来了，"母狐狸解释道，"今天刚好路过，我听到了你呼吸的声音。"

狐狸说："我走累了。"

"你在旅行吗？我从来没见过你。"

"旅行？"狐狸笑了，"对，算是吧。说来话长。"

"要是你愿意告诉我的话,我很想听听呢。"

狐狸说:"我也很乐意给你讲。不过你不是说要出去找吃的吗?我也没吃东西。我们……可不可以一起去,然后把食物带回来吃?等吃完,我就给你讲讲我是如何到这里来的。"

"好主意!"母狐狸说,"那我们就出门吧?"

"好!"狐狸特意说,"我肚子都要饿瘪啦。"

母狐狸领路,狐狸跟在她身后走出地洞。他俩肩并肩地小跑起来。狐狸心中荡漾起一种从来没有过的感觉,那是一种对伙伴含义的全新领悟。

夜幕低垂,他俩穿过田野。狐狸时不时看一眼身边这位新结识的伙伴。他暗自想,这只母狐狸是他见过的最楚楚动人的淑女,他要在适当的时候把这个想法告诉她。

他们一起找到了食物,又一起踏着皎洁的月光,带着战利品回到地洞。整个过程谁都没有说话。

安全地回到地洞之后,他们就狼吞虎咽地吃掉了晚餐。母狐狸邀请狐狸开始讲他的经历,于是狐狸讲起法辛林和朋友们的故事,他们如何开始了前往白鹿公园的远征,如何在横渡大河时遇到了悲惨的意外。而他作为队长,现在正在寻找大部队的路上。

母狐狸聚精会神地听着,对他们的英雄壮举钦佩不已。"你们多么勇敢啊!"狐狸说完,母狐狸就轻轻地感叹。

"那么你呢?"狐狸问,"也给我讲讲你的故事吧。"

"啊,不!不!"母狐狸咯咯地笑了,摇摇头,"我其实没有什么故事好讲。我一直住在这个地方。幸运的是我的家没有遭到人类的掠夺，尽管我也险些落在他们手里。"

"是不是在围猎的时候？"狐狸用低沉的声音问。

"是的，不过我很幸运。有好几次我听到激烈的围捕声，但都是在追别的动物。"

"可怜的动物啊！"狐狸打了个寒战。

母狐狸微笑着说："这是我们生活的一部分。我们都要学会面对它。说不定有一天就轮到我了，可在此之前……我是自由的。"

"我不敢想象，要是你……"狐狸话说了一半，就说不下去了。

母狐狸温柔地问："你想说什么？"

狐狸没有立刻回答。过了一会儿，他说："我们刚才找食物的时候，我忍不住偷偷地看你。你是我见过的最了不起的动物，那么敏捷、那么轻盈。你的眼睛是多么明亮啊！你的皮毛也那么美丽，光彩照人、柔顺飘逸。"

母狐狸没有说话，眼睛羞答答地看向别处……

狐狸接着说："我希望你成为我的伴侣。那样，你就什么都不用怕了。让我来保护你，应对一切！"

母狐狸抬起头，抿嘴笑笑。"我相信你能的！"她柔柔地说，"你是个男子汉。"

"这么说，你愿意做我的伴侣，帮助我寻找朋友了？"

母狐狸又不说话了。她低头注视着地面，好像在想着心事。狐狸不敢呼吸。终于，母狐狸抬起头来，在黑暗中注视着狐狸的眼睛。

她说："我答应陪你旅行，直到你找到朋友。"

狐狸的心凉了半截儿，她的回答并不是他所期待的。

母狐狸察觉到狐狸的失望，说："我现在不能许诺什么。可是我们一路同行，慢慢地，我会做出决定。"

狐狸马上明白了母狐狸的心思，他要证明给她看。母狐狸这样矜持缜密，让狐狸对她的敬慕又增加了几分。

狐狸默默许下了一个庄严的心愿：我一定要配得上你！他大声说："这么说，我还是有戏喽？"

母狐狸开心地笑了。"当然了！"她说，"我也希望如此。"说完，她躺了下来。

狐狸说："你一定累了。我已经休息过了，可以上路了，但是你还要休息。我趁你睡觉的时候，去找夜里活动的动物打听打听，也许他们有大獾和朋友们的消息。天亮前我会回来。好好睡吧。"

"好。"母狐狸说着，把头枕在前爪上。

狐狸离开地洞，朝附近的树林走去。如果这里有当地的猫头鹰，他们一定会知道法辛林动物远征队的情况。狐狸必须知道朋友们朝哪个方向去了。

树林里一片漆黑静谧，只有银色的月光透过树叶的间隙，洒落到地上。狐狸听到夜空里传来夜莺婉转清脆的歌声，他马上循声而去，看到了那位栖息在山楂树杈上的歌手。

狐狸彬彬有礼地说："你的歌喉实在太美了！不知道你能不能帮我个忙？"

"谢谢！"夜莺回答，"在这一带，我是大家公认的最棒的歌手。我还从来没听到有谁唱得比我更好听。"

对于那些会唱歌的金嗓子，狐狸向来不太信任他们的判断能力。听到夜莺空洞无意义的回答，他倒也不吃惊，决定再问问看。

"这我完全相信。"他继续说，"我是说，也许我的一些朋友最近路过这里。他们都非常喜欢欣赏音乐，我想知道你见过他们吗？"

夜莺兴趣索然地问："他们都长什么样儿？"

于是狐狸把远征队几个主要成员的相貌形容了一番。

"哼！"夜莺很生气地说，"蟒蛇！蛤蟆！那些东西怎么会欣赏音乐呢？只有像我这样的鸟儿才有鉴赏音乐的天赋。不！我可没见过你那些爬行动物朋友。"

这只鸟说话太荒谬，狐狸听了有点气恼，但他不想在此事上浪费时间。他看到一只仓鸮像幽灵一般在树林间飞来飞去，便等他在一棵白蜡树树杈上停下后走了过去。

仓鸮瞪着大眼睛盯着狐狸。

狐狸仰头问道："你要是方便，我想向你打听一件事，好吗？"

"好啊！"仓鸮回答得很干脆，"什么事？"

"我正在寻找朋友们的下落，"狐狸说，"你看见过一小队动物打这儿经过吗?"

仓鸮说:"恐怕没有。最近我很少在树林里见到狐狸。"

狐狸连忙说:"不是狐狸,是一队各种各样的动物。有獾子、鼹鼠、黄鼠狼、棕兔、长耳兔、松鼠等。他们是结队而行的,还有一只猫头鹰和一只小鹰跟他们在一起。"

"噢!这下我明白了。可是,没有。我确实没有亲眼见到他们。但是你的朋友,那只猫头鹰棕毛儿来过这里……嗯,大概是一两天前的晚上。我还跟他聊了天。"

狐狸突然想起他还不知道大獾的下落,不免心中咯噔一下,马上问道:"他们都还安全吧?有没有一只獾子跟着他们?"

"有啊。獾子是他们的队长吧?"仓鸮回答,他还不知道大獾只是临时队长,"那只猫头鹰说,遇到了一些不幸的意外,可是我想他们都好好儿的。"

"这个消息太好了!"狐狸说,"这么说我走的路是对的了?"

仓鸮说:"你的朋友告诉我,你们走了很远的路。你是怎么跟他们失散的?"

狐狸将来龙去脉讲述了一番。

"我明白了!"仓鸮点点头,忽闪着大眼睛说,"嗯,我祝你顺利找到他们。你们的远征如果不能圆满完成,那就太遗憾了!"

狐狸问仓鸮知不知道远征队大致朝哪个方向去了。仓鸮摇摇头回答:"你的朋友猫头鹰对这一点守口如瓶。我觉得他闭口不谈这个是有用意的。毕竟,他们的计划泄露得越少,他们就越安全。"

狐狸说:"我们的路线其实只有一个队员完全掌握。当然了,这样最好。至少我知道就快追上他们了。"

仓鸮说:"你灵敏的嗅觉一定会帮你找到朋友们的。祝你好运!"

狐狸谢过仓鸮,没有再向树林里的其他居民打听情况,就回地洞去了。母狐狸还在安稳地睡着。

第21章 母狐狸的抉择

上午,阳光明媚,天已经热起来。狐狸和新伙伴离开地洞,向河边走去。

他俩步伐敏捷,一路小心警惕,躲过河边三三两两的游人。走了几个小时,他们来到法辛林动物远征队横渡大河时那个水流缓慢的河段。狐狸的遭遇就是从这里开始的。

但是狐狸现在对自己在河中遭遇的不幸有了不一样的领悟。虽说他与老朋友失散了,却找到了一位新朋友。这么说来,他还要感谢这条大河,让他有缘与母狐狸相遇。

孤独的感觉消失了,狐狸现在更加急切地想要追赶上大部队。他为自己这位美丽的新伴侣感到自豪,说不出为什么,就是想让朋友们都来认识她、喜欢她。

他们一前一后在河边小跑着。狐狸觉得,如果能让母狐狸亲眼看到他率领远征队走进白鹿公园的那一刻,自己的生活就算圆圆满满了。

他不时偷偷地打量母狐狸，偶尔突然扭头与她四目相对。在灿烂的阳光下，狐狸觉得她更加妩媚动人——丝绸般的毛皮闪烁着熠熠光彩，深邃的眼眸里跳动着智慧的光芒。

他们来到渡河的地方。狐狸让母狐狸先藏起来，自己去找找看能否发现朋友们的去向。

狐狸首先找到了动物们露营的地方，那高高的青草在他们睡觉的时候被压平了。不多一会儿，他又发现一条被动物踏出来的小路，通向前面的一片草地，小路上是各种各样动物的脚印。狐狸喊了一声，叫母狐狸过来，然后，他们一起沿着小路继续朝前走。

狐狸凭着敏锐的目光和机警的嗅觉，循着伙伴们留下的足迹前进。走了一下午，两只狐狸终于走完了最后一片草地，发觉自己来到了开阔的丘陵。

狐狸想，与其奋力地追赶前面的朋友，不如先找个地方休息，等第二天起来早早出发。如果狐狸能预料到这个决定的后果，他一定会昼夜兼程，就算累倒也会继续赶路的。

两只狐狸躲进了浓密的草丛，一直睡到黄昏。

天终于黑了，狐狸先起身，伸了个懒腰，抬抬前腿，踢踢后腿。他低头看看母狐狸，她还在睡着。狐狸害羞地用鼻子蹭蹭母狐狸的脸蛋儿，母狐狸醒了。

狐狸问："你饿吗？"

"特别饿！"

狐狸说："我出去看看能不能给你弄点什么吃的。你留在这儿,我很快就回来。"

"你太好了!"母狐狸说着,对狐狸莞尔一笑。

狐狸顿时觉得浑身热血沸腾。他也微微一笑,然后转身一跃,跳过蕨丛,跑进夜色之中。

母狐狸等待着狐狸的归来。天空中飘起了毛毛细雨,灌木和青草的味道更浓了,潮湿的泥土和树叶也散发出大自然迷人的芳香。

狐狸回来了,嘴里叼着丰盛的晚餐,身上挂着晶莹的雨珠。

他俩吃饭的时候,狐狸说:"我有把握明天就能赶上他们。我感觉得到,他们离这里不远。"

"他们该多高兴啊!"母狐狸说,"假如他们以为你已经……"

"……我已经不在了!"狐狸说,"是啊!能再见到大伙真好!亲爱的大獾,还有猫头鹰、小鹰、蛤蟆,甚至蝰蛇!他们全都是我的朋友。"

母狐狸说:"你有这么多朋友,真幸福。我从来就……就没有……哦,直到……直到遇见你。"

狐狸神采奕奕地说:"你很快就会有好多朋友了。"狐狸又低声说:"我的意思是,假如你同意跟我一起走,做我的伴侣。"

"明天,我会给你答复的。"母狐狸说。

天亮了，两只狐狸醒来，到一处洼地的小水坑喝饱了水，马上又回到动物们走过的那条小路上。才走了没多久，狐狸突然停下来，四下打量，脸上露出不解的神情。他仔细嗅了嗅地面，又前后左右边走边嗅了一段路。

"真是怪事！"他说，"这条路好像岔开了。他们不可能分开的呀！"他更加仔仔细细地闻了一圈，摇摇头说："不对！两条路的气味是一样的，一定有什么原因，他们朝一边走了一段后又折了回来。是不是有谁在跟踪他们？"

母狐狸提醒道："会不会他们走错路了？"

狐狸抬起头来，说道："很有可能。可问题是，哪条路是他们最后走的呢？我们如果走错，那会耽误不少时间。"

母狐狸说："办法倒是有一个。咱们分头走。我走左边这条，你走右边那条。如果你发现走的路是错的，就马上回来追我。要是我发现是错的，就一样去追你。"

"你真了不起！"狐狸钦佩地说，"你对我们远征队来说是一笔多么宝贵的财富啊！哦，但愿你能跟我一起走。"

母狐狸调皮地说："那我可要考虑考虑。不过现在，我要跟你说再见喽。"

狐狸请求道："我们不会分开很长时间吧？我现在认识了你，真舍不得失去你。"

"也许你用不着等很久。"母狐狸像个顽皮的孩子一样笑笑，转身跑开了。

她的话让狐狸充满了希望，他心花怒放地朝着自己的方向走去。

狐狸走过丘陵，追寻着那熟悉的朋友们的气息，偶尔停下来回头望望，希望看到远方的母狐狸朝自己奔跑过来。但是，他俩中间的距离越来越大，狐狸还是看不到她。他开始盼望自己走的路是错的。

虽说心里这么想，可狐狸还是一心一意地往前走。他终于走到一个地方，在那里他毫无疑问地感觉到，朋友们就是沿着

这条路走的。在白桦林里，他一直跟着气味继续向前，而另有一股新一点的气味则直接深入了树丛。狐狸很快又嗅到腐臭的气味，他停下来，警惕地四下察看。只见几米开外的黑刺李树丛上插着许多尸体，其中还有一些小小的、刚刚出生的田鼠和野鼠。

狐狸走上前细看，惊恐地发现，有两只田鼠宝宝长得跟几天前还同他一起旅行的田鼠像极了。狐狸非常震惊。他又看到两只大田鼠，两天前还跟他走在一起，现在却被残忍地插在尖刺上。他心中的疑云消失了，朋友们的确遭遇了不幸，也许是迷了路，也许是散伙了。

狐狸想，现在绝不能休息，一定要搞清楚到底发生了什么。他肯定至少有些朋友就在不远的地方，必须找到他们。

狐狸也想到了母狐狸。现在她一定发现她走的那条路是错的。狐狸蹿出灌木丛，很有把握会看见母狐狸向他跑过来。但是，无论怎么眺望，都看不到她的身影。

狐狸做着激烈的思想斗争，他不知道应该原路返回去迎接母狐狸，还是继续向前寻找朋友们。

时间一分一秒地过去，狐狸越来越担心朋友们的安危，他觉得如果折回去找母狐狸，会失去宝贵的时间。

于是，狐狸带着沉重的心情踏上那条小路，疾步如飞地朝前赶去。

母狐狸一直追踪着路上的气味，可是这种气味突然消失了。她明白了狐狸走的那条路是对的。他们说好了的,她要回去找他。

母狐狸坐下来想起了心事。现在该是她下定决心的时候了。她愿意回到狐狸那里去吗?如果答案是肯定的,那么她就不能再耽搁。如果她不愿意,正好趁这个机会离开他,这样也就不会看到他遭拒绝而伤心的样子。

母狐狸只用了几秒钟去感受自己的那颗心。是的,她当然愿意跟狐狸在一起。他心地善良、相貌堂堂,又英勇果敢。她愿意跟他走遍天涯海角。但是,她仍旧没有起身。

虽然她的身体早已准备好朝着狐狸的方向奔跑,可心还没有完全安定下来。在她的内心深处,仿佛有个声音在提醒她,如果这样做就会失去自由。她一向过着自由自在的日子,独来独往,只要把自己照顾好就足够了。如果跟狐狸在一起,她就不能选择自己想走的道路了。

母狐狸思前想后,最终还是感情占了上风。就在狐狸心如刀绞,决定暂不折回去寻找她的当口,母狐狸已经朝着他的方向飞奔而来。

不幸的是,就是母狐狸这片刻的犹豫,将她,还有狐狸的生命置于最危险的境地。

第22章 围猎

狐狸判断得相当准确，那些来自法辛林的朋友们正在前面不远的地方。

就在同一天早上，大獾率领着垂头丧气的远征队，从夜晚宿营的土沟出发，又走上了丘陵。

他们现在要爬上一处高坡。这个坡非常陡峭。因为田鼠和野鼠的缘故，队伍行进的速度相当缓慢。

大棕兔跟远征队里的另外几个小队长又走到一起了。不久之前发生的意外，他和其他棕兔被认为是造成狐狸队长失踪的"罪魁祸首"。不过这事已被大家抛在了脑后。

他对刺猬说："你听了一定会觉得特别有意思，要是没有我们兔子，这漫山遍野的草早就该长疯喽。发现了吗？这周围没有羊群。你说说，是谁让这些青草保持着又好看又整齐的样子呢？"

刺猬猜道："是牛吗？"

"乱猜！这里哪来的牛。是我们兔子！"

"我一向认为你们兔子确实有点用，"刺猬回答，"可就是从来都没想明白到底有什么用。"

"哼！"大棕兔不屑地哼了一声，"我们可比刺猬强多了！"他说话的口气让刺猬挺不舒服。

刺猬就说："恰恰相反。如果我们不吃那些飞虫、鼻涕虫什么的，这里早就变成虫子的天下了！"

大棕兔的臭脾气虽然是无理搅三分，但此时他也说不过刺猬，就嘟嘟囔囔地咽下了这口气。刺猬走开找黄鼠狼去了。

大獾和鼹鼠在说话。鼹鼠听见大獾上坡时气喘吁吁的声音，心里觉得特别过意不去。

他心想：哎呀！我倒好，骑在大獾哥的背上。他走路却那

么辛苦。

于是他大声喊:"大獾哥,你停停,让我下来吧。"

"别犯傻啦……没……没多远了。"大獾喘着粗气说。

鼹鼠说:"求你啦!我很想自己走一走。"

"不值得停下来呀。"大獾回答,"等咱们走到坡上再说吧。"

鼹鼠就怕大獾会这么说,所以他不声不响地从大獾身边探手探脚,拽着大獾的毛往下爬了一段,在离地还有几英寸远的时候,一跳,掉到地上。

"哎哟,我说鼹鼠,你别拉我的毛呀。"大獾抱怨道,"你坐稳喽!"

呵呵,他以为我还在他背上呢,鼹鼠边想边大踏步地跟着大个头动物们的脚步走起来。

鼹鼠听见大獾还在跟自己说话,不过他已经被落下很远了,听不清大獾在说什么。可他又不敢挑明自己跟大獾使了个鬼心眼儿,因为这样会让大獾感到难堪。所以鼹鼠就一边拼命往前赶,一边大声地喊:"大獾哥!你说得对!"或者"不是这样的!大獾哥!""我听你的!大獾哥!"他不想让大獾发现自己已经不在他背上了。

鼹鼠的小碎步实在太慢了!渐渐地,其他动物都超过了他,就连野鼠和田鼠都走到他前头去了。最后,只剩下他在末尾,一个劲儿地责怪自己,原本为了给大獾减轻负担,可好心办坏事。他眼瞅着队伍朝陡坡顶上爬去,离自己越来越远。

鼹鼠知道，等大獾到了坡上，发现他这一路上多半都在自言自语，一定会非常恼火。鼹鼠的眼神不好，到了最后，他干脆就看不到伙伴们了。这一来，他只好自己孤零零地爬山了。

要是大家把他丢下了怎么办？他马上安慰自己，这不可能。大獾或者别的动物一旦发现他不在队伍里，准会回来找他的。可等大家发现他不见了的时候，也许已经走出去好几英里了。不会的！不会的！他们走到山顶肯定要停下来休息休息，不是吗？

"哎哟！哎哟！"鼹鼠急哭了，他一点一点往上爬，"我怎么老惹祸哟。要是早听大獾哥的话就好了，就不会发生这样的事情了。"

突然，他披着丝绒般皮毛的小身板贴在地上不动了。敏感的脚丫还有机灵的耳朵，都感觉到轰隆隆的震动，那感觉越来越强烈。鼹鼠知道那不是伙伴们的脚步声。这种震动太杂乱，太响亮，剧烈至极。

鼹鼠听出来了——人类的声音，还有狗疯狂的吠叫。现在声音似乎还很远，可每过一秒钟，这些声音和地面的震颤就越来越厉害。

鼹鼠大惊失色地四处张望。当然了，他什么都看不见。不过那震耳欲聋的声音飞一般地在接近他，还有四处的狗叫和人们大吼大嚷的声音，这一切只说明一件事。这声音是每一个生活在自然里的动物，无论个头大小，最恐惧的声音——围猎的声音!

鼹鼠当即吓得晕头转向。他都担心死了,不是为自己,而是为了伙伴们,尤其是大獾和长耳兔一家。他知道自己几秒钟就能挖个洞藏起来。围猎也不是冲着他这样的小不点儿来的,可别的动物怎么办呢?

鼹鼠使出吃奶的力气,再加上因为害怕而不知打哪儿来的蛮劲儿,朝着朋友们走过的方向爬去。

就在鼹鼠眼看爬到坡顶的时候,第一只猎犬出现了。他从山坡斜插着冲过来,别的狗舌头耷拉在嘴外面跟在后头。鼹鼠看到他们从坡上跑了下去,顿时松了一口气。坡上的朋友们安全了。

男猎手身着猩红色的斗篷,女猎手穿着黑色斗篷。他们骑在枣红色、黑色和灰色的高头大马上,那些马不慌不忙地踱着步子。鼹鼠知道,猎犬还没有发现可疑的气味,他们的叫声虽然听上去很兴奋,但不是那种典型的、追踪到野生动物时的狂野嗥叫。

在坡顶,鼹鼠看见了一个小树林。在树林的间隙里,伙伴们三三两两地藏在里面,向外探头探脑。

大獾喊:"鼹鼠,哎呀!还好你没事。你怎么能那么干呢?我们全都以为你又丢了。"

"大獾哥,真是对不起!"鼹鼠后悔地说,"可我也是好意。请相信我,我是为了你才这样做的。"

大獾什么也说不出口了,只是心疼地用鼻子拱了拱鼹鼠的小身子。

鼹鼠结结巴巴地问："你们看到了吗？围……围猎的来了……"

黄鼠狼说："我们没看到，可全听见了，所以就赶紧一头钻进树林里了。"

蛤蟆说："我真诚地祈祷，今天这一带没有狐狸出没。"

所有动物的目光都投向他，大伙的眼神里都流露出同样的想法。

突然，微风又送来一阵嘈杂声，动物们都呆住了。那群猎犬像疯了一样狂叫起来。动物们一齐冲到山坡边往下看。

他们看到猎犬在丘陵上飞奔，猎人们策马扬鞭紧随其后，斗篷随风飘起，朝着一片小树林跑去。

猫头鹰绷着脸说："肯定是发现狐狸的气味儿了，不知哪个倒霉蛋正在前面拼命地逃跑。"

那个倒霉蛋，实际上就是不幸的母狐狸。她在追赶狐狸的路上不巧引起了猎犬的注意。母狐狸是为了弥补耽误的时间才抄小道穿树林的。她想这样从树林另一边出去，正好赶在狐狸的前面。

母狐狸走到树林中间的时候，听到了猎犬的叫声。她的第一个念头是，猎人在狐狸走的那条路上。刹那间，她又是害怕，又是爱莫能助，就停下了脚步。

然而，当她听到犬吠和马蹄声离自己越来越近时，突然更加恐惧了，原来自己才是猎人围追的目标。

母狐狸的第一反应是转身按原路往回跑。可是她冷静地意识到，如果回到开阔的丘陵，她逃生的机会就更小了。现在，最好的办法是留在树林里，在茂密的大树小树和灌木丛中迂回躲藏，这样才能把那些猎犬弄得晕头转向，拆散他们的队伍，而骑在马上的猎人也会让树枝挡住去路。等她把他们带入迷魂阵，他们想走出林子就得花费很多宝贵的时间。到那时，她再跑到最近的树林边，利用赢得的时间，以最快的速度冲向原野。这么一来，她甩掉猎犬的胜算就会很大。

母狐狸的心剧烈地跳动着，她强迫自己纹丝不动，等待第一拨儿猎犬跑进树林找她。她身上的每一个细胞、每一根神经都在大喊：快跑！快跑！但是她还是不动声色地保持着镇静。

可怕的、震耳欲聋的犬吠声逼近了……又近了……更近了！母狐狸听到第一拨儿马身上挽具的叮当声，随后是一阵噼里啪啦、扑通扑通的声音，猎犬们蹿到林子里来了。霎时间，树叶、枯枝和泥土满天飞，草丛和小树苗被猎犬狂怒地踩在脚下。

母狐狸身子一跃，躲开了他们的狂叫，躲开了血盆大口和尖牙利齿。她跑到高大的榉树和橡树下，钻进茂密的榆树和冬青树丛中。猎犬在她身后紧追不舍。

母狐狸从树丛里飞快地钻出来，绕着灌木丛跑了一整圈。这样一来，她跑到领先的那几只猎犬后面去了。她迅速地看了一眼右侧，猎犬的大部队正往树林里钻。于是她冲进一丛小白桦树林里，故意放慢速度，让猎犬们看到她。之后，她转动苗条的身子，围着树干跑起来。从一棵树的左边绕进去，再从另一棵树的右边绕出来，就这样进进出出、绕来绕去，像蟒蛇一样灵活。

母狐狸听到又肥又蠢的猎犬，身子卡在一棵挨一棵的小白桦树树干间，气急败坏地高声嗥叫；也听到骑在马上的猎人钻进树林，肩膀被树枝刮到，或者头撞在横挡的树杈上，生气地咒骂。

她从小白桦树林跑出来，兴奋地跑进林中比较开阔的地方。看来计划成功了。现在她的前方是茂密的荆棘和蕨丛。如果能把那群疯狗引到这里，让尖刺和枝枝藤藤缠住的话，她就又赢得了喘息的机会，可以从从容容地跑出树林，跑到丘陵上去，跑得又快又远。

母狐狸基本上已经达到了将猎犬们拆散的目的。只见那些猎犬跟在她身后，有的独自奔跑，有的成对而行，彼此之间有很大的距离。还有一些猎犬的身子卡在小白桦树中间，不知所措地汪汪大叫。更有几只好不容易从树林里挣脱出来，但已经耗尽了气力，有气无力地哼哼着。最后有几只猎犬完全转晕了，只顾用鼻子闻来闻去，或者没头没脑地跟着前面的猎犬乱跑，又回到小白桦树林去了。

眼下，母狐狸面临的最大考验就是勇气。她为了吸引足够多的猎犬到荆棘丛里来，就要等到他们离自己只有几英尺远的时候才进去。不然的话，那些受过训练的狗东西就知道绕开前面的障碍物，从外面包围死守，等主人来把猎物赶到空旷的地方去。

母狐狸的心怦怦跳着，她渐渐放慢脚步，靠近荆棘丛，然后几乎停了下来。猎犬们又高叫起来，好像已经得胜了一般。他们的叫声越来越大，越来越兴奋，步子也越来越快。有些还不明白怎么回事的猎犬，看到前面猎犬的行动，也照直朝树林这个角落跑过来。

母狐狸回头一看，觉得又一阵恐惧袭来。猎犬们眼看就要朝她扑过来了。她猛地向前一跃，跳进茂密的蕨丛里。接着，她一点一点地朝前爬，钻过那些密密的枝叶。

她听到猎犬们也在后面爬着，知道只要自己钻过那些荆棘和蕨丛，就有十足的把握逃生了。

时间一分一秒地过去，母狐狸身后那些混乱和狂怒的声音告诉她，被荆棘和蕨丛缠住的猎犬越来越多。她也听到猎人恼怒的叫喊声，他们在命令余下的猎犬不要钻到荆棘丛里去。母

狐狸继续往前爬，有时候肚子都贴着地了。

再往前一点，只要一点点，她就自由了。从荆棘和蕨丛的缝隙中，母狐狸看到灿烂的阳光照射进来，外面没有一棵树。她眼看就要从树林的另一面钻出去了。只有几英尺远，她再爬一爬，整个身子就全都钻出去了！荆棘刺透她的皮毛和皮肤，又韧又硬的蕨丛叶子一次次打在她的脸上，疼得她眼泪直打转儿。但前面就是空旷、辽阔的世界了。她努力地往前爬。

当母狐狸再一次抬头看时，心跳都停止了。她马上就要来到开阔的丘陵地，可是在前方等待她的却是林立的马腿。马蹄不耐烦地踱着，他们的主人已经盘算好了，就等着母狐狸出现呢。在那些马腿中间，是红红的眼睛和血盆大口，还有血红的舌头和凶相毕露的牙齿——猎犬！

虽说母狐狸机敏缜密，可人类毕竟更胜一筹。他们知道困在密密的林子里对自己没有好处，就骑马来到林外，绕着树林，等待母狐狸奋力爬出那片荆棘和蕨丛。而母狐狸对此一无所知。猎人们带着的是那些因为跑得慢，而没有钻进荆棘和蕨丛的猎犬。

现在母狐狸终于明白了，自己小看了猎人的能力和经验，这有多愚蠢。身后的荆棘和蕨丛里，猎犬正狂怒地朝她跑来。一切都完了！

第23章 解救母狐狸

狐狸在丘陵上疾步如飞，每一分每一秒都期待着前方出现朋友们的踪影。围猎的吵嚷声，他当然也立即听到了。

最初那几声猎犬的狂叫传来时，狐狸跟母狐狸一样惊呆了。他竖起耳朵，警惕地嗅着空气中的气味。根据他的判断，猎人们所处的位置还比较远，可就在他现在走的这条路上。

跟母狐狸一样，狐狸也想往围猎相反的方向跑，一直跑到再也听不到那可怕的声音为止。但是他在那天已经下定决心，无论如何一定要与朋友们重聚。他的朋友们就在前面不远的地方，他们需要他。

狐狸现在意识到，如果想继续追赶朋友们，就要冒着与猎人迎面遭遇的危险。不过他也有一个有利条件，那就是他在猎犬的下风处。也许绕个大圈子就能避开被发现的危险。

狐狸回头看看，一动不动地停了片刻，可仍旧没有母狐狸的身影。他突然莫名其妙地感到，或许再也见不到母狐狸了。

但他马上把这个念头赶走,朝着确定的方向跑去。

狐狸跑着跑着,听到猎犬的叫声和马蹄声越来越大。很快,耳边传来猎犬发现猎物气味时的那种狂喜的吼叫。那一刻,狐狸的脑海里闪过一个自私的想法,那个身处险境的动物幸亏不是自己。接着,他开始猜想被追踪的动物到底是谁。

狐狸毫不怀疑这一带有很多狐狸出没,他们当中的任何一个都可能是正在不幸遭遇围捕的那只。他想到母狐狸处于他所走的这条路上,应该没有危险。可是突然之间,狐狸那种保护同伴的本能告诉他,该回去找母狐狸,确定她是安全的。毕竟,他并不知道母狐狸这个时候身处何处。

想到这儿,狐狸好像被什么重重地打了一下,担心得要命,不是为自己,而是为可爱的伴侣。现在看来,在母狐狸最需要他陪伴左右、受到保护的时候,自己却不在她的身边。

狐狸想跑回去,不惜一切代价找到母狐狸。可要是她不在自己走的这条路上呢?如果她在的话,现在肯定已经追上来了,至少也能远远地看到了。狐狸闪过一个念头,猎犬们追击的目标会不会就是自己心爱的母狐狸?想到这里,他不禁浑身哆嗦,越想抛开这个念头,就越相信这是事实。

他跑回自己原先走的路上,径直向围猎的方向飞奔而去。担心和害怕仿佛为他插上了翅膀。"我来了!"他喊着,虽然知道谁也听不见他的声音。接着,狐狸低声向母狐狸发出誓言:"只要我活着,他们就逮不到你!"

很快,他看见了小树林,也看见猎犬正朝里面猛冲,还有猎人们谨慎地跟在后面。有几分钟,他们被茂密的树丛挡住,从狐狸的视线中消失了。狐狸跳跃着、飞奔着,离他们越来越近。

当狐狸跑到只剩下最后几百米的时候,看见身着红斗篷的猎人们从阴暗的树林中钻了出来。他们骑着马围着树林快跑,左右跟着一群杀气腾腾的猎犬。

狐狸看到他们跑到树林东边的一个地方停住了,朝树林里看,好像在期待着什么。狐狸不顾自己的安全,向最危险的方向跑去。

狐狸奋勇向前,草叶迎面扑在脸上。他好像什么都不怕了,全身心只为一个信念,那就是去搭救母狐狸。现在,他第一次嗅到了母狐狸的气味。

猎人们看到狐狸飞奔而来，都非常诧异。他们指指点点，大叫大喊，万万没有料到在这个地方又出现了一只狐狸。这只狐狸跑得那么迅猛，样子那么凶狠，连猎犬们也倒退几步，给他让路。

那些马都等得不耐烦了。狐狸从他们的腿和蹄子中间钻过。一只野狐狸竟主动撞上门来，这让猎犬们惊讶得不得了。当狐狸已经跑过去，褐色的背影快消失的时候，这些猎犬才回过神来。

号角吹响了，猎犬们也跟着嗥叫起来。猎人们准备好再一次追击。他们谁也不再等待母狐狸从荆棘和蕨丛里爬出来了。这些人对伏击失去了兴趣，他们更乐意享受飞速地驰骋，炫耀高超的马技，还有风从面颊呼呼掠过、马蹄将地面震得山响的感觉。那才是围猎最让人热血沸腾、激动不已的快乐。

狐狸继续紧贴着树林，围着树林跑。他觉得自己浑身是劲儿，斗志昂扬。他有把握那些猎犬根本追不上他。他要让他们领教一下，什么才是真正的奔跑！

不过，他也不能总在平坦地带奔跑，那样就便宜了这些狗东西。跟母狐狸一样，狐狸也想到了树林的好处，它们不光能拦挡猎犬，更能阻挡骑在高头大马上的猎人。于是他从树林的间隙钻了进去。

当然，猎人头领喝住猎犬，不让他们再一次进入树林。他不愿重蹈覆辙，让猎犬和其他猎人都被搞得晕头转向。但是，若要在树林外面死守，就等于失去了狐狸的行踪。因为他们根本不知道狐狸会从树林的哪个方向出来。他们没有办法把整个树林都包围起来。

最后,猎人头领承认这一回合算是暂时失手。但他还是把猎犬放进了林子,否则,到手的猎物不就白白跑掉了吗?

猎犬们嗷嗷叫着,又一次跑进树林。而猎人头领已经彻底输掉了这一局。他刚才的犹豫,正好给了狐狸宝贵的时间。他早就在林子里跑出好远,从树林的另一边蹿了出去。他全速冲过草地,向前方的山坡奔去。

与此同时,母狐狸当然将狐狸的英勇表现一清二楚地看在

眼里。埋伏在树林外捉她的猎人们被引开了,她的周围现在安全了。母狐狸从茂密的荆棘和蕨丛里爬出来,不出几秒钟,就跑到开阔的草地,而跟在她后面的猎犬还没有钻出来呢。

现在猎犬队伍一分为二,分别围追不同的狐狸,可他们却不知道彼此的情况。这正是围猎狐狸时任何一个猎人头领都不愿遇到的头疼事。这个头领此时正在树林里,跟在猎犬后面,低着头小心地绕过低矮的树枝。他跟别的猎人一样,都在想今天真是个倒霉的日子!

事情也并不像狐狸设想的那样。尽管他身强力壮,但是他一头冲向前方长满青草的陡坡,这是个致命的错误。这个陡坡比他想象的陡峭得多。狐狸刚跑了一小段就累了。他的心狂跳着,腿也直发抖,呼吸越来越急促。

现在猎犬跟狐狸的距离拉近了。他们刚从树林里出来,因为歇息了一下,现在跑得更快了。猎犬爬坡时的耐力更好。若不是狐狸一开始领先很多,他现在就已经处于危险的境地。

此时狐狸第一次感觉有可能被捉住。想到这里,他直冒冷汗。狐狸刚刚爬过半山腰,就听到猎犬们的吼叫声和呼哧呼哧的喘气声。

就在这时,好像做梦一样,狐狸听到山坡上传来最亲切不过、他简直都快要忘记的声音,那声音在呼唤他。原来是大獾、鼹鼠、黄鼠狼、长耳兔、猫头鹰、小鹰、蝰蛇、蛤蟆,以及其他所有的朋友,他们自始至终都怀着按捺不住的紧张心情,观望着他与猎犬之间的较量。他们刚刚才看清那个被围追的可怜动物，正是他们爱戴的狐狸队长。大家原以为他丧命了。可如今，在他眼看就要回到朋友们中间来的时候，却处在这样千钧一发的生死关头。

狐狸先是有点发蒙，但很快就醒悟过来，看到的和听到的全是真的。他又找到朋友们了，现在一切都好了！

狐狸铆足了劲儿，一鼓作气冲到山顶，跌跌撞撞地跑进围成一圈保护他的朋友们中间。大家立刻护送狐狸钻进小树林，就是他们刚才躲避围猎的那个地方。

然而这一次，猎犬们可不是从山坡间穿过而已。动物们看看狐狸，又看看吼叫着逼近的猎犬，再看看狐狸。狐狸这个时候累得精疲力竭，瘫软在地上。他们该如何救他呢？

勇敢的狐狸上气不接下气地说："不……不行了！我没力气了。我……再……再也跑不动了！你……你们不要守着我。快藏起来！他们……他们追的是我。不要管我！"说着他颤颤巍巍地站了起来，往前走了几步。

朋友们都不愿意离开他。

"我们好不容易才找到你，怎么能再一次失去你呢？"大獾说，"别担心，老弟。咱们还有机会赢他们！"

"他们来了！他们来了！"松鼠们早就爬上树，尖声大叫起来。

大獾和其他所有的动物，知道唯一的机会就是血战到底。他们不自觉地将狐狸团团围住，等待着一场殊死搏斗。

接下来那短暂的沉寂，令大家备受煎熬。动物们毫无抵御能力的血肉之躯都吓得一动不动。他们等待着。每一个动物的心都怦怦跳着,像重重的雷声,让他们难以忍受。可他们仍旧等待着。每一秒,都仿佛是生命的最后一刻。

人类的叫喊声,还有奔跑的马蹄声都告诉动物们,猎人们已经跑到山坡上来了。号角吹响了,这声音离他们非常近。但是树林边还没有猎犬出现,甚至听不到他们的叫声了。

动物们不明白发生了什么事,他们不敢动,因为没有更安全的地方可去。这种紧张简直比被捉住还让他们心焦。

大獾的喉咙都嘶哑了。他小声说:"看在老天的分上,别再折磨我们了吧。小鹰,你出去看看是怎么回事好吗?"

就在小鹰飞出树林的时候,动物们又听到猎人的叫喊,猎犬也咆哮起来。奇怪的是,这些声音都渐渐地远去了。

"他们……他们走了!"鼹鼠惊讶地说。

狐狸有气无力地说:"是的。"在法辛林的动物中,只有狐狸猜得到猎人们为什么改变了方向,他说:"是母狐狸。"

动物们看着他,希望他能多说一点。狐狸虽然非常疲惫,可还是竭尽全力给大家讲了如何遇到母狐狸,如何一起追赶大家的事。

他绝望地喃喃自语:"我以为刚才已经救出了她。"

不等狐狸再说什么,小鹰已经激动地飞了回来。

他急急忙忙地说:"还有一只狐狸!那些猎犬已经开始追她去了。他们大概是跟刚才追到山上来的猎犬大队分散了。现在猎人头领已经命令所有猎犬都去追那只狐狸了。不知道为什么，可我猜想是因为他们不能同时追赶两只狐狸吧。不管怎么说，今天咱们走运了。我们要趁现在的空当赶紧离开这里。那只狐狸也朝这里跑来了。"

大獾说："我们能上哪儿去呢？恐怕是跑不掉了。咱们怎么跑得过那些可怕的猎犬呢？他们会把我们咬成碎片。"

"听着，大獾！"小鹰不耐烦地说，"难道你没看到吗？他们在追那只狐狸，而不是我们啊。我们只要从小树林跑出去，离开围猎的路线，就安全了。他们铁定能追上那只狐狸，我看差不离了，尽管我从来没见过跑得那么快的狐狸。只要抓到她，今天的打猎就算收场了。"

"你的心肠怎么这么狠呀！"鼹鼠冲小鹰喊。他看到狐狸

在一边，头埋在前爪里，悲伤地哭泣着。

小鹰说："鼹鼠！你错怪我了，你真的错怪我了！我也痛恨人类这种行径呀。他们利用一大群猎犬，去追赶一只弱小的动物，直到他跑得累死，这是以多欺少啊！可是你们没看到吗？这就是野生动物的生存法则啊！今天这只可怜的狐狸被残酷地逼死了，我们也无能为力。我也希望我们能阻止人类。可我现在是在为这个集体的安全考虑，你怎么能责怪我呢？"

鼹鼠说："你要我们眼看着别的动物遭难，从中得到好处？"

"不！我只希望大家都能从这里逃走！"小鹰怎么也想不通，"难道这也有错吗？"

大獾说："你不能责怪小鹰。他是在为大家着想，而且说的也没错。他只是不知道具体情况。"

"什么具体情况？"小鹰问。

大獾吞吞吐吐地说："那只狐狸是……是母狐狸。她是咱们狐狸队长的朋友。"

"哦不，天哪！太可怕了！"小鹰听了大吃一惊，"狐狸，请原谅我吧。我刚才不知道。"

狐狸什么话都说不出来。

大獾代表狐狸好心地笑笑，说："没事！你怎么会知道呢？狐狸不会责怪你的。我倒是担心他快挺不住了。"

小鹰把大獾拉到一旁，在别的动物听不到的地方小声说："大獾，你看，不管什么朋友不朋友，我必须要说，她一定会被捉住的。她已经跑了很久,不可能爬到这个坡上来。你们现在一定要撤!你不明白吗?时间不多了!"

大獾忧心忡忡地说:"我当然明白。但我们不能扔下狐狸不管。他肯定不会丢下母狐狸跟我们走的。看来他的心早就属于那只母狐狸了。可怜的狐狸!你瞧瞧他现在的样子。"

小鹰看着狐狸悲恸欲绝的样子,说:"他的心属于母狐狸的这一天,也就是我们远征队开始倒霉的日子。恐怕我们大家都要落得跟母狐狸一样的下场了。"

大獾也同意小鹰的话,"你说的每句话都在理。可我们现在要跟狐狸共患难,该来的就让它来吧!"

他俩回到伙伴中间。大家听到围猎的声音又一次逼近。母狐狸跑在前面。狐狸再也躲不住了。他觉得在这个生死关头,一定要和母狐狸站在一起。他站起身,走到小树林边,看着母狐狸做最后的勇敢的拼搏。狐狸身后,是动物远征队所有的成员。

母狐狸的位置比狐狸想象的还要近。她使出浑身力气往上爬,头垂得低低的,张着嘴,舌头无力地伸在外面。在狐狸站着的地方就能听到母狐狸嘶哑的喘息声。狐狸心疼得直哆嗦。虽然如此,母狐狸还是不断地跑着。那是机械的动作,她仿佛已经失去了意识,但有一种力量在支撑着她。在她身后,猎犬只有咫尺之遥。他们怒火丛生的眼睛里已经露出恶狠狠的杀机。

难以想象的是,母狐狸还在奔跑。猎犬一寸一寸地逼近。母狐狸抬起头,狐狸看见她眼里闪过一丝疑惑,知道她已经看到自己了。

这时,母狐狸的脚步突然加快了。猎犬一下被甩出老远,他们疯狂地吼起来。猎人追上了猎犬,猎人头领命令他们再冲上去。

母狐狸每一次跳跃,就把猎犬落下更远。那些猎犬已经力不从心,仿佛认输了。他们无论如何追赶都没有用了。母狐狸离狐狸越来越近,很快,就只剩下几米远了。

猛然间,狐狸惊恐地看到人类赤裸裸地露出狡诈的本性。如果按自然界的法则,母狐狸已经取得了胜利。若在跟人类的较量中还有一点点公道可言的话,母狐狸应该得到自由了,但那个猎人头领并不这样想。人类总是以汲取无辜生命的鲜血为乐。

猎人头领看到自己手下的猎犬失手了,便亲自出马,策鞭追了上去。在他的心目中哪里有"宽容"二字!他赶到母狐狸身后,扬起鞭子,准备重重地朝勇敢的母狐狸那瘦小的身子抽下去,好让他的猎犬有机会咬住她。他骑在马上一侧身,拉紧缰绳,看准了母狐狸。

说时迟,那时快,马蹄边的草丛里,升起一个亮闪闪的带着花纹的头和一双通红的眼睛。是蝰蛇!蝰蛇像是松开的弹簧,猛地往前一冲,尖利的牙齿狠狠地朝马踝上咬了一口。

那匹马惨叫一声,后腿站了起来,前腿在半空胡乱踢腾,把猎人头领重重地摔到地上,躺在那儿不动了。

转眼间,母狐狸冲到狐狸身边,所有的动物又撤回小树林中。猎人们赶上来,喝住猎犬。他们担心地看着受伤的同伴,这个身着红斗篷的人一动不动地瘫软在绿油油的草地上。

"我的腿!"他脸色煞白,咬着牙说,"我动不了了。"

他的马惊魂未定,一瘸一拐地在主人身边转悠。

"怕是天意!"大家听到一个猎人小声说。

那天的围猎就这样收场了。

第24章 重逢

动物们躲在树林后,屏住呼吸,观察着山顶的情况。猎人们叫过来他们当中的一位,那人显然是个医生。只见他皱着眉,在受伤的猎人头领身边蹲下来。现在轮到人类遇上麻烦了。不过,动物们只关心一件事,那就是围猎的这些人到底会不会离开。

大家看到猎人们有的搀扶着受伤的头领,有的照应着那匹跛马,后面跟着那群丧家之犬,都慢慢走下山坡。等到这些人的声音全部消失,动物们才放下心来。

蝰蛇若无其事地爬过满是落叶的草地,朝大伙游来。远征队全体成员像欢迎英雄一样迎接他。

蝰蛇却拿着劲儿说:"你们省省吧!我还能怎么着?难道叫那个怪物把我踩扁不成?"

动物们的赞美声戛然而止,可蝰蛇这个借口瞒不过他们。大家知道,蝰蛇一定是故意到山坡埋伏好,瞅准时机助母狐狸一臂之力的。

大獾兴致勃勃地说："今天真是一个让人高兴的日子！我们最亲爱的朋友，原本大家都以为失去他了，可现在他又回到了伙伴们中间。另外，我们的队伍还增加了一位新成员。让我们来热烈欢迎她！"

他朝狐狸和母狐狸那边望去。母狐狸仍旧气喘吁吁。她和狐狸肩并肩坐着，彼此感觉到对方就在身边，都觉得心满意足，有着千言万语却不必说出。

狐狸知道，他再也不用问母狐狸那个重要的问题了，她那含情脉脉的目光就是最好的答案。

这会儿，狐狸抬起头来，向所有的朋友笑了笑，说："我们一定都有很多话想聊，可现在不是时候。我建议大家在这里稍事休息，然后转移到更安全的地方去。另外，母狐狸和我都渴了。我不知道谁能……"

小鹰打断狐狸的话："亲爱的狐狸队长，这事就交给我吧！我去侦察一下，看看离这里最近的小溪在什么地方。几分钟就回来！"说完，他飞上树端，消失在铁青色的天空里。

动物们都发现自己又回到了以往的习惯中，不由自主地开始期待狐狸队长发出命令。

小鹰带回了一个好消息。他兴冲冲地说："我们真走运！离这儿不远有个废弃的采石场，四周是围起来的，里边有个好大好大的水塘，住着不少鸭子、水鸟还有其他我叫不上名字来的动物。咱们到了那里就安全了。"

动物远征队

就这样,重新团聚的动物远征队队员,迈着轻快的步伐,从山南坡走下去。狐狸和母狐狸走在队前,大獾昂首走在他们身边,小鹰在前面几英尺的地方飞着。

就要走到采石场的时候,只听蛤蟆欢呼了起来:"我又找到感觉啦!太棒了!太棒了!我终于觉得这路走对了!"

动物们都奇怪地看着他。

蛤蟆眉开眼笑地说:"嘎!嘎!你们还没听明白?我念家的天性又回来啦,只不过这一次是朝相反的方向。法辛林的水塘对我已经没有影响力了。我离它太远喽。现在,我能感觉到有一只神秘的大手在拉着我向另一个方向走去,那就是白鹿公园!"

"万岁!"鼹鼠喜出望外地喊,"蛤蟆,好样的!现在你又能给我们当真正的向导,把我们一路领到新家园去啦!"

此时,蛤蟆愉快地说:"长耳兔,请你停下来好吗?我觉得自己好像能一路跳过去似的。"

长耳兔乐得嘴巴也合不拢了，他站住了脚。蛤蟆精神十足地跳到狐狸和母狐狸前面，充满信心地走在队前，带领大家朝采石场走去。

动物们很快抵达了这个临时目的地，可发现围墙是有铁丝网的，只有蛤蟆、野鼠和田鼠能钻过去。蝰蛇也可以不费吹灰之力从下面溜进去。

鼹鼠自告奋勇地说："看我的！"说完，他开始在铁丝网外面挖出一条宽沟来。他的动作太快了，站在前面的动物还来不及躲开，鼹鼠的小后腿踢起来的土就撒得大家从头到脚都是。

"我说鼹鼠，你悠着点呀！"大獾不高兴了。他忍不住打了几个大喷嚏，连忙朝后退了几步。

土沟很快就够深了，刺猬和松鼠钻了过去。鼹鼠把铁丝网这一边挖好，又钻过去挖另一边。

"好了！挖通了！"他兴奋地尖叫。剩下的动物都走进了采石场。

大家的眼前出现了一个又深又大的矿坑，矿坑四周是光秃秃的白垩岩，一条宽阔的人工铺就的道路从一边伸下去。道路两边长满野草、棘豆和金雀花丛。矿坑当中是一个很大的水塘，里面有几个星星点点长满了植物的小土包，似乎是各种各样水鸟的安乐窝。

狐狸和母狐狸直奔水边，后面的动物则随意地跟着。两只狐狸一起喝饱了水。水塘里的水清澈见底，他俩都深情地注视着对方在水中的倒影。

母狐狸说:"多幽静啊!我真不敢相信这儿跟刚才是同一个世界。"

狐狸严肃地说:"只要人类不挑起事端,哪里的乡间都会这么宁静。"

母狐狸说:"没错。可说句公道话,有些人类也跟我们一样,非常厌恶狩猎这项活动。"

狐狸说:"你是说那些生物学家吗?"

"那些当然是。还有一些普通人也一样。"母狐狸说,"否则,他们怎么会收养所谓的'宠物'呢?"

狐狸摇摇头说:"我必须承认,真是搞不懂那些人类。在自然界里,所谓大鱼吃小鱼,小鱼吃虾米。各种生灵都知道谁是自己的天敌,也知道什么是他们根本用不着害怕的。可那些人类,刚才还在叫嚣着要消灭我们,过一会儿也许就回到家中,跟自己豢养的狗儿们嬉戏,或者情意绵绵地跟他们的马儿说话。"

"这个嘛,不管怎么说,现在让我们忘记跟狩猎有关的一切吧!"母狐狸说,"我们能到这里算是幸运的,还有你的这些朋友。好好享受这个美好的时刻吧!"

"应该这样,亲爱的!"狐狸温柔地说,"别忘了,他们也是你的朋友了!"

母狐狸指着前面咯咯直笑。原来,水塘边上,小鹰和猫头鹰忙活着扑棱翅膀,准备好好泡个澡。只见他俩蹲在水边最浅的地方,用翅膀把水舀起来浇到身上。他们笨手笨脚的,溅起好多涟漪,把一群小鸭子赶到水塘中间安静的地方去了。

很快,所有的动物都来到水塘边,他们站成一排,有的用舌头舔,有的吸溜吸溜地喝。蛤蟆给自己找了一个僻静的地方,跳进水里,享受起最心爱的休闲活动来。

太阳开始下山了,水塘倒映着红红的晚霞,仿佛一块巨大的红宝石。动物们站在那儿,被眼前的美景惊呆了。

长耳兔太太赞叹道:"这里的一切是多么宁静安详啊!这是一个多好的庇护所。我们还有必要继续往前走吗?咱们能在这儿过得很开心呀!"

松鼠说:"不可能!这里没有树呀!"

长耳兔太太说:"我们长耳兔不需要林子,大多数动物也不需要。"

松鼠坚持说:"嗯,我们已经走了那么远的路了,在这里停下,未免太丧气了吧。"

长耳兔说:"亲爱的,松鼠说的对。当然了,我明白你的意思。不过蛤蟆刚才说了,前面的路不远了。我认为咱们应当继续前进。"

一只灰鹭朝他们走来,打断了大家的谈话。这位身材高挑的家伙已经在水塘里一动不动地站了一天了。

"各位,晚上好!"他说起话来的样子有点忧郁,走路的时候,小细腿也一伸一伸的,好像走高跷似的,"你们的朋友猫头鹰已经把你们英勇的远征经历都讲给我听了。我也听说了围猎的事。"

狐狸说:"我们的运气非常好。"他不愿意再提起这个话题了。

灰鹭说:"的确如此。最近这里有很多狐狸都壮烈牺牲了。今天早些时候我还听到吵吵闹闹的声音。"

大獾连忙把话题引开,"其实,我们想把整件事情忘掉。对我们大家来说,那是非常可怕的回忆。"

灰鹭说:"哦,是的。我能理解。你们知道吗?我也被那些猎人射中过。来,你们看。"说着,他展开一只宽大的翅膀,只见中间有一个滴溜圆的洞。

"我的天呀!你还能飞吗?"小鹰问。

灰鹭呵呵地笑了,说:"有点摇晃,凑合着飞吧。我翅膀一扇,这个洞就会迎风发出哨声。"他上下扑打了几下翅膀表演给动物们看。

动物们都惊讶地叫起来。

"朋友们都叫我'哨儿'。"这位大高个儿继续说,"总是在我还没飞到时,他们就已经知道我来了。"

"幸亏你跟我找东西吃的方法不一样!"猫头鹰说,"我总是悄没声儿的,当然了,没办法的事!"

"各有所长嘛。我的特长是捕鱼。咱们这个水塘里鱼多的是,什么草鱼啦,鲤鱼啦,鲈鱼啦。我最好草鱼这一口儿。"

狐狸说:"我们换换口味,吃些鱼倒也不错。"

"是吗?"灰鹭高兴地说,"这样吧,你们要是喜欢,明天我就给你们捉几条鱼来。"

母狐狸说:"真的吗?你真是热心肠!"

"嘻!这有什么,你们放心吧!"灰鹭说,"我喜欢捉鱼。那明天我们共进早餐吧?"

"非常欢迎你来!"狐狸大笑着说,"但不要太早把我们叫醒!这几天大家都累惨了。"

"不见不散!"灰鹭说,"那我就预祝各位睡个好觉!"

动物们齐声说:"晚安!"

大家目送这只高个子大鸟青灰色的背影离去,他一点一点地走向休息的地方。然后,法辛林的动物们,还有母狐狸,不约而同地聚拢在一处,围坐一圈,听大獾和狐狸把大家分别后各自的经历诉说一番。

那些小不点松鼠和老鼠已经困得东倒西歪,躺在父母身边睡着了。其中一只睡迷糊了,靠到刺猬身上,给扎醒了。

两只鸟和其他成年动物虽然也非常疲倦,可他们一直聊到深夜,倾诉分别之后的种种苦难,也展望着前方的道路。狐狸和母狐狸原本很累了,可共同的话题以及知心好友的陪伴,让他们恢复了元气。直到猫头鹰说他想活动活动翅膀,展翅飞进夜空,大家才依依不舍地去睡觉了。

第二天一大早,动物们被一声接一声的哨音吵醒。他们睡在露天,不需要任何掩护。大家觉得现在离危险很远了。动物们迷迷糊糊地站起来,看见新朋友哨儿起劲地挥动受过伤的翅膀，用尖尖的喙指给他们看，原来地上银光闪闪的，有一堆刚捉上来的鱼。

大家看到后，都欢呼起来。可是那些吃素的动物跟灰鹭打过招呼之后，就寻找自己的早餐去了。

"我捉到鱼，就把他们一条一条放到这儿来了！"哨儿解释说，"我发现清早是捕鱼的最好时机，好几十条鱼游来游去的。不管怎么说，你们敞开了吃吧，管够！我不知道你们怎么样，反正我是饿坏了。"

狐狸夸奖他："你捕鱼的本领可真不错！"

灰鹭大方地说："好吧！你们就来看看，喜欢哪条就吃哪条。"

狐狸为自己和母狐狸挑了几条肥肥的大草鱼。哨儿张开长长的喙笑眯眯地站着，看他那笔挺的样子，好像在立正一样。他看着大獾、黄鼠狼和刺猬各自挑好了早餐。小鹰和猫头鹰也都叼走了一份。蜂蛇大着胆子吞了几条丁点小的鱼。鼹鼠很客气地说，他怕这么丰盛的生鱼大餐会让他闹肚子，就跟着蛤蟆到水塘边找蚯蚓去了。

灰鹭自己也很饿，就把喙伸到剩下的鱼堆里啄起来。动物们看到他把脑袋使劲往后仰，让一整条鱼从喉咙里吞下去，就跟变戏法似的。

动物们吃饱喝足后躺在地上，舒舒服服地消消食。大家都值得庆幸的是，这一天他们不用再赶路了。

大獾呵呵笑着说："鼹鼠和蛤蟆一定是饿坏了。还吃个没完！"

　　鼹鼠就在大獾不远的地方，听到了这话就说："我都不知道蛤蟆的胃口原来那么好！只要我一挖上来蚯蚓，他就扑过去吃掉。我看都来不及看！"

　　就在这个时候，蛤蟆伸出长长的舌头，灵巧地一卷，就把一条蚯蚓卷起来，然后用两条前腿把露在嘴外边的蚯蚓往嘴里猛塞。他咕噜咕噜，一口接一口地咽着，蚯蚓就一点一点地进了他的肚子。每咽一下，蛤蟆的身子就摇晃一下，两只眼睛也闭着，一副超级享受的模样。

　　黄鼠狼打趣地说："你还是赶紧给自己捉上几条吧！不然咱们的老蛤蟆肚皮就要撑破喽！"

　　鼹鼠最后终于吃上了早餐，因为下雨了。雨点打在蛤蟆头上，他好像一下就变得不一样了！他撇开蚯蚓，欢蹦乱跳起来。

　　蛤蟆大声说："下雨的时候，我的歌瘾就来了！"一有雨滴落在身上，他就蹦上几蹦，还扯开嗓子"咕儿呱，咕儿呱"地唱了一连串高音，跟池塘里鸭子的歌声差不多。

　　鼹鼠不再理会蛤蟆，把自己挖上来的蚯蚓全都吃光了。说来好笑，当他听到别的动物夸蛤蟆是个大胃王的时候，还有点小小的不满呢。鼹鼠觉得伙伴们都小看了他吃东西的本领，这也许是他唯一能让大家瞩目的特长。鼹鼠心想，一定要重塑自己"吃蚓大王"的光辉形象。

　　可他的努力是徒劳的，因为雨越下越大，大多数动物都找地方避雨去了，没有谁去欣赏他贪吃的模样。

蛤蟆手舞足蹈地跳着跳着，就跳到水里去了。他拍打着水花，一点没有留意水下有个黑影。突然，他让一条鱼给咬住了。这条鱼个头挺大，是一条成年鱼。

这个池塘里的老居民咬不住蛤蟆滑溜溜的身子，所以急着要把蛤蟆吞到肚子里去。这事可有点难，因为蛤蟆刚刚吃了那么多蚯蚓，肚子胀得跟个鼓似的，肥肥胖胖的，老黑鱼一口吞不下去。

于是事情就变成了这样：蛤蟆的一半身子在老黑鱼嘴里，另一半身子耷拉在外面，"咕儿呱"叫着大喊救命。他还来不及多叫几声，老黑鱼就咬着他一溜烟钻到水底下去了。蛤蟆的头没进水里时，知道必须赶紧挣脱，否则老命就没有了。他奋勇顽强地踢啊蹬啊，可怎么也挣不脱。老黑鱼咬得太紧了。尽管他在水里没有空气还能活上几分钟，但是蛤蟆知道，这老家伙会一直待在水底的淤泥里，直到把他淹死。

幸运的是，虽然蛤蟆的朋友们都没有注意到他失踪，可有一个动物目睹了这一切，那就是灰鹭哨儿。他迅速向狐狸和大獾报警，然后涉水走进水塘，往水里张望。蒙蒙雨丝挡住了他的视线。

狐狸焦急地问："你看到什么了吗？"

灰鹭没有回答。大獾用爪子顶了狐狸一下，示意他不要出声，他知道在这个紧急关头，最重要的是安静。

大家都觉得仿佛度过了漫长的时间，突然，哨儿把长长的喙伸进水里,一个水底捞月,等他再抬起头的时候,那条大大的老黑鱼就在他的嘴里了。蛤蟆这时候还在老黑鱼的嘴里,不过已经浑身瘫软了。

"哨儿,干得漂亮!"大獾喊道。灰鹭把鱼放到离岸边远远儿的地方。这条老黑鱼还像鳗鱼一样扭来扭去的。不多一会儿,他就不得不张开嘴。哨儿立即将蛤蟆叼起来,轻轻地放在狐狸和大獾的脚边。

蛤蟆终于缓过气来,颤抖着站了起来,喘着气说:"亲爱的哨儿老弟,我……我……感谢你的救命之恩!"

灰鹭回答说:"非常荣幸!"

看着垂死的老黑鱼在岸上拼命地喘气,蛤蟆说:"劳驾

你，能不能帮我一个忙？"

哨儿轻声说："有事你尽管说！"

"能不能请你把这个可怜的老家伙放回池塘里去？"蛤蟆说，"他这么大岁数，我希望他能活到生命的尽头并安详地死去。对于老者来说，没什么比暴死更加凄惨的了。"

灰鹭惊讶地问："你真的这样想吗？"

蛤蟆表示他当真就是这么想的。这只大鸟儿没有多说一句话，轻轻地用喙叼起老黑鱼，郑重其事地走到水塘边，将他放生了。

"蛤蟆，你的心肠太软了！"蝰蛇一直不吭不响地看着发生的一切，"那个老东西本来要置你于死地，饶恕这样一条生命有什么意义呢？只不过给了他再次作恶的机会。"

蛤蟆冷冷地说："我知道，你那肚子里弯弯绕儿太多。你哪里有怜悯之心？幸运的是，我们很多动物都比你心眼好。我刚刚才到死神那里走了一遭，被搭救了，怎么能忍心眼睁睁看着另一条生命遭受同样的痛苦呢？"

"即便他要吃掉你吗？呵呵，你真够通情达理的啊！"蝰蛇讥讽道。

"行了，蝰蛇！"大獾插了进来，"同情是发自内心的，不是由理智来支配的。"

"喊！"蝰蛇说，"大獾，别跟我说那些虚头巴脑的。在生死存亡的时刻，你跟我一样，都只面临一条出路。假使我的生存意味着另一个生命的死亡，那也只能如此！"

蛤蟆反驳道："但区别在于，我现在已经脱险了。"

大獾小声地说："蛤蟆，别跟他较真了，别忘了围猎的事。你知道，是他救了咱们大家。"

蛤蟆连忙说："我并没有忘记！我倒觉得是蜷蛇这个老东西很想把那件事忘掉。他最不愿意我们把他当英雄了，所以他变着法儿地不让我们那么想。但他的所作所为明明是为了我们大家，不光为了他自己。这恰好说明他是有同情心的，他现在又来掩饰自己了。"

大獾说："我认为你讲的是对的。现在至少我们知道遇到危难的时候，他是值得信赖的。之前我还不那么确定。"

哨儿走到动物们中间来，蜷蛇则气鼓鼓地游走了。

哨儿说："我来替你们的朋友蜷蛇说句公道话吧。我赞同他的观点。蛤蟆，虽然我对你刚才的做法很钦佩，但我还是不太能理解。另外，那条又老又肥的黑鱼看起来挺好吃的。这几年我一直都想逮住他，可他太狡猾，也许以后再也甭想捉到他了。"

蛤蟆内疚地说："为此我要向你道歉。你救了我，可我却这样做，真是不应该。"

狐狸这时开了口："我认为这一路上，是我们经历的那些艰难险阻改变了大家的想法。原来咱们住在法辛林的时候，没有谁——包括蛤蟆，会同意给那条鱼生路。但是现在，大家每天都为了争取生存的权利而拼搏，这对我们的言行有很大的影响。"

哨儿说:"所谓既让自己活好,也让别人活好嘛!"

"正是这个意思。"

灰鹭若有所思地说:"我不得不说,跟你们聊得越投机,我就越希望能跟你们一起走。你们过着一种有目标的生活,百折不挠地向前进,最终一定会有所收获的。当然了,我在这儿的日子也相当安逸,但也太平淡了。我现在忍不住想,在白鹿公园里,会不会有一位可爱的灰鹭姑娘正等待着与我相遇呢?"

动物们都愉快地笑了。

狐狸说:"我们隆重地欢迎你加入。我们刚刚增添了一位新成员。"说着,他温柔地看着母狐狸,"再多加一个也没问题。"

哨儿欢喜地说:"说不定我还能给你们帮忙呢!哈,我多么想跟你们一起去啊!"

狐狸说:"那就一言为定喽。今晚我们举办一场欢庆晚会,届时你跟每个动物都认识认识。"

"这个主意太妙了!"哨儿说,"另外……那个……你们还要鱼吗?"

第25章 欢庆晚会

夜幕降临的时候,动物们三三两两聚集到池塘附近。狐狸在那儿选了一处柔软的草地,周围还有芦苇做屏风。大家随意落座,大獾是欢庆晚会的司仪,他还点了点人数。

白天的时候灰鹭就翘首期待这次盛会。他一直在池塘边来来回回地踱步,想掩饰按捺不住的兴奋。

鼹鼠在早上创纪录地吃了好多蚯蚓,可惜动物们都没留意他。他吃撑了,肚子怪不好受的,一整天都在拼命地喝水。这会儿倒好,他的肚子像个鼓鼓囊囊的气球,每走一步,里面的水就"咕咚"响一下。他发誓二十四小时内坚决不吃东西了。

至于蛤蟆,他一大早受了惊吓,再也不敢去游泳了。不过他挺会给自己找乐子——待在凉爽的烂泥浆里,观赏着蒙蒙雨丝,懒洋洋地把从身边飞过去的蜉蝣或黑蝇捉住送进嘴里。

欢庆晚会刚要开始,雨就停了。这是一个暖洋洋、静悄悄的夜晚，云儿追着星星捉迷藏。

大獾问："你们谁见着猫头鹰了？蜥蜴也不见了。我希望他们别耍性子，能来参加晚会。"

"猫头鹰正从池塘上面飞过来呢。"一只小刺猬插嘴说，"他多像只大夜猫子啊！"

别的动物宝宝们都咯咯地笑起来。猫头鹰飞到近前，瞪了小刺猬一眼，大獾也板起脸，他们都不敢笑了。

猫头鹰气冲冲地说："简直难以置信，太不像话了！"

"猫头鹰，出什么事了？"大獾问。灰鹭哨儿跑过来凑热闹，大獾对他说："老弟，赶紧找段树杈站上去吧。"

灰鹭回答："我不常站树上。我是讲究仪态的鸟儿，更愿意脚踏实地。"

"当然，那请随意吧。"大獾客气地说，"只是不要再溜达了，好不好？猫头鹰，你说吧……"

棕毛儿恼火地说："还不都因为蜥蜴，他还在池塘里呢。游过来，游过去。那么大的动静，简直就像小号的尼斯湖水怪！"

大獾问："他这是干吗呢？"

"还用问吗？蜥蜴向来见到水就躲得远远的。我猜，他肯定是找那条鱼算账去了。"

狐狸大叫："啊，千万不要！蜥蜴没那么笨吧，他怎么能找得着那条鱼呢？"

灰鹭慢条斯理地说："这就严重了。如果猫头鹰的猜想是正确的话，蝰蛇八成捉不到老黑鱼，反倒成了他的猎物。蝰蛇那么细溜，那老家伙吃他，还不跟吞条小鱼一样？"

大獾和狐狸你看看我，我看看你。

狐狸很着急，"那我们怎么把他弄上来？"

猫头鹰说："他现在正在气头上，谁也别想把他请上来。"

"有了，有了。我有一个好办法。"鼹鼠"吱吱"叫起来，"听着，请听我说，各位。我知道，我知道。"

狐狸像个大哥那样对鼹鼠微笑着。猫头鹰很不高兴，觉得鼹鼠这是跟自己对着干。

大獾和气地说："好了，鼹鼠，让我们来听听你的好主意。"

"让所有野鼠和田鼠都唱起来，使劲儿唱！"鼹鼠说，"我……我也跟他们一起唱！蛤蟆也参加，要是他愿意的话。"

大獾耐心地问："这样就能把蝰蛇拉上来吗？"

猫头鹰轻蔑地插嘴道："当然不行了！我知道鼹鼠脑瓜里琢磨的是什么，告诉你吧，不可能！蝰蛇根本听不见。"

狐狸问："到底是个什么主意啊？"

鼹鼠不好意思地看了看田鼠和野鼠，然后看看狐狸，扭扭捏捏地说："狐狸队长，这个，我说不出口呀。"

猫头鹰可没什么不好意思的，他说："别拐弯抹角的啦。咱们都清楚，蝰蛇最喜欢吃的就是老鼠了。他都没法克制自己。黑天里的老鼠的声音，会像磁铁一样把他吸过去。"

田鼠和野鼠们挤在一起，都吓得跳起来，紧张地吱吱乱叫。

"使不得！使不得！"他们大喊，"我们不干！我们才不唱呢！"

鼹鼠看着猫头鹰，脸上的表情分明在说：瞧你干的好事！

猫头鹰说："行啦，安静！你们不用担心。就算我们一起大声唱，蝰蛇也不见得能听见。"

"那我们就不管他了？"狐狸问。

灰鹭扇扇受过伤的翅膀，发出轻轻的哨声。"当然了，办法是有的。"他好像经过了深思熟虑，"我随时可以捉住那条鱼。"

狐狸先是同意这个建议，而后又看看别处，说："不，我

看不行。蟾蛇会觉得这样……尤其是在大家面前非常丢脸。他永远都不会原谅我们的。"他又看着灰鹭，说："我承认你的主意的确不错。"

大獾无可奈何地说："那我们就只好先不管他了。现在，请各位再重新回去坐好可以吗？"他耐心地等待朋友们，包括那些还战战兢兢的老鼠家族的成员。

大獾发表开场白："在这个双喜临门的日子里，我们欢聚一堂。首先，让我们热烈欢迎最亲爱的朋友狐狸队长，平安归队！另外，我们还要隆重地欢迎两位新朋友，可爱的狐狸小姐，以及新近结识的、幽默风趣的灰鹭先生！"

灰鹭像大明星谢幕那样深深地鞠了一个躬，那只带着老伤的翅膀发出一声悠长的、庄严的哨声，把动物宝宝们逗得咯咯直笑。

大獾继续说："在我们抵达白鹿公园之前，也许这是大家最后一次安安稳稳休养的机会。那么今晚，就让我们尽情地欢乐吧！"

他把目光投向狐狸，看到狐狸兴致勃勃地想说点什么，便向他点点头。

"谢谢你，大獾！"狐狸说，"各位，在我们给鱼儿、水鸭等邻居一展歌喉之前，我只想说，我为有你们这样的朋友而感到荣幸。就在不久前，我还在苦苦地惦念着你们，不知能否与大家再相聚。可是现在，我们幸福地重聚了。我更加珍视我们的友谊了，愿它天长地久！"

狐狸话音刚落,观众席响起阵阵欢呼,很多动物喊起来:"狐狸万岁!"

狐狸接着说:"我们在一起同呼吸、共命运,现在我心中毫不怀疑,我们最终会取得胜利。经过了那场惊心动魄的围猎,我坚信今后不论遇到任何危险,我们都能战胜!"

动物们听了狐狸斗志昂扬的演讲,都激动地喊起了口号,有些动物仿佛觉得已经走到了白鹿公园。

狐狸说:"最后我还有一些话,我向各位保证,等我讲完之后你们就可以放声高歌了,唱他个彻夜不眠。我想说的是,在我独自赶路的时候,遇到过一匹老马,他从前也参加过围猎。他给了我一些忠告——这一带原野,以及围起来的农田,都是猎区,他劝我尽快离开这里。

"所以,亲爱的朋友们,我们应该听他的话。现在我们聚在一起,也充分休息过了。那么明天晚上,我们就上路吧!我们要以急行军的速度,不到万不得已不轻易休息。我们还要晓宿夜行,直到走出这片危险地带。我不否认,这样做大家都会觉得很辛苦,但我向大家保证,只要付出努力、互相帮助,就一定有苦尽甘来的那一天。我坚信这一点。到那时,我们就能为白鹿公园里的新朋友讲述这一路精彩的见闻啦。"

狐狸望着一张张充满豪情壮志的脸,会心地笑了。远征队的全体队员,不论个子大小,看得出来都已经下定决心,既然已经走了这么远的路,那前方也就再没有什么能够阻挡他们了。

狐狸结束了自己的讲话，"好，大獾！那就请你这个司仪带领大家欢乐起来吧。"

大獾接着说："好的，我亲爱的朋友，谢谢你。那么现在，谁为我们献上第一首歌曲呢？"

"我来吧。"观众背后，传来低低的、慢吞吞的说话声。原来是蝰蛇。他从草丛中游过来，芯子晃来晃去的，身上的鳞也还湿着，亮晶晶的，"我现在的心情就是想唱首歌。"他咝咝地说，对刚才在水上的活动只字未提，"郎里格郎！郎里格郎！让我想想，什么调儿来着？哦，想起来了……"接着蝰蛇就口齿不清、五音不全地唱起了一首古老的民歌。歌词大意是这样的：

在很久很久以前，
有一条六脚蛇生活在凡间。
这世界上第一条蛇啊，
有个爱撒谎的缺点。
每当谎话出口，
他的一条腿就消失不见。
直到最后啊，他只能
肚皮贴地度过每一天……

动物们听罢都礼貌地鼓起掌来，蝰蛇的嗓子真不怎么样，大家听到猫头鹰这样评价："这是什么老掉牙的歌。他什么新歌都不会唱！"

大獾说："啊，我相信大家刚才都陶醉在蝰蛇的歌声中了。下面哪一位出场？"

"我来给你们唱一段！"小鹰说着飞上一根伸出来的树枝，这样大家都能看到他，"这首歌，当然了，是歌颂我们鸟儿的。"他给自己报幕说，"我在演唱的时候，将模仿很多鸟类的叫声。大家都仔细听好，看你们能说出多少种鸟的名字。"

小鹰唱起来了。可是这首歌里净是各种鸟的叫声，简直比歌词还要多。这些鸟叫从小鹰嘴里一声接着一声地唱出来，动物们都听糊涂了，把才听出来的鸟名忘了大半。尽管如此，当小鹰把猫头鹰银笛儿般的叫声模仿得惟妙惟肖的时候，大家全都开怀大笑。傲气的猫头鹰火了，他还以为大家在笑话他呢。

不过没一会儿，猫头鹰也给逗乐了。因为小鹰在一曲终了的时候，学了几声哨声，就跟他们的新朋友灰鹭的声音一模一样。

小鹰唱罢，考起大家来："你们听出来多少种鸟？"母狐狸的耳朵最灵，她听出来的鸟叫声最多，也差不多记住了每种鸟的名字。狐狸真为她感到骄傲。

大獾称赞道："小鹰，你刚才的表演太精彩了！现在，让我们来一首大合唱吧。唱一首什么歌呢？"

蛤蟆说："我想起来一首，是我们蛤蟆每年到池塘省亲的时候唱的歌。不过青蛙们唱的歌词有点不一样。这首歌的名字叫《蝌蚪之歌》。"

可是除了蛤蟆，谁都不熟悉这首歌。狐狸说，他倒是听蛤蟆和青蛙在法辛林的水塘里唱过好多次。

大獾说:"总能找到我们大家都会唱的歌吧?"

鼹鼠害羞地说:"上回乌鸦教我们的那首歌行不行?你们还记得吗,那首《歌唱自由》?"

大獾喊:"就是它了!就是要唱这样的歌。鼹鼠小老弟,你真行!"大獾眉飞色舞地对鼹鼠说,小鼹鼠也开心得不得了。大獾请大家一起大声唱。

他说:"这首歌大家都会唱。预备!一,二,三!起!"一下子,十几副歌喉同时放声高歌。他们的歌声虽然不同,却浑然天成,组成了优美的大合唱。这里面有老鼠吱吱的叫声、狐狸嗷嗷的叫声、猫头鹰呼呼的叫声……动物们开心地唱着在小树林的大榆树下,老乌鸦教给他们的歌曲。

大合唱结束后,每个动物的心里仿佛都燃起了一团火,那是象征友谊的火焰。动物们一个接一个地出场,有独唱,有重唱,夜空中回荡着悠扬的歌声。

灰鹭承认自己从来不会唱歌,可就连他也给大家来了个诗朗诵。他用自己特殊的翅膀伴奏,来了段配乐诗朗诵。

池塘里的水鸟也都睡不着觉了,从他们潮湿的巢里起身,加入了欢庆晚会,兴致勃勃地跟大伙一起呱呱呱、嘎嘎嘎地唱起来。

最后由大獾表演晚会的压轴戏。在宣布节目名字之前,大獾先是像长辈一样,对着观众席上快乐的动物们慈祥地笑了笑。有些动物宝宝已经睡着了。在各种各样动物的脸上,大獾看到大家相亲相爱、互相信赖，这一点让他感动得热泪盈眶。在开口之前，大獾忍不住使劲儿眨眨眼睛。

"好了，朋友们！"他终于开口说，"今晚我们共同度过了欢乐的时光。现在就由我来为各位表演一个小节目。今天早上吃早餐的时候，我把几首歌串在了一起，现在我就把这首《远征组歌》献给大家！"

大獾故意清清嗓子，然后用略微沙哑，还有些跑调的声音唱起来。在歌中，大獾唱到了他们远征途中发生的种种故事，一件都没有落下。大火、暴雨、凶狗、渡河、围猎，他把什么都唱了进去。特别巧妙的是，大獾还在歌词中把每个动物都编了进去，一直唱到母狐狸和灰鹭。

大家都非常喜欢这首歌，想听大獾再唱一遍，可是大獾说时间不早了。他向大伙保证："咱们的远征队继续前进，我会把路上发生的事再编进歌里。等我们到了目的地，我从头到尾给你们唱一遍，好不好？"

动物们都觉得这样也不赖。鼹鼠说，为了早点听到这首歌，他更想赶快走到白鹿公园去了。于是，欢庆晚会在大家的欢声笑语中结束了。动物们都睡觉去了，他们对未来的旅程充满了信心和憧憬。

第26章 高速公路

第二天晚上，动物远征队离开了采石场这个世外桃源。狐狸又走到了队伍的最前面，蛤蟆骑在他的背上。狐狸身边是母狐狸，另一边是长耳兔一家。

大獾背着鼹鼠，与黄鼠狼走在队伍最后，蝰蛇在他们身边爬行。

在方阵中间，大棕兔和刺猬走在前面，田鼠、野鼠、松鼠跟在其后。

现在，远征队的空中小分队有三名成员，猫头鹰棕毛儿飞在前面引路，后面是善于白天飞行的小鹰和灰鹭。动物们发现灰鹭翅膀发出的哨音非常有节奏，而且很动听。大家的步伐也因此整齐划一，队伍更紧凑了。只有猫头鹰认为自己行动无声无息、高深莫测，是超凡的隐士，心里很讨厌这个声音。

每当天边露出一抹曙光，便意味着动物们要赶快找个安全的地方休息了。他们会在那儿躲藏起来，睡上一整天。黄昏时分再起身寻找食物、喝水，等夜深之后再继续赶路。

六月份就这样过去了。到了七月初，他们发现再走一个晚上，就能走出丘陵地带了。蛤蟆说，接下来他们要横穿一条正在修建的宽阔的公路。只要跨越了那个障碍，就不会再遇到什么大麻烦了。前方唯一有可能遇到危险的地方，是一个镇子，可那是通往白鹿公园的必经之路。

过去的几个星期以来，再也没有任何迹象表明动物们仍旧在猎区的范围内。上一次围猎他们侥幸逃脱，那次恐怖经历也随着时间的推移，渐渐淡去。

狐狸为大家选好了白天休息的地方，这是他们在丘陵地带最后几个小时的休息时间了。动物们又突然想起了那些不愉快的回忆。

事情是这样的。那是午后时分，大家都在睡觉，只有小鹰醒着。他一向睡上几个小时就足够了。他离开在浓密的荆棘丛里甜睡着的伙伴们，飞上七月万里无云的碧空，一会儿直上九霄，一会儿展翅滑翔，陶醉在自由翱翔的欢乐里。

小鹰的眼睛非常锐利，他看到下面一大片茵茵绿草上有很多晃动的物体，那是三五成群野餐的人，还有一对对遛狗的情侣，很多鸟儿从一棵树飞到另一棵树，或者从一个地方飞到另一个地方。来来往往的车辆，组成了飘动的彩带，车上的玻璃和金属反射着太阳光，就像灯塔一样，一闪一闪的。

小鹰寻找着蛤蟆提到的那条正在修建的新公路。他大概知道公路的方向，但是高高的路堤和绿化带的大树挡住了他的视线。但凡他看清楚的话，一定会马上回去跟大家报告，公路的情况跟大家设想的完全不一样。可当时的情况是，小鹰的注意力突然被另一个方向吸引了——远远的有一些模模糊糊的红影子。这让他突然想起大家几乎已经忘记的危险。

小鹰盘旋了几圈，估算好那些人与他们的距离。毫无疑问，那些红色身影正缓慢地朝这边来了。他看到许多猎犬拥在一起奔跑着，从高处看去仿佛一起一伏的波浪。骑着高头大马的猎人也是一样，他们的红斗篷随风飘舞。小鹰看到这些围猎的人离他还有些距离，不必惊慌，但也不能掉以轻心。他马上飞回宿营地，把狐狸叫醒，向他汇报侦察到的情况。

狐狸立即想到，他们应当赶在猎人前头马上转移。不过他也叫醒了母狐狸，想听听她的看法。

母狐狸果断地说："不错，咱们要马上离开这里，不能心存侥幸。再迟一些的话想跑也来不及了。"

狐狸点点头，说："英雄所见略同。但是我们先不必让大家惊慌，你说呢？"

母狐狸说："我认为，如果告诉大家为什么离开，他们的

担心会少一些。"

狐狸点头称是，钦佩地说："我觉得你说得更有道理，你总是想到点子上。"

母狐狸笑了，帮助狐狸和小鹰叫醒了熟睡的同伴们。

有些动物嘟哝着抱怨好梦被搅醒了，可狐狸马上就把事态的严重性跟大家做了通报。

他冷静地指出："目前看来，我们还不必惊慌失措。只要大家保持匀速前进，就不会有危险。等我们安全穿过那条新公路，就能把所有关于围猎的噩梦抛到九霄云外去。"

刺猬问："到那条公路还有多远？"

狐狸说："具体的我也不清楚。公路就在那排大树后面。现在，大家都准备好了吗？来吧，蛤蟆，到我背上来。"

他看了一下全体动物，等待大家都跟他一样做好准备。"鼹鼠，你坐稳了吗？好，我看这样就齐了。我怎么没看见蝰蛇，他应该在这儿吧？"

蝰蛇回答："我就在你身后！你忘了？你第一个喊醒的就是我，我一直在这儿等着呢。"

"对啊，抱歉啦。"狐狸好脾气地说，"那咱们就出发吧！"

随着一声婉转的哨音，小鹰和灰鹭飞上了天。猫头鹰还是独自飞行。现在是白天，所以他跟在小鹰和灰鹭后面不远的地方。

动物们的眼睛始终盯着他们的目标——绿化带中那排大

树。他们顺利地走过最后一片丘陵，一直没有听到猎犬和号角的声音。有几次他们谨慎地停脚稍事休息，并且顺利绕过一些游山玩水的人群，大家都觉得没有什么可担心的。

然而，当模模糊糊的树影愈见清晰的时候，另一种声音也在动物们的耳中变得越来越清晰。那是川流不息的车辆声。

前面就是这一带最近的公路了，一定是蛤蟆先前看到的正在修建的那一条。狐狸心中升起一丝焦虑。他把小鹰叫下来，请他到前面去侦察一下。

动物们看着小鹰的身影变成天上的小黑点，消失在大树后。几分钟后，小鹰回来了。

灰鹭和猫头鹰飞起来护送小鹰降落，动物们立住脚听小鹰汇报。

小鹰第一句话就这样说："咱们早就该猜到了。蛤蟆说的那条新公路已经建好了，好像已经有些日子了。这条公路有六条车道，中间有隔离带，两侧是很高的路堤。"

好多动物都用责备的目光盯着蛤蟆，好像这全都怪他似的。蛤蟆也慌了神。

他咕儿呱地叫着说："哎呀，我的天哪！我……我很对不住各位！"

狐狸说："不需要道歉。你上次走过这里后已经过了很长时间。人类挖地造路的速度可快着呢，这一点我们可是付出沉痛代价领教过的。"

松鼠紧张地问："那我们现在怎么办？"

蝰蛇呵呵地冷笑了几声，慢吞吞地说："当然是排排队，过马路喽！"

大棕兔说："怎么可能？咱们都会被轧死的。"

小鹰对大家说："我们横穿到公路的中间估计问题不大。靠咱们的这一边正好堵车，很多小汽车和大卡车都卡得死死的，车头顶着车屁股。"

狐狸迅速地看了小鹰一眼，简明扼要地问："这么说车子一动也不动吗？"

小鹰回答："看上去似乎隔很长时间才挪动一点儿。"

"但是等我们到那儿的时候，谁说得准呢？"

黄鼠狼提议："是不是等到晚上再过马路会安全一点？那时候路上也许就没有车了。"

狐狸说："那时也许没有像现在这么多的车了。可别忘了，这是一条高速公路，不可能一辆车都没有的。"

黄鼠狼还是坚持自己的意见，"即便如此，咱们的把握还

是大一点儿呀。"

狐狸回答:"这我也不能完全肯定。如果我们走到公路那儿时还是继续堵车的话,至少咱们能安全走到中间的隔离带。"

黄鼠狼不高兴地说:"是啊,然后我们就在那里等着,让好几百双眼睛看着我们。不行,我不赞成这个方案。"

狐狸抬起后腿,若有所思地挠挠身子,一字一顿地说:"我们差一点儿忘记了一件事,我们为什么大白天的急匆匆赶路呢?"

黄鼠狼说:"可我们到现在还什么都没听到呢!"

狐狸说:"是的,但我们要搞清现在的情况。"

小鹰自告奋勇地说:"你们耐心等一下……"说完,他就飞起来去侦察猎人的情况。

他侦察回来的结果令动物们深感不安。"他们离我们近多了!"他对狐狸说,"我想是那些猎犬嗅到你们的气味了。"

"好!黄鼠狼,这正好回答了你的问题。"狐狸果断地说,"朋友们,继续前进,我们的时间不多了。前面的路也不远了。他们追到大树那里就不能再往前追了。我想大家也都同意,那些一动不动的车子不会比一群疯狗更危险吧?"

蝰蛇嘀嘀咕咕地说:"前后夹击又来喽!"

动物们全速前进。往来车辆的噪声很快就变得特别响,大家听了都很害怕。狐狸让大家镇静,可这些野生动物谁都不习惯离车水马龙的公路如此接近。他们越是走近那排绿化带大树,就越是紧张。

大棕兔说:"太恐怖了!我想不通为什么咱们不等路上的车少了再过去?就算围猎的人往这边来了,也不是冲着我们这些小东西来的。狐狸和母狐狸要是想过去,就让他们自己过去吧。"

他说最后一句话的时候,声音很轻,说明他心里没有什么底气,也不想让别的动物听见。偏巧长耳兔从他身边跳过,听见了他的话。长耳兔狠狠地说:"你太不自重了!难道事到如今,你还想不明白,狐狸带领我们走的是最好的路?我们不能搞分裂。我还想警告你一句,如果没有别的动物为你们做好安排,你们现在还指不定在哪儿呢!"

和往常一样,大獾又过来劝架,他说:"不要吵,不要吵。长耳兔,你知道吵架起不到任何作用。"然后他又诚恳地说,"还有你,大棕兔,不是我说你,你不要总这样自私行不行?狐狸现在也很为难。"

大棕兔说:"我明白了。对不起,大獾。我想我只是又害怕了。"动物们只有在大獾面前才坦率地承认错误。

大獾黑白相间、布满沧桑的脸上露出一丝笑容,他说:"大棕兔,当然啦,害怕是很正常的。这没什么丢脸的。可是你们以前也害怕过,是不是?也不是第一次了,嗯?"说着,大獾用嘴碰了碰大棕兔的身子,让他放轻松。

他们的对话结束没多久,动物们就听到了猎犬的声音,说明他们沿着远征队走的路追上来了,而且距离越来越近。动物们马上就想起了上一次跟疯狂的猎犬以及猎人遭遇后死里逃生的恐怖。狐狸和母狐狸不由自主地加快了步伐。

尽管猎犬的吼叫声和尖厉的号角声还在较远的地方，可动物们都非常清楚，那遥远模糊的声音变成震耳欲聋的巨响速度有多快。大家伙儿再也不敢冒险了，他们都朝着那排大树，拼命跑过最后几百米路。

狐狸、母狐狸和长耳兔一家最先到达路边。他们在树荫下等待着，焦急地眺望着渐渐跟上来的伙伴们。

动物们一个接一个，上气不接下气地赶到了。狐狸清点了一遍，所有野鼠和田鼠都到齐了，还差蜇蛇一个。

动物们眯起眼睛，仔细看他是不是从草地游过来，可是谁也看不到。

小鹰飞起来去看蜇蛇走到哪儿了。其余的动物暂时将注意力转移到他们的前方。大家站在树荫下，看到面前是一小片草地，过去就是高高的路堤了，他们现在还看不到高速公路上的情况。灰鹭主动说飞上去看看路上的最新状况。

他飞走了，动物们回头朝他们刚刚走过的丘陵张望，还是不见蜇蛇的影子。可是他们看到不出半里路开外的地方，最前面的几只猎犬爬上了一个小坡。大家惊慌地互相看看，谁都不敢说话。

鼹鼠打破了沉默，他小心翼翼地问："你们说，猎犬是冲着蜇蛇去的吗？我是说，想报复蜇蛇？"

狐狸说："哦，不，不会的！但咱们也不能等他了。他只好靠自己赶上来了。"狐狸看到猎犬步步逼近，不由自主地打了个寒战。他使劲儿甩甩头,让自己振作起来。

"快走吧,伙伴们。"他急火火地说,"爬到路堤上面去。"说完,他推了母狐狸一把。

动物们一起跑过那段最后的平地,然后沿着长满青草的路堤往上爬,上面就是高速公路了。路堤上竖着一道木头栏杆,这对动物们来说不成问题,他们只要从最底下那道栏杆下边钻过去就行了。当他们站在了栏杆另一侧,立刻就感觉围猎的吵嚷声不那么可怕了。

然而,现在动物们和公路之间没有任何遮拦了,他们必须面对横穿公路的问题。

路堤这边是个下坡,直接与公路路肩相连,再过去就是离大家最近的那条车道。这条车道被各式各样、大大小小的汽车和卡车塞得水泄不通。跟这条车道平行的另外两条车道也趴着两排同样的怪物。它们看上去都很安静,金属壳亮晶晶的,暴晒在阳光之下。每个怪物的屁股后头都不断地喷出一缕青烟。青烟在空气中萦绕,渐渐地不见了。

与这个方向纹丝不动的车辆相反,对面三条车道的车辆则是呼啸而过。两个方向的车流中间是隔离带,由两行矮矮的隔离墩组成。隔离墩之间是一条窄窄的草地,上面杂草丛生,还有很多纸屑。

在隔离带最窄的一处,灰鹭哨儿泰然自若地站在隔离墩中间的草地上。他背对着路堤上的朋友们,全神贯注地注视着高速公路另一方的车流。每当一辆车飞速驶过,他的头就跟着车从一边扫到另一边。

黄鼠狼轻声说:"瞧他那样儿,好像魔怔了一样。"

动物们一眼就看清了当前的情况。他们看见人类坐在纹丝不动的汽车里,跟自己那么接近,都本能地趴在地上。不论大鼻子还是小鼻子,嗅到空气里的怪味儿都恶心地皱了起来。

狐狸明白,他们要立即采取行动。除了母狐狸,他比远征队里任何动物都深深地感到,如果还待在这里不动,而背后的威胁又紧逼而来,那该是多么危险。虽然他认为猎人允许猎犬跨过绿化带那排大树的概率非常小,但还是觉得不可掉以轻心。

小鹰回来的时候,正见到大家站在路堤上,盯着灰鹭看呢。

他汇报说:"我找不到他。"小鹰指的是失踪的蟆蛇,"我认为他又是故意来这么一手。他以为自己在那些猎犬冲上来的紧急时刻还能大显身手。"

"喊!"猫头鹰嘀嘀咕咕地说,"上回那事让他乐昏头了吧!"

"我想不是这样的,"狐狸严肃地说,"不管你们怎么说,我认为蟆蛇不是那样的。"

高速公路上车水马龙的喧嚣声,还有等待行驶的汽车引擎发出的轰鸣声此起彼伏。虽然如此,动物们还是听到了远处传来猎犬的叫声。

狐狸站起来,他看看身后,又迅速俯下身。

他直截了当地说："咱们必须行动了。应该不会遇到什么困难。你们看，车尾下面有很大的空，我们神不知，鬼不觉，从这三条车道穿过去，到灰鹭站的那个地方集合。"

野鼠问："可是，狐狸，万一我们刚走到一半，车就开起来了可怎么办？车轮哪怕是挪几寸都会轧死我们的，尤其是个子小的队员。"

狐狸先是没有回答，他朝塞车的前后两个方向都看了看，然后说："现在看起来不太可能，但我们要越快越好。"

大棕兔提出一个想法，"不知道会不会有过街天桥啊？"

野鼠嘲讽地说："是啊！说不定还有专门给我们老鼠走的小台阶呢！"

大棕兔尴尬地说："这我倒没想到。"

狐狸转过头，看到小鹰站在路堤的木栏杆上。

他说："小鹰，劳驾你在这里等着蝰蛇的消息好吗？看一眼他有没有跟上来。"

小鹰笑眯眯地说："义不容辞，看两眼都成。"动物们目前遇到的困境对他和猫头鹰都没什么影响。

"那好，朋友们。"狐狸转身面对大家，说，"你们会跟我走吗？"

狐狸环顾周围，脸上闪过一丝愧疚的神情。他心里知道，大多数动物认为现在这里还算安全。可是很自然，狐狸总是忘不掉对围猎的恐惧。

大獾没有多说一句话。他站起身来，用眼色示意鼹鼠爬到背上去。长耳兔也站了起来，把自己一家招呼在一起。

母狐狸看到自己心目中的英雄用那种恳求的眼色看着大家，心疼得靠在他身边，体贴地舔舔他的毛。

动物们一个个站了起来，棕兔们是最后站起来的。猫头鹰先飞起来告诉灰鹭站在原地不要走。

母狐狸保护着跑在前面的野鼠和田鼠，第一批冲下路堤。一眨眼的工夫，他们就钻到车身底下看不见了。他们从这辆车的保险杠底下跑过，又从那辆车的车轮间穿出，安全地出现在隔离带中间。

狐狸看到松了一口气。他把松鼠们集合起来，按照母狐狸刚才走过的路线冲了过去。长耳兔一家紧随其后。

黄鼠狼和刺猬们组成一队，后来棕兔们也加入了。棕兔们是看到前面两拨动物过去的情况，相信没有他们想象得那么危险，便同意过去了。

大獾和鼹鼠压阵，这样不过几分钟时间，整个远征队安全地横穿到高速公路中间的隔离带。大家挤在两行隔离墩中间——这块也不见得如何安全的"安全岛"上。

只有小鹰还在木栏杆上守望，怎么也看不到蝰蛇的踪影。

狐狸和大家躲在隔离带里，身边满是碎纸片和杂草，他们都在考虑下一步该如何行动。大家看见那些密闭的汽车和卡车驾驶舱里，露出一张张人类惊讶的面孔。小孩们激动地跟他们的爸爸妈妈指指点点，看他们的嘴形是在发出"哇""喔"这样的叫喊。最靠近隔离带的车道上，车里的人离动物们只不过几英寸远。不一会儿，就有人从摇下来的车窗里伸出手来够他们。幸好动物们竭力缩着身子，那些人都够不到。车上的乘客都知道高速公路上是禁止步行的，所以没有人下车来给动物们捣乱。

但是跟人类如此接近，让他们觉得浑身不自在。大家看看眼前呼啸而过的车流，再回头看看身后一动不动的汽车里的观众，心情很沮丧，觉得完全暴露在人类眼皮底下了。

不过，动物们还不知道，在一英里之外的地方，就是开始堵车的地方，车辆终于慢慢地开动了。这就好比冲上沙滩的海浪，那么难以捉摸，一波一波沿着长长的塞车队伍翻滚着，最后到了动物们横穿马路的地方。汽车走起来了，带着那些惊讶的乘客开远了。这些人要去到各种地方，做各种事情，他们的脑子里装着好多重要的事，很快就会把这群动物忘掉的。

鼹鼠喊："他们开走了！他们开走了！"

黄鼠狼说："狐狸，你让我们尽快过来真英明。"

狐狸也欣慰地说："事情能变成现在这个样子，我也感到很幸运啊！"

蛤蟆认真地说："可是蝰蛇就惨了，他被困在路那边了。"

大獾说："小鹰过来了，不知道他看到蝰蛇没有。"

小鹰很快就落在隔离墩上。"打猎的回头了！"他绘声绘色地说，"猎犬跑到绿化带大树的时候就被猎人喊回去了。他们照原路打道回府了。"

长耳兔心有余悸地说："谢天谢地，但愿这是我们最后一次见到他们。"

小鹰接着说："可是蝰蛇还是没有露面。猎人走了，他也没什么把守的必要了。"

狐狸说："你能不能再去找找他？不然，他看不到我们，不知道我们朝哪个方向走了。"

小鹰马上回答："我这就去再搜索一遍。可是你们呢？这里你们怎么过得去？"他用头示意迎面而来的汽车。飞速驶过的汽车一辆紧接着一辆。

狐狸也说："是啊，现在肯定过不去。可不会总是这样的，迟早能等到间隙。"

小鹰吃惊地问："你们一定要冒这个险吗？"

狐狸说："我们也没有别的办法。看这个隔离带，简直就是个垃圾场，这里不是久留之地。等车辆中间空当足够大的时候，我们分拨儿过去。"

小鹰摇摇头："老实讲，我认为除了长耳兔，你们谁都跑不了那么快。别忘了，你们这是要穿越比一般马路宽三倍的高速公路。看似在远处的车，眨眼的工夫就开到眼前了。速度之快是我们这些野生动物想象不到的。"

狐狸皱起眉头，沉着脸说："我们别无选择。"

灰鹭说："我想也许我能帮上忙。要是有必要的话，我可以做那些小动物的空中保镖。你明白我的意思吧，我用喙把他们一个个护送过去。"

狐狸高声说："这个主意妙极了。可这该死的车流总也不减少，我们根本找不到空当，没法开始行动。"

动物们坐在那里，郁闷地望着络绎不绝的车辆在眼前飞驶。这里的空气充满了汽车的尾气味儿，棕兔和长耳兔的孩子们都开始觉得恶心了。

小鹰飞起来，落到对面路堤的栏杆上。

灰鹭说："我为什么要在这里傻等呢？"他轻轻拍拍受过伤的翅膀，好像准备要起飞了，"我现在就可以把这些小家伙送过去，也少受点苦嘛。"

狐狸问："你把他们带到哪里去？"

灰鹭回答："把他们放到对面路堤上去。他们在那里会很安全，空气也好得多。"

"那就这样办吧。"狐狸说，"大棕兔、长耳兔，让你们的孩子准备好。"

灰鹭解释说："我一次只能运一个。"他走到一只小棕兔面前，张开嘴巴准备好。然后他非常温柔地将那个毛茸茸的小东西含在嘴里，用喙中间不锋利的地方夹紧，飞到了对面路堤上安全的地方。

他来来回回飞了好几次，把小兔子们一个个送到了安全的地方。猫头鹰飞过去看管着这些小宝宝。

"我干脆好事做到底吧！"灰鹭对狐狸说完，开始将田鼠和野鼠也一个个送了过去。经过哨儿不断地往返运送，隔离带上的动物越来越少了。到最后，只剩下狐狸、母狐狸、大獾、鼹鼠、蛤蟆、黄鼠狼、长耳兔两口子、大棕兔们、松鼠和刺猬，差不多是整个队伍的半数。

狐狸满意地看看大家，说："进展不错！"

灰鹭说："我的活儿还没干完哩。蛤蟆，过来，轮到你啦。"

蛤蟆后面是鼹鼠，再跟下来是身轻体长的黄鼠狼。灰鹭说，松鼠也可以送过去。不过等到他运送完所有松鼠之后，他就再也吃不消了。

远征队目前在高速公路附近分成了三组。在丘陵地带那一边，是小鹰和不知身在何处的蝰蛇；在公路中间，是伺机穿过公路的那群刺猬、棕兔和长耳兔两口子，以及狐狸、母狐狸和大獾；在公路的另外一边，是已经安全的远征队年幼的成员以及几只小个子动物。他们在猫头鹰和灰鹭的联手护卫下聚集在一起。

就这样，他们观望了一段时间，情况也没有出现转机。然后，渐渐地，飞速行驶的车辆少了一些，车流中间出现了一些空当。

狐狸督促长耳兔说："长耳兔，你们俩最好先准备着。下一个空当会比较大。"

长耳兔和妻子从隔离墩缝隙钻出去，准备好闪电般的冲刺。当前面一拨儿车流最后的那辆车尾跟他们平行的时候，他们同时蹿了出去，一口气跑过三条车道，一点没有放慢速度。他俩跑上路堤跟那里的朋友们会合。就在他们冲上路堤的时候，下一拨儿汽车也开了过来。

大獾说："狐狸，你和母狐狸下一拨儿一定要过去。你比我跑得快。我还要等一等。"

狐狸没有争论。他认为自己应该留到最后一个,看着所有队员都安全过去。但是他也担心母狐狸的安全,于是他什么也没有说。

两只狐狸在隔离带外边准备好,当下一个空当到来的时候,他们就飞奔起来。他们没有长耳兔跑得那么快,勉强跑到路对面,下一拨儿车辆也驶了过来。

"我觉得咱们的机会不大啊。"刺猬闷闷不乐地对大獾说。

现在隔离带上只剩下他们两个,还有别的刺猬和棕兔们。

大獾说:"我们当然没有那四位那么敢冲敢闯了。"

大约又过去了一刻钟,他们似乎被困在那里了。

灰鹭飞过来传达狐狸的话:"干脆我们一直等到天黑,你们有把握了再过来。"

大獾说:"请你替我谢谢他,请他放心。"

大獾终于逮到一个机会,一拨儿车飞快地驶过,他招呼所有的刺猬和棕兔在防撞墩外各就各位。

当最后一辆车风驰电掣般驶过时,大獾就一声大喊:"走!"这些动物没命地朝对面路堤跑去。

大家穿过第二条车道的时候,两只年长的刺猬落在了后面。他们看到跟另外几只动物越来越远,心都凉了。在危险和安全这一线之间,哪怕一秒的迟疑都是致命的。大獾、棕兔们和跑得快的刺猬跑到了路堤。他们回头看那两只老刺猬,他俩刚跑到第三条车道。但是大家都看得出来,他们跑不过来了。

当又一拨儿汽车呼啸而来的时候,两只老刺猬就像平时抵御危险那样,本能地蜷成一团。但面对眼下的情况,这样做更糟糕。眨眼间什么都完了。动物们吓得都呆住了,谁也说不出一句话来。

远征队克服了又一道难关,离白鹿公园更近了,可他们也失去了两个伙伴。

第27章 母狐狸的话

狐狸率领队伍从路堤另一面走下去。大家都很悲恸，一路默默无言。他们走进了第一片田野，那是一块玉米地。这里不光看不到高速公路，连震耳欲聋的轰鸣声也变得隐隐约约了。灰鹭还站在路堤上，守候小鹰的归来。

动物们在高高的、绿油油的玉米地里躺下，懒洋洋地看着几只小巢鼠在玉米秆上爬上爬下，一边啃东西，一边用小脚丫扒着玉米秆保持平衡。动物们的脑海里还回想着刚才的那场不幸，剩下的几只刺猬表情庄严肃穆。所有动物里，只有蛤蟆一个人心情好得不得了。他看到别的动物的样子，也就不好让他们看出来。他心里着实欢喜得很，因为他们已经穿过了高速公路，现在远征队离目的地真的不远了。

灰鹭哨儿像哨兵那样站在路堤上，眼睛一眨不眨地注视着对面的路堤，对眼前川流不息的车流视而不见。这时，只见小鹰突然从丘陵地带的方向飞起来，又落在他刚才站过的木栏杆上。小鹰朝路对面张望,看见了灰鹭,于是就飞了过来。

灰鹭回答小鹰的第一个问题:"是的,他们都藏在玉米地里了。"

小鹰说:"没出什么意外吧?"

灰鹭告诉他两只老刺猬遭遇了不幸。

小鹰淡定地说:"依我看,伤亡这么少已经很幸运了。"

灰鹭问:"蝰蛇呢?"

小鹰回答:"哦,对了。他没事,应该很快就爬到路堤上来了。你从这儿也许能看到他。他一直藏在一个土沟里。他说自己怕被踩着了。当然,那些围猎的人一走开,他就从沟里爬出来了。"

哨儿说:"那好,咱们飞过去迎迎他吧。"

两只鸟飞上天空。他们飞到高速公路对面,正看到细溜溜的蝰蛇扭搭扭搭地爬上草坡。

蝰蛇到了路堤上,干巴巴地说:"我迟到了,我想道歉就不必了吧。怎么说我这没长腿的也跑不过他们四条腿的呀。"

小鹰说:"队长和其他队员在路对面的玉米地里等我们

呢。你要是准备好了,咱们马上就去找他们。"

"看这个情况,恐怕有没有准备好都没啥区别嘛!"蝰蛇慢吞吞地说,"我横看竖看都想不明白,怎样才能大摇大摆地爬过这样一条高速公路,而不会一下子被碾成肉酱,永远跟沥青铺在一起。"

灰鹭冲小鹰挤挤眼睛,说:"你先撤。他们就在第一块地里。你飞起来就能看见了。"

小鹰随即飞上天空,从空中更容易发现绿油油的玉米地里的伙伴们。而蝰蛇,就在他还没明白怎么回事的时候,灰鹭张开嘴巴将他从路堤叼起,飞上了蓝天。

玉米地里的动物们接连看到了两出好戏。先是小鹰突然直冲云霄,朝他们飞过来。之后不久,伴随着哨音,灰鹭上场了。只见蝰蛇在他的嘴里大发雷霆,身子扭啊扭的,活像条大蚯蚓。

大家看到这么有趣的场面,暂时忘掉了刚才的悲剧。他们又开始聊起天来,蛤蟆也能大大方方地谈笑风生了。

蝰蛇归队了,围猎的危险也过去了,永远永远都不会再有了。

玉米地成了远征队当晚的宿营地。

狐狸和母狐狸是最后去休息的。母狐狸快要睡着时,看到狐狸坐立不安,怎么也睡不着的样子,知道他一定有什么心事。

母狐狸来到狐狸身边,轻声问:"你在想什么?"

狐狸转过头来，看到母狐狸在他身边的玉米丛里躺下。"唉！"狐狸说，"我怎么也轻松不起来，脑子里乱哄哄的，有些想法无论如何也赶不走。"

母狐狸体贴地说："我看得出来，你在担心什么事。我能帮上忙吗？"

狐狸微笑道："我不想让你也跟我一起烦恼。"

母狐狸害羞地说："我要是做了你的妻子，就该与你有难同当。"

狐狸说："你的话对我是莫大的安慰啊，你真是我最最贴心的伴侣。"他说着，疼爱地舔舔母狐狸的脸颊。

狐狸接着说道："我是怎么也忘不了那两只老刺猬。唉，我想那也不是谁的过错。如果要怪的话，也许该怨他们年纪太大了，可怜啊！但是你看，只要发生意外，我总觉得自己有责任。"

"我知道你会这么想，这完全可以理解。"母狐狸说，"可你无法控制所有的事情啊。你没有力量阻止这种悲剧的发生。亲爱的，不要再想这些事了。谁都没有责怪你。"

狐狸也承认道："当然了，我都明白。他们都是心地善良的动物，就连刺猬队长都跟我回避这个话题……可是……可是，唉！我总是忍不住在想，要是我们等天黑再穿越高速公路，就会安全多了。"

母狐狸说："瞧，原来你想的还是这个。我猜也是如此。你现在感到非常内疚。你认为都是因为自己害怕被围猎，才决定立刻横穿公路的。"

"就是这样的。"狐狸说,"亲爱的,知我者莫若你呀!"

"我怎么才能让你明白,你当时的决定是正确的呢?"母狐狸大声说,"你认为猎人只是冲着你,还有我去的吗?"

狐狸低声回答:"是的。如果别的动物藏在路堤边,等到天黑就会安全多了。我怎么也摆脱不了内心的自责。因为……因为我,白白牺牲了两条生命。"狐狸的声音越来越轻,快要听不到了。

母狐狸激动地说:"你想的太多了。难道说人类就不打长耳兔他们吗?还有獾子。你觉得那些猎犬一旦在路堤那里追上我们,他们会只对付我们两只狐狸,而饶过其他动物吗?当时整个远征队都很危险,你做了唯一正确的选择。是你率领大家离开了险境。"

狐狸沉默了许久。终于,他似乎有些胆怯地开口问:"你真是这样想的吗,我最亲爱的?"

母狐狸肯定地回答:"我从来都没这么肯定过。别的动物也会同意我的看法。"

"你这么想,我真的很高兴。也许我的所作所为的确是对的。"

母狐狸紧紧地依偎在狐狸身边,说:"亲爱的,难道你不知道,在大多数动物心中,你早就是响当当的英雄了。想想你带他们经历的一切吧。你永远也不会失去在他们心中的威信。那些伤心事很快就会过去了。"

"是啊。"狐狸说,"我坚信远征队一定会到达终点,我多么期待那一天的到来啊!"

"我也一样。"母狐狸轻声说,"我希望我们在那儿能过上和平宁静的日子,非常安全,没有任何干扰。"她说着说着,声音变成低低的呢喃,"最重要的是,我期待有那么一天,你所有的一切都只属于我一个,你只是我的英雄,而不是动物们共同的英雄。"

狐狸笑嘻嘻地问:"那么我现在还不是你的英雄吗?"

"我无怨无悔地追随着你,还需要多说什么吗?"母狐狸抿嘴一笑,把头贴着狐狸的头,闭上眼睛,幸福地舒了一口气。

第28章 死气沉沉

第二天一大早，附近人类活动的声音把动物们惊醒了。他们马上起身准备转移。这一次，他们发现又走进了一片农田，只不过这里的农田看起来跟以往的不太一样。田垄之间没有低矮的灌木丛，也看不到屋顶铺着干草的农舍，更没有年代久远的尖顶谷仓。这里的一切仿佛都被人精心丈量过，管理得井井有条。

农田方方正正的，田里种着一望无际的粮食和根茎类作物，排列得整整齐齐。田埂上光秃秃的，没有野花和杂草冒出脑袋，就连边边角角的地方也没有。所有不需要的植物都已经被清理掉，整个农田看起来冷冰冰的，好像医院的病房，感觉非常不自然。有几棵大树像巨人一样立在田间，说明在这个凡事要计算成本的世界中，砍掉它们显然费用太高，于是它们就幸存在那里了。

农舍是现代化的砖房，一切都以效益为首，墙壁上看不见半片青藤的叶子,小巷和街道也是水泥或者砾石铺成的。

大家听到动物们——农场里的家禽和家畜,咕咕嘎嘎的叫声,却看不到他们的影子。他们好像都被关在那种窄窄的、矮矮的钢筋混凝土的屋子里。在那间温度可以被控制的饲养室里,动物们大概永远不会知道世界上还有开满毛茛花的绿草地,也从来没见过湛蓝的天空,更未享受过小雨滴滴答答落在身上的清爽滋味。

因为这里没有隐蔽的地方,当地的野生动物似乎早就离开了,只留下一些跟人类很亲近的鸟儿,比如麻雀、乌鸫、鸽子什么的。从法辛林来的动物们感觉寸步难行,因为这里太空旷了,一切都暴露在人类眼皮子底下。除此之外,附近还有一些农场工人在干活。他们驾驶着最新式的巨型农机怪物,使用着各种各样最新发明的仪器和农具。

动物们都想赶快离开这个鬼地方。他们显然是一群不速之客。这是一个机械化的世界,一切都是按照人类的需求和规定安排的。任何自然界里的动物和植物,在这儿不但不受欢迎,反而被视为杂草和害虫,受到同等的对待。

队员们决定在白天尽量隐藏好,到

了夜间再继续朝目的地前进。那时候人迹稀少,危险相对小一些。就这样过了几天,没有遇到意外状况,大家的胆子也大了起来。

一天早上,小鹰晨间侦察后返回伙伴们宿营的地方,那是一块废弃的油布毡。天气又热又闷,没有一丝风。

像往常一样,小鹰径直来到队长身边,轻轻推醒他。"这里一个人都没有。"他小声说,"安静得跟大獾老家的地洞一样。如果我们现在出发,今天就可以走出这个令人讨厌的地方了。前面只有几垄田,过去就是镇子外面了。"

狐狸用爪子揉揉双眼,若有所思地挠挠脑门。他看到母狐狸睡眼惺忪地望着他。

她催促狐狸说:"我们走吧,狐狸。这几天我都烦死这个地方了,觉得特别不舒服。你没注意到吗?大家都不愿意讲话了。"

"是啊,我发现了。"狐狸说,"这可能是整个远征途中最沉闷的一段日子了。"

"都是这个可怕的地方闹的!"母狐狸说,"我从来没到过这样的地方,死气沉沉的,几乎找不到任何能吃的东西。"

狐狸说:"不管怎样,我先去叫醒大獾和猫头鹰,很快就回来。"

猫头鹰棕毛儿这几天也总在抱怨找不到东西吃。他此时正在一英里外唯一的一棵大树上睡觉。大獾离其他动物有些距离,睡在油布毡的褶里,舒服地打着呼噜。狐狸先叫醒他,把小鹰汇报的情况跟他通了气。

大獾伸了个懒腰,小心地嗅着静止的空气里的味道。"哦。"他嘟囔着说,"这里真是安静得出奇,什么声音都没有,也没有人。"

狐狸问他:"那么你怎么看?"

"我认为我们应该立即离开这个鬼地方。"大獾回答,"马上出发。"

他们跑到棕毛儿睡觉的树下,大声叫他起床。猫头鹰先是没有回答。大獾和狐狸又喊了一声。他们这才听到猫头鹰的声音,像是呜呜噜噜,又像是呼呼的叫声,更像是一声叹息。

"唉!是你呀,狐狸。"猫头鹰迷迷瞪瞪地说着,往树下看,"还有你啊,大獾。"

狐狸说:"猫头鹰,能不能下来说话呀?我们看不见你。你都不知道自己藏得多隐蔽。"

大獾也加上一句:"我们有重要的事跟你商量。"

猫头鹰懒懒地回答:"好吧,好吧。"说完他展开翅膀,从树上飞到大獾和狐狸中间。

狐狸告诉他小鹰的提议,说:"我觉得咱们也许可以利用这安静的空当。"

猫头鹰马上同意了,"当然好。赶早不赶晚,说不定今晚我们就能吃到一顿像样的晚餐了。"

他们三个回到油布毡那里,把大家都集合好。

蝰蛇对大清早就赶路的决定尤其高兴。他轻声说:"我不吃饭也能走好长一段路。这个地方太让我失望了，没什么能让我的尖牙咬上一口的东西。"说完，他故意凶巴巴地看了田鼠他们一眼，接着说："我已经开始考虑另找门路解决我的饮食问题了。"

大獾批评蝰蛇说："蝰蛇，行啦。你怎么又说这样的话呢？你把他们吓得都哆嗦了。他们真的吓坏了。"

"喊。"蝰蛇轻蔑地说，"他们早该习惯我的脾气了。"

田鼠非常伤心地说："你那欺负人的臭脾气，我们永远也习惯不了！"

狐狸过来打圆场，他说："蝰蛇，你就少说一句吧。我们上路吧，今晚就能有好吃的了。小鹰，你带路。"

动物们在小鹰的指引下，走进第一块田地。这里种的是一

大片土豆。动物们除了自己的脚步声和喘气声,别的什么声音都听不到。没有鸟儿的歌声,没有虫子的嗡鸣,就连微风都没有。

鼹鼠说:"怎么这么奇怪呀?如果不是有阳光,我还以为是在地洞里呢。就算那样也能听到头顶的声音啊。"鼹鼠发现越是自言自语,就越觉得周围的气氛很怪异。

狐狸对母狐狸说:"我一点儿都不喜欢这里,什么东西都不自然。看这些植物,仿佛人造的一样。"他冲着土豆叶子点点头,"这些叶子看上去很奇怪,好像打了一层蜡。"

母狐狸说:"是呀,看起来亮闪闪的。"

"看一眼就倒胃口。"长耳兔说,他就跟在狐狸和母狐狸身后,"不知道吃起来什么味道。"

"当家的,千万别做傻事。"长耳兔太太急忙说。

长耳兔回答:"我不过就是纳闷罢了,别担心。"

"宝贝们!"长耳兔太太对孩子们说,"这地里的东西你们可千万不要吃,一口都不行,听见没有?"

小兔子们都跟妈妈保证一定不吃。

走出土豆田,经过一条窄窄的田埂,下一块是甜菜地。

大家紧盯着天空中的小鹰,绕过甜菜地,走进另一块地。这里是一块长势很好的卷心菜地。棕兔们看到一行行绿油油水灵灵的卷心菜,眼睛都瞪大了,肚子也饿得疼起来。

大棕兔对狐狸说:"我们不能停一停吗?大伙儿都饿极了。这儿也没有人,吃几棵菜,没人会知道的。"

狐狸犹豫了。棕兔们和不听妈妈警告的小长耳兔们,都恳求地看着狐狸。

狐狸说:"一直有什么东西让我很怀疑。我一点都不喜欢这种安静。这里肯定有什么问题,可我们还不清楚。我认为咱们不能停留,太冒险了。"

大獾说:"狐狸老弟,你说得很对。大家继续前进吧。"大獾觉得应该支持狐狸。

大棕兔说:"队长,求您了!说不定以后再也遇不到这样的机会了。我们大家都好几天没有好好吃东西了。"

"我们长耳兔可什么都不碰。"长耳兔太太斩钉截铁地说,她的孩子们嘟起了小嘴。

大棕兔不屑一顾地说:"没有比你们更傻的了。这些卷心菜没什么不好的呀。它们长得多好。瞧它们多新鲜,上面还有雨滴呢。"

狐狸走到一棵大卷心菜旁边仔细看,又闻闻叶子。他说:"叶子上的确湿漉漉的。下面的地也有些潮。但不应该是雨水,都很多天没下雨了。"

鼹鼠插嘴说:"会不会是露水呀?"湿润的土壤让鼹鼠开始想蚯蚓了。

狐狸摇摇头,说:"我看不像。白天这个时候不会有露水了。"他又使劲儿闻了闻,然后缓缓地说:"我说不好。闻起来味道有点奇怪,好像有种矿物的味道。大棕兔,你更了解,要不你来闻闻?"

动物远征队

大棕兔走到卷心菜旁边,鼻子很起劲儿地嗅起来。"没有,没什么不一样。"他看完以后说道。其实他也闻到了矿物的味儿,但他一门心思想叫狐狸让步。

"我还是觉得不对劲儿。"狐狸不安地说,"我不相信这些菜可以吃。周围这么安静,我更怀疑了。咱们平时经常听到的虫儿的叫声呢?我敢打赌,这些菜上找不到一条毛毛虫,它们看起来太完美了。"

动物们还在辩论不休,鼹鼠从大獾的背上溜下来。他馋嘴的老毛病又犯了。他每天吃蚯蚓都是有计划的,已经好多天没有完成任务了。鼹鼠的肚子饿得好像有好多小爪子在挠他。他想,在这片田野里一定能找到好多的蚯蚓。鼹鼠再也忍不住了。

说句公道话,鼹鼠在脑海里倒真的是跟这种想法斗争了几秒钟。可鼹鼠跟别的动物不一样,凡是跟肚子有关的任何欲望,他总是很难克服。于是他悄悄地从动物们身边爬开,爬到大家身后,然后就一路小跑,跑到一棵大卷心菜背后,用力地挖起来。

"我应该……可以……抓到几条蚯蚓……趁他们还没发现,我……我……就回去了。"鼹鼠一边挖,一边喘着粗气,脑子里想的全是胖嘟嘟、扭来扭去的蚯蚓。很快就看不到他了。

狐狸和其他队员还是没有做出决定。

黄鼠狼说:"听我说,不要上当。这些菜看起来好吃,可说到底还是不怕一万，只怕万一啊！"

"你真是站着说话不腰疼。你本来就不吃卷心菜。"大棕兔气急败坏地说，"否则你也不会这么冷漠了。"

"嗯……"狐狸刚要开口说话。

"不！"大獾说，"狐狸，不要动摇。"他轻声对狐狸说："我们还是趁现在没有发生意外，赶紧离开这个地方吧。现在是大白天。人类随时有可能出现，会发现我们的。"

狐狸还是犹豫了，他说："我不想让他们觉得我太不讲情面。"

"他们很快就会忘记了，会高兴我们继续前进了！"大獾催促说，"我觉得，我们……"他停住了，因为大家听到天空传来灰鹭翅膀上的哨声，都抬起头来看。

灰鹭朝他们飞来，身边是小鹰和猫头鹰。

他们大喊："快，赶紧走！"

狐狸吃惊地问："什么事？"

鸟儿们同时落下。"这地方就是个坟场！"小鹰哆嗦着说。

"有毒！"猫头鹰说，"什么都不安全。"

"有毒？"大棕兔倒吸了一口凉气。

灰鹭点点头说："整个地区都是。前面有个果园，地上到处是灰雀、燕雀和乌鸫鸟的尸体……"

大棕兔说："那么这湿漉漉的东西是……"

"是农药！"狐狸喊出声来。

小鹰结结巴巴地说:"大家肯定什么都没吃吧?"

狐狸说:"没有。"他为大家死里逃生松了一口气,"你们来得正是时候。"

猫头鹰说:"整个农场都喷过农药了。所有的野生动物都逃走了,有些来不及跑掉的……"

狐狸说:"看在老天的分上,大家赶快上路吧。"

这个时候,大獾发现鼹鼠不见了,开始四处寻找。鼹鼠正好从卷心菜后面的洞里钻了出来。

大獾看到这位朋友的身上脚上沾满了泥土,不禁哭喊着说:"哎呀,鼹鼠!你都干了些什么?"

蝰蛇说:"挖蚯蚓呗,中毒的蚯蚓。鼹鼠,你也中毒了吧?"

鼹鼠大惊失色地望着大家,说:"可我一条蚯蚓都没吃,他们全是死的。"

第29章 生物学家

狐狸很快将蚯蚓致死的原因告诉了跑去开小差的鼹鼠。鼹鼠得知自己刚刚险些中毒，顿时吓得瘫倒在地。

大獾对这个犯了错误的忘年交说："你呀，鼹鼠，好好记住这个教训吧。以后可千万别耍小聪明，偷偷溜走了哦。你现在还能跟我们在一起，真算你走运。"

鼹鼠逃过一劫，大獾心里其实也特别高兴。他对鼹鼠说了一通道理，然后就和蔼可亲地对他笑了。

现在动物们对这个地方害怕得要命，周围的寂静意味着死亡，他们像遇见了鬼一样，脚下生出了翅膀，走得飞快。

果园里，遍地是鸟儿的尸体，惨不忍睹。他们只不过想找东西填饱肚子，也不是什么大不了的罪过。法辛林远征队的动物们看到之后，后背冒出一股冷汗。

在另一块田地里，他们看到更多一动不动的生命：被毒死的野鼠和甲壳虫，还有美丽的蝴蝶，甚至为人类做出贡献的蜜蜂，这些无辜的酿蜜能手，也因为误入这片地区丢掉了性命。这个地方已经成了那些机器，还有精打细算的人类的天下。

母狐狸对狐狸说："我们一离开这里，我就想好好洗个澡。"

狐狸板着脸说："我们大家都要好好洗一洗。"他带领大家，头也不回地往前走。

终于，他们走到了这个死气沉沉的农场的尽头。那里有一排茂盛的山楂树，像罗马古道那样笔直。

狐狸找到了一个缺口，大家跟着他和母狐狸钻过去。眼前出现了一片清凉的绿草甸，奶牛啃着草，一地金黄金黄的毛茛花，每朵花都开得那么灿烂，好像一轮轮小太阳。

因为刚刚饱受折磨，这儿的一切让动物们觉得那么舒服自在。大家一屁股坐在柔软翠绿的草地上，心满意足地吐出心中的闷气。猫头鹰棕毛儿、小鹰和灰鹭哨儿也跟大家在一起，享受休憩和放松的一刻。

猫头鹰摆出一副煞有介事的样子说："人类为了保护自己而不择手段，真是高明啊！"

蛤蟆问："农药是怎么帮助他们的？"

猫头鹰说："农药能除虫，而人类自己却不会被毒死。"

"可是人类要喷洒农药，怎么可能不接触到呢？"黄鼠狼打破砂锅问到底。

猫头鹰回答道："这个……我们谁都解释不清。因为我们也从来没有看见他们是如何做那种可怕的事情的。我们很清楚的是，这正是人类聪明狡猾的地方。单从这一点就足以证明，喷洒农药这件事是由他们那种会移动的机器代劳的，机器是人类操纵的，这点毫无疑问。"

大棕兔说："可是那些有毒的卷心菜和其他蔬菜，他们怎么处理呢？"

猫头鹰开始觉得，这个问题如果再深入探讨下去，是他力所不能及的了。可他又觉得，既然大家公认自己知识渊博，那自己也只好硬着头皮，继续把学识展现出来。

他说："我们看到的那些植物，都会成为人类的美食。"

"美食？"棕兔们惊叫起来，"那是有毒的呀！"

猫头鹰绞尽脑汁，想找一个合理的解释。可让他气恼的是，灰鹭这时偏偏插嘴，抢着回答了这个问题。

"听上去很不可思议，是不是？"灰鹭说话时的样子有些忧郁，"其实道理再简单不过了。尽管我们看见的那些植物叶子上有农药，足够毒死我们大多数动物，也会对人类的身体产生一些影响，但却不足以将他们毒死。当然了，问题的关键是，人类不会马上吃掉那些蔬菜和水果。人类采用这样的方式是为了取得最大效益。他们为了消灭与之争夺食物的虫子和小动物，就喷洒化学农药。而当人类食用这些食物的时候，农药的药性已经消失了。这些化学农药生产出来是为人类服务的，而不是毒害他们自己的。因此，他们在使用农药之前，就已经充分考虑过自身安全的问题了。"

狐狸沉思着说："我不明白，人类的所作所为总是正确的吗？他们使用那么危险的农药，万一稍稍有个闪失，不会给他们自己带来不幸吗？"

猫头鹰又摆出智者的姿态，想在讨论中找回一些面子，他说："这一点我们就无从知晓了。"

蝰蛇跟往常一样，对猫头鹰的内心了如指掌。他干笑了两声，用嘲讽的口气说："猫头鹰真不愧是先知啊！"

大家躺在青草地上聊着天时，一个人从一扇门中走进了这块草甸。他避开奶牛，一个人慢慢向前走着，眼睛一直盯着地上，好像丢了东西似的。

小鹰发现了这个人，赶紧让大家当心。通常，动物们见到人类都会马上逃之夭夭。但不知道为什么，当这个人出现时，大家觉得他不会带来危险。

此人身着粗呢大衣，浑身披挂着很多工具和仪器，有的挂在脖子上，有的别在带子上挎在肩头。动物们看到这个人走着走着突然停住了，兴奋地解下身上的工具，蹲到地上，仔细观察起草地上的东西来。

动物们你瞧瞧我，我瞧瞧你，都觉得很有意思。

只见此人的兴致越来越高，他开始在一个小本子上奋笔疾书，偶尔还停下来观察地上那个让他感兴趣的地方。写完之后，他把自己所有的东西放在一边，坐在离那个地方两三英尺远的地方，又拿出小本子，专心致志地把刚才仔细观察过的东西画在本子上。

动物们好奇地盯着他。这个人画画的时候那细致和优雅的样子，深深地吸引了他们。这个人对附近这群观众却一无所知。他画完画，把本子收了起来，然后用一个工具非常小心地在草地上挖起一棵植物。显然，那是他刚刚仔细观察过的植物。他轻轻地把这个植物放进一个盒子里，在盒子的标签上记录下有关数据，再把盒子举到阳光下，从各个角度端详这份样本，仿佛沉浸在巨大的喜悦当中。

动物们一直静静地注视着这个人，当蛤蟆清清嗓子开口说话时，声音显得特别洪亮。

只听他肃然起敬地说："伙伴们，那就是一位生物学家呀！"

动物们个个一脸惊讶，甚至有些敬畏。

灰鹭说："我也见过这样的人。记得有两次，一个跟他差不多的人来到石矿里，带了很多大大小小的盒子和工具。他是去观察水禽的。"

松鼠问："他们为什么要这样做？"

灰鹭解释道："说来也怪，就是有那么一些人类，他们很关心野生动物的幸福和安宁。"

蛤蟆急切地说："能有白鹿公园这样的地方，正是因为有了这些人。就是他们倡议专门为野生动物建立栖息的地方，也就是自然保护区。"

大獾说："只有了解到人类对我们这些动物还怀有仁爱和兴趣，我们才会想到，原来人类也跟大家一样，都是动物家庭中的成员。"

蜂蛇是愤世嫉俗的，他说："人类为了满足他们自己的高傲和贪婪，故意下毒，害死整片地区的虫子和动物，我永远都不要跟他们攀亲戚。"

狐狸说："此话言重了，蜂蛇。但我相信大家都理解你的心情。在我看来，这些下毒的人类是出于某种目的，的确有着自私和残忍的一面。可是比起那些乐于围捕野生动物，置他们于死地的人类来说，还不算那么糟糕吧。那才是毫无理由的残忍，只不过为了取乐而已。"

长耳兔说："别忘了打猎中还有射击呢，那也算他们的娱乐项目。"

"可是即便如此，你们看，"狐狸说，"他们也为了某种目的才这样，比如为了把打中的猎物端上餐桌。"

母狐狸说："想想真是不可思议！同样都是人，却又分成不同的类型，行为截然不同。我是说咱们眼前的这位生物学家和那些围猎的人。有的人对动物那么友好，认为自己肩负着保护动物和植物的责任；而另外一些人则将自己的快乐建立在我们这些动物的痛苦之上。"

灰鹭总结道："有人尽心保护，有人无端迫害。"

鼹鼠说："我永远也搞不懂这些人类。"

动物们还在谈话，这时，生物学家拿起一副望远镜，从容地观察起天空来，看看有没有值得记录的东西。

狐狸提议道："小鹰，你去帮帮他呀，他好像找不到值得观察的对象。"

蟒蛇又挖苦地说:"就是,咱们可千万别让这位可怜的同胞失望哦。他走了大老远的路,只为了到这里来看看天。"

狐狸听见忍不住笑了,他说:"蟒蛇,你真行……你难道一点同情心都没有吗?"

蟒蛇慢条斯理地说:"对人类嘛,没有!"

狐狸还是想说服蟒蛇:"可是你肯定也认为人类不全是坏蛋嘛。"

"呸!"蟒蛇说,"在人类当中,你们特别喜欢的那种人只是少数。等他食不果腹的时候,你能保证他对咱们的态度不来个一百八十度大转弯吗?"

蛤蟆说:"蟒蛇老弟,你可真是一个十足的悲观主义者啊!"

蟒蛇说:"我只不过是实话实说罢了。人类向来只把自己的需求放在第一位。哦,也许会有几个愿意建立自然保护区的人。可是当土地短缺的时候,人类发现他们的土地不够用了,很快就会把保护动物兄弟的崇高理想抛到九霄云外。他们会攫取每一寸土地,根本不会在乎我们的生存。"

蛤蟆气鼓鼓地说:"那你也没必要对人类这么恨之入骨嘛。"其实蛤蟆心里也觉得蟒蛇是对的,只不过不想承认罢了。

蟒蛇继续说:"你们心里跟我一样清楚,有朝一日,到了人类和我们面临你死我活的关键时刻,没有一个人会心慈手软的。"

动物们都陷入了沉默。蝰蛇似乎在辩论中提出了无可辩驳的论点，动物们全都哑口无言，闷闷不乐了。蝰蛇得意扬扬地看着大家。

母狐狸说："那么我们就希望那一刻永远也不会到来吧，为了他们，也为了我们。"

"我想，在我们的有生之年，不会发生这样的事的。"大獾想给大家一些安慰，"也许永远都不会有那么一天。"

不知出于什么原因，蛤蟆总觉得自己有责任为自然保护区辩护。他不高兴地对蝰蛇说："如果你对白鹿公园这么没有把握，我搞不懂你为什么还要跟我们一起走呢？"

蝰蛇轻松地反驳道："我有没有把握并不重要。我方才明明说的是，如果当我们的人类朋友面临土地资源短缺的时候。我明白这只会发生在未来。但是，要证明我的观点并不用追溯很远，眼前就有一个活生生的例子。我看你们是忘记了吧，咱们现在为什么在这里呢？还不是因为人类为了自己的目的，不知羞耻地抢走了原来属于我们的自由家园吗？"

蛤蟆辩解说："可法辛林并不是专门为野生动物开辟的自然保护区呀。"

黄鼠狼说："我们能不能别再争论这个沉闷的话题了？我们没法预知未来，而且我有理由认为，咱们那些个聪明绝顶、神机妙算的人类也不见得知道。"

狐狸说："我同意。这种争论对我们谁都没有好处。不要忘记咱们的目标，也是唯一的目标——到白鹿公园去！"狐狸不知不觉提高了嗓门,说完还看了蝰蛇一眼。

"抱歉,我不想冒犯大家。不说了,不说了。"蝰蛇嘴上这么说,脸上却露出一丝坏笑。

"走着瞧!"蛤蟆压低声音说了一声,可还是让大家都听得清清楚楚。

那个引发了动物们大辩论,而自己却一无所知的生物学家,没有发现任何让他感兴趣的东西,正打算离开草甸。

狐狸说:"我们跟他近在咫尺,却没什么表示,太遗憾了。小鹰,你就去吧!"

"不胜荣幸!"小鹰大声回答,说完像只火箭一般直冲云霄。

天空仿佛是一个巨大的舞台,小鹰在广阔的天地间又快又灵活地表演着各式各样的特技飞行。一会儿盘旋,一会儿俯冲,一会儿来个鹞子翻身,朋友们看了不禁连连叫好。

"咔!咔!"小鹰自己也不断地欢叫着,把那个生物学家看得目瞪口呆。他用望远镜紧追着小鹰的动作,都忘了收拾起一地的工具和仪器。

不一会儿,灰鹭决定,他也要在这位会欣赏的观众面前露一手绝技。他先拍了好几下翅膀,发出哨声,预告自己即将上场,然后就飞到低空与小鹰遥相呼应表演起来。

灰鹭除了扇动那对无比宽大的翅膀之外,花样不多。但动物们观察生物学家的反应,看到他对这只大鸟反倒产生了浓厚的兴趣。小鹰也察觉到了这一点,他在空中又飞了一会儿,就来了一个非常优美的俯冲,落在地上,回到朋友们当中。

狐狸接下来动员猫头鹰也去一展飞行技巧。

猫头鹰傲慢地说:"我才不去耍把戏给别人看呢。另外,我认为这位生物学家也不会只对我们鸟类的生活感兴趣吧。"

鼹鼠激动地喊:"他会不会对我感兴趣呀?我可以为他表演挖地洞。"

狐狸笑道:"鼹鼠,得了吧。你钻到地洞里,他怎么看得见你呢?"

鼹鼠听了很扫兴,说:"是的呀,是的呀,我忘了这茬儿啦。"

大獾说:"我来告诉你们怎么做。这个人并不想看到许多动物在他面前表演如何聪明、如何灵活,或者跑得有多快。他又不是看马戏来的。我肯定,最让他感兴趣的,莫过于看见我们这些动物排成一行,走过这片田野。我打赌,他看到了一定会特别惊讶。多少人能有机会看到像咱们这样一群五花八门的野生动物,亲密无间地在一起游行呢?你们想想,这一幕,他肯定这辈子都忘不了。"

连猫头鹰都承认说:"大獾,这个主意绝了。我很荣幸加入大家的游行队伍。"

动物们终于等到灰鹭回来了。然后,大家自动排好队形,离生物学家大约二十米的样子,迈着整齐的步伐,徐徐地、一本正经地走过草地。鼹鼠和蛤蟆坚持要自己走,三只鸟飞在队伍的正前方。

蝰蛇一言不发,跟在队伍最后。大家谁都不敢说他,怕把他惹毛了。

生物学家最先发现了那三只鸟,而后地面的游行纵队也吸引了他的目光。他把望远镜一个劲儿往脸上贴,不敢相信自己看到的景象。随着队伍一点点地前进,生物学家发现,自己正在亲眼目睹一个自然界从未有过的奇观。当动物们走到田野的尽头时,他一屁股坐在地上,抓起本子奋笔疾书起来。动物们就这样盯着他看了好久。

狐狸说:"大獾兄,看来你的主意的确给他留下了难以磨灭的印象。"

大獾开怀大笑,说:"咱们可是让生物学家度过了最有意思的一天,他再也忘不掉我们了。"

"可我们倒是忘了一件事。"猫头鹰这时说,"咱们的肚子还饿着呢。"

第30章　教堂惊魂

动物们在浓密的矮树丛下度过了天黑之前的几个小时。等天黑得差不多了,他们就独自或者三五成群地去寻找食物,填饱肚子。狐狸告诉大家可以从从容容地完成这项必要而又愉快的任务,因为他们在穿过附近小镇之前,有整整一天的休息时间。只有小鹰和灰鹭留在草地上,这一夜他俩时而聊天,时而打盹儿。他俩白天的时候就吃饱了。小鹰在空中飞翔的时候顺便猎到食物,而灰鹭飞了一段路,找到溪流,便欢欢喜喜地捉鱼吃,这是他最喜欢的休闲时光。

鼹鼠也一样,不需要离开草场。他只要找到一块软软的土地,饿得咕噜噜响的肚子催得他挖洞的速度更快了,就这样给自己挖出一顿大餐来。

动物们回来以后,在树丛最茂密的地方一觉睡到了第二天黄昏。

他们一个个醒来，神清气爽，也自然而然地胃口大开。这一次狐狸请大家尽快吃完，足够应对下一段旅程就行了。他们接下来要穿过小镇，只能趁夜深人静的时候冒险赶路。

大家准备好上路了。气温又低了几摄氏度，还刮起了风。蛤蟆说只要大家小心，就不用担心遇上什么麻烦事。这个镇子相当小，也非常安静。他上一回穿街过镇的时候也是在夜晚。在蛤蟆的引导下，狐狸领着队伍避开主干道，走小街，穿小巷，这些街道两边都是高高的砖墙。

动物们在街巷最昏暗的一侧贴着墙根而行。他们一点没有被人注意到，这里本来就很黑，路灯也非常暗。大伙儿走出最后一条小巷，天上掉下雨点来，不一会儿就大雨滂沱。动物们感到这正是老天在助他们一臂之力，因为这样一来就不会有人

再到街上来了。

"前面的路有些难走。"蛤蟆说,"我们要横穿小镇的中心广场。但用不着担心,这深更半夜的,应该没有什么人了。"

远征队穿过面前的马路,从广场的一角走过空无一人的店铺门廊,来到了广场上。广场中央是一片铺着石板的绿化带,那里绿树成荫,四周就是街道、人行道和商店。

大家快速走过广场中心,可是他们愣住了。在两棵椴树下,茂密的树叶正好形成了躲雨的地方。树底下站了一群人,大约有十几个,大多是一对一对的情侣。

蛤蟆低声说:"队长,停下也没有用,我们必须继续走。他们不会怎么样的。"

狐狸和母狐狸快跑起来,其他动物紧随其后。他们跑过椴树,跑到中心广场的另一端。幸运的是,昏暗的灯光加上瓢泼大雨正好掩护了动物们,他们没有被发现。

大家离开广场,拐了一个弯,发现来到了集市。地上到处是空纸箱和筐子,还有一堆堆稻草、包装纸和压烂的水果蔬菜。这里通常都会挤满买东西的人,可现在这里一个人都没有。

蝰蛇在泥泞的卵石路上爬着,嘴里嘟囔说:"唉,瞧人们把这里弄得多脏啊!"

雨越下越大,疾风夹带着雨点噼里啪啦打在他们的脸上,他们什么都看不清了。

老鼠们浑身上下都湿透了,他们挤作一团。野鼠大喊:"队长,我们都受不了啦。"

蛤蟆连忙为大家加油,他说:"前面就不远了。等我们一走出镇子,就能停下休息了。"

动物们又鼓起劲儿往前走,终于走过了最后一个商店、最后一条人行道、最后一幢房子。大家终于可以停下来歇歇脚了,可他们却一点也不想了。因为在这暴雨中,他们四周全是空旷的原野,连棵树都没有,找不到一点遮风挡雨的地方。

松鼠哭喊着说:"太难受了!我们的毛湿透了,贴在一起,我们要冻死了。"

刺猬说:"我们上回遇到过暴雨,也没有任何伤亡呀。"

"不管怎么说,这次比上一回更加吃不消了。"松鼠坚持说。

田鼠说:"那怎么办?我们田鼠和野鼠如果待在这空地

里，会被淹死的。"

狐狸愁眉紧锁，看看四周，希望能够找到躲雨的地方。

他绝望地对蛤蟆喊："我什么都看不到！"

母狐狸说："我看到了一处。那边好像是座教堂。不管怎么说，是一幢很大的建筑，就在田野那一边，你们看！"

狐狸只是看到远处模模糊糊有一个巨大的影子。

他说："走吧，勇敢的伙伴们。最后再加把劲儿，咱们就能走到又舒服又干爽的地方了。"

松鼠小声嘀咕："只要没有雨就谢天谢地了。"

田鼠很悲观，他说："要是门关着怎么办？"

狐狸尽量让自己的声音听起来很有信心，他说："如果是教堂的话，那应该会有可以避雨的门廊。"

松鼠带着哭腔说："那我们还浪费时间干吗？"

狐狸朝田里走去，母狐狸跟在他身旁，后面是大獾、长耳兔一家、黄鼠狼和棕兔们。松鼠们平日里毛茸茸的大尾巴，现在像个湿淋淋的扫把头，他们蹒跚地跟在大家后头跑着，样子好不悲惨。刺猬对大雨倒没觉得怎样。他的后面是湿透了的田鼠和野鼠，最后就是蜷蛇了。

对于老鼠们来说，他们真是遭受了双倍的折磨，因为他们个子小，雨点砸在身上生疼生疼的。那影影绰绰的教堂越来越清晰，大家努力地走着，知道走到那儿，就能舒舒服服地躲雨了。

动物们来到教堂高耸的黑墙下，疲惫不堪、饥寒交迫、浑身发抖。老鼠们是最后抵达的,他们边跑边可怜地叫苦。

狐狸哭丧着脸望着大家,忧伤地说:"我……我实在抱歉,这里没有门廊!"

有的田鼠和野鼠听到之后就崩溃了。他们在雨中跋涉了这么久,可是到头来却发现没有躲雨的地方。他们受不了这样沉重的打击,在泥地里抱头痛哭,哭得心都要碎了。

"稍等,亲爱的朋友们。"狐狸说,"我们也许能进到教堂里面去,并不是完全没有希望。大獾,你来照顾他们。我去侦察一下。"狐狸说完,使劲儿甩掉身上湿透了的雨水,沿着教堂墙根侦察起来。

动物们心急如焚地看着他,无情的大雨从他们头顶不停地浇下来,好像要把他们打翻在地上。猫头鹰飞到教堂顶,在钟楼里落下,那里没有雨。小鹰也飞了过去。可是灰鹭还站在地上,他张开两只大大的翅膀,为可怜的老鼠们当雨伞。

狐狸转过弯去不见了。

大棕兔抱怨道:"这雨下到什么时候才是个头呢?也许咱们就这样给淹死了。"他说着,还厌恶地看着蛤蟆。所有动物当中只有蛤蟆分分秒秒都陶醉在雨瀑之中,他正在一个大水坑里打水花呢。

大棕兔对长耳兔说:"他的爱好可真是不同凡响啊!"

长耳兔回答:"的确。水就好比蛤蟆的十全大补汤。看他的皮肤,油亮油亮的,好像刚蜕了一层皮。"

这时只听狐狸喊了一声,大家都竖起了耳朵。

狐狸在拐角处喊:"快,到这边来。我们走运了。"

动物们一齐跑到教堂另一边。狐狸得意地指给大家看,墙根阴暗处挡着一块灰扑扑的东西。

大獾不知道有什么名堂,有点不开心地问:"哦,这是什么?"

狐狸像打了胜仗一样大声说:"是个洞!"

大棕兔不高兴地说:"哪里有洞?你怎么……"

狐狸打断了他的话,"当然了,你看不到这个洞。洞口被这东西挡住了。"他让大家看那块灰扑扑的东西,原来是一块帆布。"我们这就能钻进去了。"

狐狸立即用爪子把帆布拉到一旁,洞口露了出来。

"哎哟,真是一个洞。"一只野鼠喊。

狐狸从破砖墙洞钻了进去,而后回头看看大家,伙伴们也都一动不动地看着他。只有母狐狸除外,她马上跟着狐狸钻了进去。

狐狸说:"你们还愣着干什么?这里干干的呀。虽然人类的味道很重,可里面跟大獾的地洞一样黑。一个人都没有。"

动物们不用狐狸再劝,都从洞口钻进来。腿脚僵直的灰鹭也很费劲儿地跟在大家后面迈了进来。蝰蛇最后一个从帆布和砖墙的缝隙中溜进洞里。

狐狸说:"我觉得猫头鹰和小鹰也应该跟我们在一起。灰鹭,你去把他们叫来好吗?"

灰鹭很高兴地退出洞口,走到雨里。不一会儿,三只鸟都飞到洞口。

"大家都到齐了吗？"狐狸问。他的眼睛能在黑暗中看见一点东西了。

"没有。"蝰蛇慢腾腾地说，"蛤蟆好像更愿意待在雨里。"

狐狸说："真见鬼，蛤蟆这个家伙。好吧，我去找他。亲爱的，你帮助大獾带大家找个适合躲藏的地方好吗？找一个干燥、隐蔽且没有穿堂风的地方。"

母狐狸轻轻地说："狐狸，我什么都看不见。"

黄鼠狼呵呵笑着说："大獾，这儿要是有你的那些萤火虫就好喽。"

鼹鼠自告奋勇地说："这个任务交给我吧。黑暗对我来说不算啥，我习惯了。比起阳光我更喜欢黑夜，这你们都知道。"他说完，还特别强调，"越黑越好！"

蝰蛇恶作剧似的小声说："怪不得他跟蝙蝠似的，啥都看不见。"

大獾板起脸，对蝰蛇说："他是好心要帮助大家。当然了，你怎么可能理解？"

蝰蛇听了一点儿都不觉得害臊。

鼹鼠带领大家，以缓慢的步伐走到侧面的过道上。他们的脚下是老旧的石板地面，踩上去发出不同的脚步声，踢踢踏踏、扑扑簌簌。蝰蛇的身上有鳞片，他跟在大伙儿身后游着，在地上拖出刺啦刺啦的响声。

这里几乎伸手不见五指，动物们根本不知道是在往哪里走，只是盲目地跟着信心十足的鼹鼠。

这个浑身细绒毛的小家伙一心一意地朝前走着，凭感觉在这黑漆漆的教堂里，找到了一个最黑暗的角落。他七拐八拐，领着动物们走过高背座椅，最后在管风琴后面窄窄的缝隙里停下了。这儿非常非常黑，还有股发霉的味道，不过非常僻静，也很干燥，完全没有过堂风吹进来。

大獾问："鼹鼠，你给我们领到什么地方了？"

鼹鼠回答："我也不知道哇，可是，这儿……嗯……好像还不错啊。"

就在这个时候，狐狸也带着蛤蟆走进教堂。他摸黑嗅着地上朋友们的味道。

蛤蟆问："你能看见什么吗？"

狐狸说："看不到，可是我能闻出来他们身上潮乎乎的味道。"

头顶冷不丁传来一阵拍打翅膀声，他俩被吓了一跳。原来是猫头鹰过来给他们带路了。

狐狸想遮掩一下刚才的惊慌，就说："猫头鹰，好小子，今晚我们都能好好睡上一觉了。"

猫头鹰说："这个地方似乎会吸引人类，我不知道究竟是不是个休息的好地方，但也没有别的地方可去了。"

狐狸笑着说："那也比在雨地里淋着强多啦。"

蛤蟆摇着头说："依我看，我不喜欢干燥的地方，总是觉得皮肤绷得太紧，要裂开似的。"

"哪有的事。"狐狸对蛤蟆说，"无论如何，只有一天而已嘛。我想你大概也累得够呛吧？"

蛤蟆说："是啊。"

猫头鹰落在长椅背上，又飞到地上。

等动物们都凑在一起，大家也都困了，他们迷迷糊糊地向蛤蟆打听离目的地还有多远。

蛤蟆回答："我想，应该只剩一天的路程了。"动物们旋即欢呼起来。他又说，"但是，我也没有十足的把握，因为我们为了避雨，离开了原来的路线。我上回没有到教堂来。可是我知道，我们已经穿过小镇了，离白鹿公园非常非常近了。"

刺猬问："那你觉得我们走回原来的路线问题大不大？"

蛤蟆笑眯眯地说："当然不成问题了。明天，只要小鹰到天上飞一圈，雨再一停，咱们就大功告成了。我保证他能从这里看见白鹿公园。"

小鹰睡眼惺忪地说："只要天一亮……"说着就把头埋进翅膀里。

第二天一大早，小鹰看伙伴们还在睡觉，便独自离开教堂。早晨乡间的空气让他的心情变得特别愉快。空气里有一丝凉意，清清爽爽的。雨过天晴，天空瓦蓝瓦蓝，乌云好像都被雨水洗掉了。草叶上还挂着湿漉漉的雨珠，阳光一照，晶莹剔透。

小鹰懒洋洋地在天空飞翔，舒展着筋骨。他来了几次盘旋和俯冲之后，就开始察看地面的情况。没错，前方有一片很显眼的地方，一看就知道是自然保护区。小鹰看到了外面的围栏和里面绵延起伏、绿茵覆盖的山丘。深绿色的地方是大大小小的灌木丛和树林。从小鹰这里望去，还看不到食用青蛙们居住的水塘。于是他决定飞过去看个仔细。很快，他发现草地上有几团白色的影子在漫游。他越飞越近，发现那正是几只白鹿在散步。毫无疑问，这个公园就是以他们的名字命名的。这里

就是白鹿公园了！小鹰朝这个地方飞去。这就是那个让他的远征队伙伴们朝思暮想，历尽千辛万苦想要到达的地方。小鹰心想，现在心愿马上就要达成了。这真是可喜可贺的大事，于是他在脑海里酝酿起一个大计划。

话说教堂里，小鹰的伙伴们还真没有信心说他们就快要走到新家园了，甚至都还在为如何安全地离开教堂而担心。天亮了，修理工也上班了。他们是来继续修理破损的围墙的。动物们原本打算离开教堂时钻过的那个洞口响起了丁丁当当的修理声。更糟糕的是，工人们大大咧咧的说话声把动物们吵醒了，大家都惊慌起来。他们连珠炮似的朝狐狸发出一连串问题，问他下一步该如何行动。狐狸严肃地表示，大家一定要先稳住。

大棕兔说："这可不太好，要是修理工把我们的出口封死了呢？"

猫头鹰不耐烦地说："你要知道，教堂这种地方是有大门的。"

大棕兔觉得脸上过不去，他又不想让别的动物瞧出来，却不太成功。"无论怎样，"他嘟着嘴说，"谁也不知道门什么时候开呀。"

狐狸尽量镇静地说："应该不会太久。修理工在外面干活呢，迟早会有人来开门的。"

"其实，大棕兔说到点子上了。"长耳兔说。他这是头一次站在远房表亲这边，倒是让大棕兔觉得喜出望外，"即便真有人打开门，在门关上之前，我们也不可能全溜出去。无论如何那人也不可能拉着门，等我们大家大摇大摆地走出去。"

狐狸陷入沉思，又像最近越来越多的那样，去征求母狐狸的意见。

动物们听到母狐狸低声对狐狸说："目前留在这里更安全些。"

狐狸看看同伴们的脸，问："有谁想现在冲出去？"

谁都没有回答，只是有的动物挪挪脚，还有咳嗽的声音。

狐狸说："如果有谁想冒险一试，我和母狐狸愿意奉陪，免得以后来不及脱身了。"

大獾镇定地说："也许等一会儿就会有更好的机会。我认为现在冲出去太莽撞了。"

大家七嘴八舌地议论开了，似乎都同意大獾的意见。

狐狸说："那么我们就说定了，先等等。"

外面工人的说话声还是没停，动物们躲在藏身的地方，听着不绝于耳的捶打声和叫喊声，心情越来越沉重。大家也在想，不知道小鹰做什么去了。几个小时里，动物们都没怎么说话。后来，响声终于停止了。狐狸郑重地看看每个同伴的脸，好像发出了无声的命令，让大家都准备好。

大家等待着，修理工准备收工了，他们的声音渐渐消失。阳光透过教堂的彩色玻璃照进来，在教堂里悄悄晃过。一束阳光，照亮了成千上万个翩翩起舞的尘埃，又移到管风琴的乐管上。动物们现在正趴在管风琴那儿准备逃跑。

大家又等了几秒钟，突然从头顶上方倏地飞下来一个东西。原来是小鹰回来了。

他匆忙地说："情况不大好。你们不要动。有一群人朝教堂走过来了，走在前面的两个人正要打开大门。"

小鹰的话音未落，大门的把手响了一下，接着传来"吱"的一声。大家本能地蜷缩在地面上。这时候，他们听到了另外一些人说话的声音，这些人没有大喊大叫。

狐狸低声问："围墙怎么样了？我们趁那些人没进来之前能不能冲出去？"

小鹰摇摇头说："没戏了。修理工已经差不多把那个洞的下半边都重新砌好了。只还留了一道小缝儿，离地有四英尺高。"

狐狸叹息道："啊？咱们被困了。"

刺猬焦急地说："我们不能留在这里。现在不是黑天，我们很快就会被人发现的。"

狐狸对他说："恰恰相反，我们现在的位置相当安全。这里很窄小，四周都有遮挡，不会有人进来的。别忘了，他们不知道我们在这里。没人会进来找我们的。"

灰鹭说："小鹰，很抱歉，我早上没有跟你一起出去侦察。"灰鹭向来睡得很沉，他不像小鹰起得那么早。

狐狸说："小鹰，你用不着回来的，现在你跟我们一样被困住了。"

鼹鼠说:"小鹰真够朋友。"

小鹰笑眯眯地说:"我是不想看到你们贸然行动。我原本以为来不及阻止你们了。"

从敞开的大门那边传来了更多的声音,石板地上也走过来很多人,接着是拉椅子的声音。其中一个人的脚步声朝动物们的方向越来越近,最后在遮挡动物们的管风琴前面停下来。大家听到有个人翻纸的声音,还听到这个人在椅子上坐下来了,就在离他们很近的地方。

蛤蟆小声说:"咱们眼看就要到家啦!"

蛤蟆无意中用到"家"这个字眼,去描述那个到目前为止除了他和小鹰以外,伙伴们谁都没见过的地方。这仿佛让每个队员都振奋了起来。大家首先想到历尽千辛万苦,漫长的旅途就要走到终点了,不出几个小时,他们就再也不用为一天走多远的路而发愁,为克服多少艰难险阻而担忧了。大家都明白,从教堂逃出去,就是他们要闯的最后一关。之后,他们就能过上正常安稳的好日子了。他们简直都快要忘了那好日子是什么样的了。

于是,怀揣着对家的渴望,疲倦不堪的动物们各自在脑海里描绘着不一样的画面。他们都下定决心,这个决心比在旅途中下的任何一个决心都更加坚定——他们不会因为人类或者任何其他干扰而停下迈向新家园的步伐。远征队的每个成员都强烈地感受到伙伴们心中的力量,自己也都信心倍增。

黄鼠狼很镇定地说："我们再等一等。"

鼹鼠说："出去只不过是迟早的问题。"鼹鼠很高兴，他觉得狐狸给大家伙儿找到了这么一个好地方藏身还是很厉害的。

"依我看，简直是浪费时间。"蝰蛇小声说。动物们全都安静地趴下。这时教堂里的脚步声和人低声说话的声音越来越嘈杂。

终于，唰唰的脚步声，长凳和椅子的嘎吱声，甚至人低声说话的声音都没有了。好像整个教堂里的人都在静静地期待着什么。

动物们开始想，也许一切并没有想象的那么糟糕。就在这个时候，管风琴突然响起来，发出震耳欲聋的声响。

这个声音来得太突然、太可怕了，所有动物都吓得跳了起来。他们慌不择路，就像火山爆发了那样，在教堂里四散奔逃。

三只鸟儿飞上教堂的横梁，可管风琴的声音在那里回荡，他们只好朝不同的方向拼命乱飞，想躲开那个声音。

两只狐狸完全吓蒙了。他俩冲过坐席，根本辨不清方向，如瞎猫撞死耗子一般跑到了大门口。田鼠和野鼠，棕兔和长耳兔一家，还有那些松鼠，奔向教堂的各个角落，有的钻到椅子底下，把女士们惹得高声尖叫。男士们也惊得不轻，他们嘴里胡乱咒骂着。

牧师本来正准备宣布婚礼开始，但大獾从他腿边跑过，吓得他连手里的《圣经》也掉到了地上。黄鼠狼、鼹鼠、蛤蟆和刺猬们朝与大门相反的方向跑，他们每一个的路线都不一样，像没头的苍蝇似的，脑子里唯一的想法就是赶紧离那个可怕的乐器远远儿的。只有蝰蛇最走运，他身子苗条，紧贴着众人看不见的沟沟缝缝，往大门那边溜去。

教堂里简直乱成了一锅粥！这样的场面持续了片刻，惊讶的管风琴师停止奏乐，《婚礼进行曲》的声音没有了。动物们这才镇静下来，找对了逃跑的方向。

动物们一个紧接一个，嗖嗖地跑过去，参加婚礼的礼宾们先是非常惊讶，而后就激动起来，教堂里响起喊喊喳喳的议论声。

狐狸和母狐狸从大门蹿出去的时候，新娘正好和护送她的父亲以及几位伴娘走过来。他们惊呆在那里，什么话也说不出，只是眼睁睁地看到两只狐狸身后转眼又跳出来一只獾子。再一转眼，跑出来一群各种各样的动物，有棕兔、松鼠、长耳兔，最后还有一只黄鼠狼。他们连蹦带跳地跑出教堂，跟着两只狐狸飞奔而去。

新娘的目光投向父亲，好像在对老父亲无声地询问：刚刚过去的一幕，会不会是她未来婚姻的凶兆？那老先生也吓得够呛，一句话都说不上来，只是张口结舌地"啊啊"应了几声。终于，他仿佛记起来要做的事，便领着女儿继续往前走。

他们刚要迈进教堂，两只鸟儿像冲出膛的子弹一样飞了出来。还有第三只，那是个大高个儿，直朝他们脸上飞来。门堂不大，这鸟儿的翅膀胡乱扑扇，折腾了半天才重新站好，飞了起来。他越飞越高，翅膀还发出抑扬顿挫的哨声。

可怜的新娘失声惊叫，四位伴娘连忙安慰她。新娘的父亲原本的惊慌变成了愤怒。他让女儿和伴娘在门口等着，自己走进教堂看看到底是谁策划了这场婚礼上的恶作剧。他刚一迈进教堂，腿边就跑过去几只慌慌张张的刺猬。刺猬们从他脚边绕过去，跑到教堂外的空地上。老先生大发雷霆地质问礼宾，是谁在女儿大喜的日子里搞出这个鬼名堂来。当然没有人应声。牧师绞着两只手走上前来，尽量轻声细语地安慰愤怒的老先生。

新娘和伴娘在教堂外等了一两分钟，再也无法忍受被撂在一边的滋味。于是她们就自己走到教堂里去了，这一时刻原本会有管风琴洪亮的乐声陪伴的。

宾客们站在那里，喋喋不休地讨论这件不寻常的意外事件。有的人义愤填膺，有的人则保持相对温和的态度。教堂里还剩下的那些个子小的动物，就趁机一个个神不知鬼不觉地溜了出来。鼹鼠最后一个摸到大门口，他在那儿遇上了蟾蛇和蛤蟆。他俩正憋着气紧贴着墙根爬呢。

蛤蟆指着那些腿脚好的伙伴跑去的方向说："他们朝那边去了，估计应该在什么地方等我们。"

鼹鼠眯着眼张望着，说："我谁都看不见啊！"

蟾蛇不耐烦地说："你当然看不见了。你能摸到门口来，我都觉得奇怪呢。"

鼹鼠说："哎呀，蟾蛇，你怎么这么挖苦我呀。"他觉得被蝰蛇拿视力上的缺陷来说事,内心受到莫大的伤害,"咱们……咱们一起走吧,好不好?"

蝰蛇嘀嘀咕咕地说:"还能怎么办!"蝰蛇觉得这一切都要怪鼹鼠,是他给大家找了这么个藏身之处,偏偏在管风琴旁边。

"我肯定等伙伴们休息一下,狐狸就会派谁来接应我们的。"蛤蟆很有把握地说,"我估摸会是小鹰。"

他们走了一会儿,追上了那群老鼠。这些小东西一边赶路,一边不停地回头张望,生怕有人追上来。

而人类呢,他们这会儿正在教堂里热火朝天地争论,谁都顾不上到门外去寻找引起这场混乱的动物们了。伙伴们很快就走出好远。教堂里再次奏响的管风琴声,再也飘不到他们的耳朵里了。

第31章 你好，白鹿公园

草地上到处是积水，草叶上的水珠亮晶晶的。动物们走了一会儿，只听一只野鼠说："狐狸不是那样的，他不会把咱们给忘了的。"

蛤蟆说："别担心。他们会在一个安全的地方等着我们。咱们一直走就是了。"

田鼠嘟嘟囔囔地说："我又像在暴雨里一样浑身湿透了。"他是最后一批从教堂逃出来的动物，"草太高了，我要给淹死了。"

鼹鼠乐呵呵地说："啊，咱们眼看就熬到头了。"他又转头对蛤蟆说："你知道吗？我都不敢相信！"

蝰蛇没好气地告诫道："我可不会乐昏头。什么事都有可能发生。"

"呸！净胡说八道！"蛤蟆说，"我们差不多就要走到了。不管怎么说，我的心是放在肚子里了。"

鼹鼠问他:"你会和那些食用青蛙一起住在水塘里吗?"

蛤蟆回答:"当然不会。不过我会常去串门的。你瞧,我如今见过那么多世面,眼界可开阔多啦,跟他们那些成天泥啊、草啊的塘底之蛙可不一样。"

蝰蛇脸上露出一丝微妙的神情。他抿着嘴说:"你一定要为我引见一下你的朋友。我真是挺惦记他们的。"

蛤蟆面露尴尬,佯装没有听到蝰蛇的话。可蝰蛇还是缠着他,说:"你一定会的,是不是?我实在是很想认识他们。"

蛤蟆干咳了几声,为难地说道:"嗯,这个嘛……这个这个……问题是,蝰蛇老弟,你是知道的嘛,问题是……哎……他们想不想认识你呀。"

蝰蛇毫不介意,报以几声冷笑,对鼹鼠做了个鬼脸儿。

不久,蛤蟆对狐狸的信心得到了证实。他们听见灰鹭扇翅

膀的声音了，这是错不了的。他们就一起朝天上喊："这儿！我们在这儿呢！"

灰鹭飞下来，跟大家问候之后，就迈着小细腿走高跷一般跟在他们身边。蛤蟆见他没有提到狐狸，就沉不住气了。

他婉转地问："你给我们带来的是好消息呢，还是坏消息？"

哨儿开心地说："啊，好消息，非常好的消息。"

说完，他又不言不语了，好像思绪飞到了很远很远的地方。伙伴们都很纳闷。

鼹鼠小心翼翼地问："大家……都没事吧？"

"没事，他们都好着呢。抱歉啊。"灰鹭好像一下子清醒了，说，"我们离目的地越近，我就发现自己越是想……嗯……哎呀，怎么说才好呢，我不知道……哎……能不能在白鹿公园里遇上一个可心的……"

只有蝰蛇听出了灰鹭的话外之音，但他对这方面的事毫无兴趣，因此也不搭话。鼹鼠和蛤蟆彻底听糊涂了。

田鼠有点恼了，他就问这只大鸟："喂！你说到底还要走多久啊？"

灰鹭又一个劲儿地道歉："对不住。都怪我，还让你们蒙在鼓里，真是不应该。他们全都等着咱们呢。喏，就在冬青树丛下面那里。从这儿算起不太远了。"

蛤蟆说："这么说大家都到齐了？"

"是的，等我们一到，就全了。"灰鹭说，"我们可真幸运啊!"

这些个头小的动物本来就很自卑,现在大鸟灰鹭慢慢悠悠地走在他们身边,他们更觉得自己跟小矮人一样。他们都想,就算他是个大广告牌,也不可能更招眼了吧。可大家,甚至包括蝰蛇,都没有让他离远一点儿,毕竟他是特意来接应他们的嘛。

实际上,灰鹭一门心思都在想会不会在白鹿公园遇上个"可心的",自己都忘了一直在地上走着,而不是在天上飞,也根本没想到自己的大高个儿可能会给小个子动物带来麻烦。

不出半个钟头,大家安全地抵达冬青树丛。远征队顿时洋溢起欢乐的气氛来。大家互相祝贺,有说有笑,畅想着到了白鹿公园要做的事情。

猫头鹰棕毛儿宣布:"我要好好吃上一顿,然后再睡上一个星期。"近来猫头鹰的作息时间可是完全颠倒了。

大獾说:"我要马上走走看看,找一个合适的地方,建造我的地下洞穴。"他叹了一口气,"睡在地洞里是多么安逸啊,不用害怕被打扰……家里只有我一个,多安静啊!"

鼹鼠也附和说:"没有什么比地下的家更好啦。我要挖一个四通八达的地下宫殿,任何鼹鼠做梦都想不到的那种。"他夸下海口。

松鼠说:"我的愿望是能回到树上,过正常的日子。自从离开法辛林,我们松鼠就过着一种完全不正常的生活。我们一直在地面走了那么远的路,还睡在地上。只要能在结实的橡树枝干上跑上跑下，到有弹性的树枝上蹦蹦跳跳，我们就知足了。"

长耳兔说："我想带上老婆孩子，在旷野里四处奔跑，这就是我的梦想。"

大棕兔说："我希望能悠闲自在地吃青草！"

"我想什么时候游泳就什么时候游。"蛤蟆喊。

"我想在月光下漫步寻食……"刺猬说。

"再也用不着提心吊胆、躲躲藏藏的……"黄鼠狼说。

"有时间寻觅最漂亮的莓子……"野鼠喃喃地说。

田鼠说："还有种子。"

灰鹭轻轻地叹息："啊，遇上一个情投意合的，嗯……让我……可心的。"

动物们的目光都投向狐狸，问他："队长，你呢？"

狐狸含情脉脉地看着母狐狸，微笑着说："这就是我的答案。"

母狐狸也羞答答地笑了。

小鹰说："最重要的是，一个安全的，再也不会有人类掠夺和侵略的家园。"

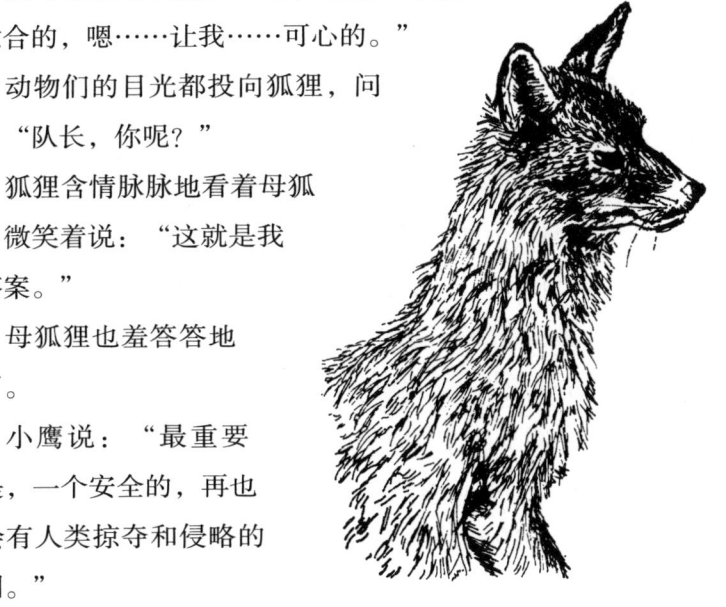

蝰蛇慢条斯理地说："还有，就是漫漫征途终于走到了终点。"

动物们都放声大笑，笑声过后，又笑盈盈地你看看我，我看看你。

狐狸也正在兴头上，他神采奕奕地问大家："怎么样，各位？咱们是一鼓作气，还是等到今天晚上再走？"

大多数动物都热烈地反应："现在就出发。"

狐狸问："有没有不同意见？"

田鼠说："我代表全体野鼠和我们田鼠，建议晚些时候再出发，那样会比较舒服。"可是他估计错了。好多小动物都不接受他的建议。他们叫喊着说自己也跟其他动物一样，就等着出发了。

狐狸马上说："那好，就这么说定了。田鼠，我想你只是少数啊。大家都急着上路了。"

小鹰也说："为什么不呢？现在天高云淡，正是人类在家里吃东西的时候。我们再走一个多小时就能到白鹿公园了。"他用建议的口吻说，"狐狸，你也是这么想的吧？"

"哦，大概是吧。蛤蟆，你怎么看呢？"

蛤蟆合计起来，"要我说，小鹰把我们领到最近的那条路上来了，顶多两个钟头就走到了。我能感觉到公园已经很近很近了。但我们可能走得要比平时慢上那么一点点。因为……嗐，如果你们不反对的话，这最后一段路，我要自己走着去。"

果不其然，小鼹鼠也喊起来："对呀，对呀！我也要自己走。"

"鼹鼠，值得表扬。"大獾扬起眉毛说，"你确定吗？你知道……哦……最后关头，我们可别再出什么意外。"

"我不会给大家拖后腿的。"鼹鼠热切地说，"刚刚从教堂我也是自己一路走来的，一点都不累。"

"棒小子，好样的！"大獾疼爱地说，"我陪着你。"

"好。"狐狸站起身来，"蛤蟆，你在前面引路，带我们到白鹿公园去吧。"

小鹰说："这样最好不过了，正是我所希望的。"

小鹰的话暗示他已经做出了一些安排或者有什么自己的打算，可队员们都没留意，所以他的计划还保密得好好的。

于是，蛤蟆昂首挺胸地走在队前，他的皮肤油亮油亮的，两只乌溜溜的大眼睛叫阳光一照，就像两颗美丽的宝石。动物们踩着雨水淋过的大地，迈上远征的最后一段旅程。

在距他们不到一英里的地方，白鹿公园的居民们三三两两来到了指定的地点。离这儿不远的地方，就是具有英雄传奇色彩的法辛林远征队即将走入的自然保护区的入口。小鹰一早就来到白鹿公园，在他的鼓动下，这里的居民们准备了一个盛大的欢迎仪式，为远征队接风洗尘。他们对动物们的英雄壮举早已有所耳闻。

鸟类居民作为传播消息的主要使者，早就把法辛林远征队即将抵达白鹿公园的消息传开了。队员们一路上神出鬼没，很少有动物真正目睹他们的风采。他们的行动已经谨慎到了炉火纯青的地步。但是队员们当中的一两个也被有的动物看见过，特别是在围猎以及横穿高速公路的时候。白鹿公园的主人早就期待着这些从真正的大自然中走来的动物。狐狸、大獾、鼹鼠、蛤蟆、小鹰、猫头鹰和蝰蛇，以及远征队所有的成员，他们早就成了响当当的人物。自然保护区土生土长的动物就更想见见这些远道而来的客人们了。

食用青蛙最为法辛林远征队史诗般的英勇行为所鼓舞，因为他们认出了远征队的向导，正是一年前他们结识的那只蛤蟆。正是这只蛤蟆，向他们描述自己的家乡，执意要走回去。青蛙们尤其兴奋，在这支著名的远征队里，只有蛤蟆两次完成了艰苦卓绝的旅程——一次独行，一次则是向导，把路线成功地重走了一遍。

所以，当小鹰那天早上飞到公园，与老白鹿攀谈的时候，消息就像野火一样迅速地传播开来，这可是大家不论敌友都期待的盛会啊！老白鹿是鹿群的头领，也是自然保护区德高望重的长辈。在自然保护区里，动物们即便先前是天敌，此时也全都忘却了恩仇。他们组成浩浩荡荡的队伍，前来欢迎新邻居。

老白鹿指挥助手和部下，让他们在老橡树墩旁边列队站好。这里是自然保护区的中心，大家都知道的地方。在欢迎的方阵中，有一队是獾子、狐狸、鼬鼠、兔子、鼹鼠、松鼠、刺猾、睡鼠、野鼠和田鼠；有一队是黄鼠狼、鼩鼱、蛤蟆、青蛙、蜥蜴、蛇蜥、蛇和蝾螈；有一队是秃鼻乌鸦、乌鸦、松鸦、寒鸦、雉鸡、猫头鹰、五子雀、山雀和黄莺；有一队是夜莺、鹞鹰、鸽子、雀鸟和啄木鸟。还有一只非常"可心的"雌灰鹭。这壮观的自然界动物大聚会，以挂满晶莹水珠的草地为背景，形成了一幅五彩缤纷的织锦。而那群绝无仅有的二百多头白鹿，簇拥着威武的老头领，更为这幅图画锦上添花了。

整个下午他们都在期待着，每只眼睛都望向栅栏缺口的方向。小鹰说过，他和伙伴们将从这里踏入新家园。终于，这个时刻来到了。

动物们已经开始小声议论起来，老白鹿用昏弱的眼神也看到了，于是他昂起头来，雄赳赳地站好，尽显地主的气派，准备致欢迎词。

小鹰落在栅栏柱子上，说明远征队马上就要走过来了。果然，没过几分钟，一队动物走进迎宾动物的视线中，领路的正是忠厚的蛤蟆。他们走到栅栏外面，止住了脚步，看着夹道迎接他们的动物都愣住了。

小鹰亲切地说："蛤蟆，快走呀。你应该第一个进来。"

小鹰毫不迟疑的样子已经向朋友们说明，这个欢迎仪式对他来说一点儿都不吃惊。他看着大家迷惑不解的样子，笑了。

小鹰说："不要让人家等着啦，他们都等了好久了。"

蛤蟆神情紧张地看看小鹰，又看看欢迎队伍，然后再看看小鹰。最后,在身后伙伴的鼓励下,他振作精神,从缺口爬了进去。

老白鹿看着他们一个个走过来。蛤蟆昂首阔步走在最前面,他那个长着麻点的小胸脯挺得简直要爆开了。他后面跟着狐狸和母狐狸、黄鼠狼、长耳兔一家和棕兔们,接下来是刺猬和松鼠、野鼠和田鼠,再后面是鼹鼠、大獾和蝰蛇。队伍的最后是三只鸟儿——猫头鹰棕毛儿、小鹰和灰鹭哨儿。这最后一段路,他们也都是走着来的。

老白鹿岿然不动地站在那里,直到远征队队员全部走进了白鹿公园。随后,他点了一下长着巨大鹿角的头,欢迎队伍中立刻响起震耳欲聋的欢呼声。这些动物们的欢呼声千奇百怪,有的叽叽嘎嘎,有的仰天长啸,有的叽叽喳喳,有的高声吠叫,有的咕咕呱呱。实际上,他们在用自己所能发出的所有声音欢迎着远征队。

老白鹿向前走上几步,一个个接见远征队的动物。从眉飞色舞的蛤蟆开始,他每一个都亲自问候,直到个头最小、年纪最轻的野鼠。

欢迎仪式过后,欢呼着的队伍把这些精疲力竭的英雄团团围住,向他们致以最热烈的祝贺。后来,仿佛得到了口令,他们都退到后面,老白鹿要讲话了。

老白鹿代表白鹿公园所有居民发表欢迎词:"自从我们从鸟类朋友口中得知你们开始远征的那日起,我们就一直期待着这一天的到来。你们刚才受到大家的热烈欢迎,你们是当之无愧的。言语无法表达我此刻的心情,但我要说,我谨代表白鹿公园的每一个居民,向你们道出一句最简单的话,欢迎你们!"

狐狸说:"我衷心地表示感谢,这个欢迎仪式真是我们意料之外的惊喜,我们都感到非常温暖。我不知道大家对我们的远征这么感兴趣。"

"啊,我的朋友。你知道吗,你们可都出名啦。"老白鹿说,"大家都很想听一听你们的旅行见闻,我就更想听一听了。但是我知道你们旅途劳顿,不想让你们为难。狐狸队长,请带你的朋友们往这边走吧,我们已经准备好一处僻静的地方,不会有任何打扰,你们就安心休养吧。"

狐狸代表全体队友表示感谢:"你们真是太周到了。"

动物们又继续跟新邻居互致问候,接着,跟随老白鹿和他的随从小鹿,走到一处芳草茵茵的空谷,那儿四周是高高的白桦树林,微风吹过,树叶好像在低声私语。地上铺着一层干草,这是由牙齿最锋利的鹿儿们专门为远征队准备的。动物们都迫不及待地享受起豪华的款待来。老白鹿客气地问,什么时候他可以过来拜访。狐狸说,黄昏时分他们就应该彻底休息好了,届时欢迎他和朋友们来小聚畅谈。

当白鹿们离开之后,鼹鼠说:"多么隆重的欢迎仪式啊!"

猫头鹰干巴巴地说:"我想我知道应该感谢谁做了这样的安排。"小鹰只是挤了挤眼睛。

当动物们睡醒之后,地上已经干了,皎洁的月光透过白桦树的枝叶洒落一地。树林外面,月亮照在那群白鹿的身上,他们看上去个个都像白色的精灵。

鹿群听到空谷里的动静,便走了过去。他们的身前身后、身左身右、里里外外,还夹杂着白鹿公园的其他居民。他们都是来聆听远征队的探险经历的。

这光荣愉快的任务,自然落到大獾身上。他在采石场给伙伴们歌唱过的那首《远征组歌》已经全部谱写完成。

他刚要一展歌喉,老白鹿示意大家不要出声。原来,在空谷后面一条临时开辟的小路上,走过来一个人影。

老白鹿解释说:"这是白鹿公园的园长在巡逻,不用怕。"

母狐狸兴奋地喊出了声,动物们都定睛一看。"瞧,那不是咱们那位生物学家吗?"

可不是嘛!生物学家虽然现在卸下了身上的各种工具,可是远征队的动物们还是认出了这个草甸上的老朋友。他还欣赏过动物们表演呢。

"我们的远征有一个多么欢喜的结局啊!"大獾说完,微笑着注视着观众,悠悠地唱了起来。

尾声：新家园

动物们终于抵达了旅程的终点。在头一个星期里，大家忙着安顿新家、适应新的生活，彼此都没有见面。

对他们每一个来说，自然保护区都是一片广阔的天地，等着他们去探索。他们再也不用担心危险和人类的打扰。大家反倒不习惯这样的安静了。在过去的那段日子里，他们整天都躲躲藏藏，小心谨慎地旅行。可如今，他们会花一整天的时间找好一个安家的地点，然后又舍弃不要，重新找起来。他们都横下心，一定要找到自己心目中那个最完美的家园。

终于，每个动物都找到了自己满意的地方。他们在旅途中建立起的那种亲密无间、情同手足的情谊又开始轻轻地叩响心扉。

鼹鼠在大獾家附近挖好了自己的地下宫殿。有一天，他把洞一直打到大獾家的客厅，就像从前在法辛林那样。

天刚刚黑，大獾还在打盹儿。他嘟哝着抬起头一看，睡眼惺忪地说："哦，鼹鼠，你好啊。你让我大吃一惊啊！"

鼹鼠有些忐忑地问:"是惊喜的惊吧?我希望如此。"

大獾马上回答道:"那当然喽。这些天你躲到哪里去了?"

"啊,我一直忙活着安顿我的小窝呢。"小家伙一边抹去鼻头的灰土,一边回答,"我想你也一样吧。"

大獾点点头:"是啊,是啊。不过现在已经完工喽。"大獾站起来抖抖身子,"我一直没有见到其他伙伴,你呢?至少我没跟谁聊过。"

"我也一样。"鼹鼠说,"只有一个晚上,我碰到黄鼠狼了。我当时是到地面去喝水。我那时候就想,要是能再见到大伙该有多好哇。"

"没错。"大獾说,"咱们应该安排一下。我知道狐狸两口子的新家在什么地方。你要是乐意,我们等会儿去他家串个门。"

鼹鼠说:"我简直太乐意了。"

夜越来越深，两个忘年交聊着天。他们感慨新家、新邻居，还有这儿的一切。等他们认为外面的夜已经很深，大獾就领着鼹鼠从一个洞口出门。他谨慎地嗅了嗅空气中味道，然后跟鼹鼠一起钻到洞外。

他们来到狐狸家，只有母狐狸在家。她说狐狸出外打猎去了。不大会儿工夫，狐狸就回来了，还带回了猫头鹰棕毛儿。

老友们见面分外高兴。狐狸说法辛林远征队的大多数成员都开始惦记重聚一下。前一天，他遇见蛤蟆和长耳兔，他们都提议到空谷去。

大家彼此交换了意见，发现近两天来，每人至少见到过一个老朋友。小鹰去找过猫头鹰，他在白鹿公园上空翱翔的时候，还看到过田鼠和棕兔。最后，大家一合计，唯有蝰蛇大家谁都没有看到，或者至少没有听到任何消息。

猫头鹰说："他从来都不合群。"

大獾说："哦，蝰蛇其实还不错。你熟悉他的秉性就好了。跟他相处，别太较真就行。"

忠厚的鼹鼠说："无论如何，咱们聚会不能撇下他。"

狐狸说："我大概知道去哪儿能找到他。"

大伙儿看着他，可狐狸就是不肯说出来。

他说："就让我去找蝰蛇吧。我会先找到蛤蟆，他会帮上忙的。明天你们去把其余的动物召集起来，晚上到空谷集合。"

好友们听了这个安排都心潮澎湃，兴冲冲地回家去了。

第二天，狐狸找到了蛤蟆，提出自己想到的能找着蝰蛇的地方。

蛤蟆重复着狐狸的话，说："水塘？哦，对呀。他每晚都在那里远远地眺望着青蛙。"

狐狸点点头："我猜就是这样。咱们去找他吧。"

于是蛤蟆和狐狸来到水塘，在岸边找到了蝰蛇。蝰蛇正贪婪地观察着那些胖胖的绿青蛙，看他们在水里兴高采烈地游泳。蝰蛇见蛤蟆和狐狸走来，一点儿都不觉得尴尬。他镇静地说："晚上好。我这阵子一直都在等待合适的机会，跟咱们的新邻居自我介绍一下。"

"我不知道你能不能等到机会啊。我可提醒过他们，尽量在水塘中心活动。"蛤蟆嘲笑着对蝰蛇说。

蝰蛇面不改色，只微微离开岸边，然后问蛤蟆和狐狸，是什么风把他们吹到这里来的。

狐狸说："远征队明天晚上要聚一聚。你会来吗？"

蝰蛇回答："我当然去。你们肯定大家都欢迎我去吗？"

狐狸向他保证："当然。我相信动物们都没有忘记，成功抵达白鹿公园有你的一份功劳。"

蝰蛇还是老样子，对狐狸的称赞无动于衷。他问道："在什么地方见面？"

狐狸说："就在空谷。"

蝰蛇说："不见不散。"

第二天晚上，狐狸和母狐狸最早走进空谷。他们触景生情，回想起抵达白鹿公园第一晚在这里休息的情景。

朋友们陆续到齐。先是猫头鹰棕毛儿，后面跟着大獾和鼹鼠。松鼠跟小鹰一起到的，还是松鼠把小鹰叫醒的，小鹰不住地打着哈欠。

接着是一阵熙熙攘攘，原来是很多动物一起到了。他们是田鼠、野鼠、刺猬和棕兔们。大家彼此问候，黄鼠狼和长耳兔一家也来到了空谷。

不久，只见灰鹭哨儿有点羞涩地走了过来。他小心地迈着细腿，身边是另一只灰鹭，腼腆地看着大家。

灰鹭满怀歉意地向大家介绍说："我希望大家不要介意，我和最近认识的这位年轻女士有点……难舍难分。"

母狐狸说："我们都为你高兴呢，她长得多么迷人啊！"

灰鹭两眼放光，他的女朋友羞羞答答地跟大家说了一些客套话。

猫头鹰故意学着灰鹭在旅途中说话的模样，酸溜溜地说："真是天造地设、可心的一对呀！"

"猫头鹰，得了吧。你也去找个可心的还不迟嘛。"母狐狸顽皮地一笑，把矛头转向猫头鹰这一边。

"哼！"猫头鹰哼了一声，心慌意乱地胡乱拍着翅膀，竭力装作无所谓的样子。

幸亏蝰蛇来了，大家的注意力都转向了他。猫头鹰这才定下神来。

轮到大獾跟蝰蛇打招呼的时候，他跟蝰蛇开起了玩笑：

"最近真是很少见到你啊。你深居简出,是不是也遇上了一位年轻漂亮的好姑娘呀?"

"我深居简出没有任何理由,我只是不喜欢乱串门子罢了。"蟾蛇回答,"但是,假如我真的遇上了你说的那种好姑娘,那我一定更是大门不出,二门不迈了。"蟾蛇虽然这样回嘴,可他故意一笑,大獾也因此笑得更灿烂了。

过了一会儿,动物们发现远征队中只有一个成员还迟迟未到,那就是蛤蟆。大家都去找他。

狐狸自言自语着:"真奇怪。他怎么会忘了呢?"

鼹鼠很担心地说:"希望他没有出事。"

"他很快就会来的,我肯定。"大獾说,"不要担心。"

猫头鹰最先看到了蛤蟆。"我看见他了。"他面无表情地说,"看他的架势很悠闲呢。"

很快，动物们都看到了蛤蟆。

黄鼠狼说："他到底在做什么？好像晕头转向的。"

松鼠说："他走路不是一条直线，怎么曲里拐弯的呀？"

动物们都饶有兴致地看着蛤蟆走路。只见他一会儿往左，一会儿往右，一会儿又直直地往前走，一会儿却突然停下来往后退，完全看不出缘由。

猫头鹰不耐烦了，不高兴地喊："行啦，老蛤蟆。我们大家就等你呢。"

蛤蟆听到猫头鹰的声音，突然站住不动了。他好像才发现朋友们一样。

"哈喽，嗯！"他打完招呼，就发出一个怪声音，有点儿像咕儿呱叫，也有点儿像打嗝儿。接着，他欢蹦乱跳地朝大家而来，最后用力一跳，摔了个倒栽葱。

蛤蟆好不容易才站起来，动物们面面相觑。

只听蛤蟆扯开喉咙喊："诸位，见到你们，我真是太高兴啦！太高兴啦！我对不住大家。迟到了，我是，这个这个，走岔路了。我掉进水坑儿里去了。哈哈！哈哈！"蛤蟆笑得上气不接下气，然后又很响地打了几个嗝儿。

狐狸问："蛤蟆老弟，你这是怎么啦？"

蜂蛇慢条斯理地说："他喝醉了。我见过人类喝醉酒就是这个样子的。"

蛤蟆嚷嚷着："我是喝醉啦，喝醉的感觉很奇妙。"

狐狸说："你冷静冷静好吗，告诉我们是怎么回事？"

蛤蟆说："你们知道吧，我一直在水塘里。来这里的路上经过园长的宿舍，突然闻到一股香味儿，一种很醇厚的味道，有点冲鼻子，还有点酸不溜丢的。我就四下找啊找，想看看到底是什么东西的味儿。谁知我一脚踩进一个小水坑，水坑里是那种金黄色还带那么点棕色的液体。我从头到脚一下子被那种奇妙的香味儿包围了，忍不住尝了一口。滋味真不错！我就又尝了一口……"蛤蟆停下来，咧开大嘴笑呵呵地等待着大家的反应。

狐狸无可奈何地说："后来的事，不用说我们也知道了。"

蛤蟆顽皮地说："嗯，我保证，我真的只喝了一……哦不，两口！园长宿舍院子的篱笆里面，有个大木桶，里面的东西一直往外流，流了一大摊。"蛤蟆说，"大概是木桶漏了一个缝。"

鼹鼠激动地问："到底是什么味道呀？"

"味道嘛,跟闻起来的味道差不多,只是更甜一点。还有……嗯……有股马尿味儿。"

鼹鼠看看狐狸,可是他不敢说出心里话。

狐狸呢,还是一眼看穿了他的心思。"不行,不行。鼹鼠,我不允许。"他强调说,"绝对不可以。"

出乎意料的是,这一次大獾居然站到了跟狐狸不同的立场上。

"啊,狐狸老弟,我不知道,真的,"他很通情达理地说,"那东西估计没有什么害处。毕竟,蛤蟆看上去没啥大问题。"

狐狸觉得大獾这样说也有他的道理,于是他耸耸肩膀,说:"哦,大獾,由你来决定吧。你可要负责哟。"

话音刚落,动物们,除了母狐狸之外,都把大獾团团围住。蛤蟆更加精神焕发了。

大獾为了让大家不要兴奋过头,就说:"那咱们都只喝一点意思意思。"他又转过身,"蛤蟆老弟,能否请你再次为我们引路?"

"愿意效劳!"蛤蟆喊道。

这一小队动物满怀着期待的心情出发了。狐狸和母狐狸犹豫地跟在后面。

他们走了一会儿,蝰蛇不客气地说:"蛤蟆你能不能带我们走一条直线啊。"可蛤蟆压根没听见。

终于,他们走到了那个"特别的水坑",大獾让小不点儿们聚在一起,叫妈妈们管好自己的孩子。之后,他让男子汉们都先上去尝了一小口。

他们一个一个低下头,伸出嘴或者喙尝一尝。蛤蟆站在一边,心情激动地等待着大家的反应。

大獾原本只是想让鼹鼠和其他动物满足一下好奇心。可他自己也没有想到酒的作用这么大。他是最后一个品尝的。当他舔着嘴唇退后一步,回味着嘴里的滋味时,只觉得一股暖流从头顶一直贯穿到脚底。

他看看伙伴们,大家都笑盈盈地彼此看着。他自己也笑了,知道大伙现在的感觉跟他一模一样。

过了一会儿,大家再次一个个走上前去,品尝让他们感觉如此奇妙的东西。

鼹鼠眉开眼笑地说:"蛤蟆说得没错,真的很好喝。"

大獾说:"狐狸,你也尝尝嘛。"

母狐狸也在低声催促他:"亲爱的,没事,尝尝吧。"母狐狸不想让狐狸跟别的动物不一样。她还补充道:"我不介意。"

狐狸毫无兴趣地走过去,低下头,又抬起头看看朋友们。"我只喝一点儿,祝你们大家健康。"他热情地说完,就喝了一口。随后他抬起头笑了,说:"果然很好喝。"

动物们挤到前面来,争先恐后地要再喝一口,祝狐狸健康,又祝母狐狸健康,然后祝每个动物都身体健康。就连蛤蟆也又加入了进来。

蛤蟆扯着大嗓门说:"我提议,咱们为白鹿公园所有的动物喝上一口!"

灰鹭说:"尤其是其中的一位。"他把头往后仰去,好让嘴里的酒顺着嗓子流下去,而那一位正笑眯眯地看着他。

长耳兔很贴心地想起了自己的太太,就喜气洋洋地说:"让我们来为法辛林所有的女同胞也喝上一口!"

动物们又全都低下头喝了起来。

现在,动物们身体里那种液体的劲儿全上来了。他们彼此笑话对方红扑扑的脸蛋儿和乌溜溜的眼睛。狐狸则很克制地走回母狐狸身边。

棕兔们手舞足蹈起来,围成一圈跳啊蹦啊。长耳兔也来劲儿了,他用后腿立着去追棕兔们,还比画着跟他们拳击。

松鼠们绕着园长院子的篱笆跑上跑下,尾巴甩得跟水银珠子似的。刺猬们在篱笆的空隙间钻进钻出,仿佛要把他们身上的尖刺当针,把篱笆缝起来。

猫头鹰在园长院子里的一棵树上倒挂金钩,一边荡秋千,一边呼呼大叫。

蝰蛇仿佛比其他动物更能喝,他不停地啜着。田鼠和野鼠也不知打哪儿来的胆量,在蝰蛇身边嬉戏。可蝰蛇看都不看他们一眼。

突然,大獾一屁股坐在地上,扯开喉咙高歌起来。鼹鼠听出来这是大獾自己创作的那首《远征组歌》,就全心全意地跟着唱起来。

黄鼠狼舒舒服服地躺在地上，也跟着哼了起来。小鹰站在篱笆上，扯开破锣嗓子给他们伴唱。很快，记得歌词的动物们都加入了大合唱，而不会歌词的动物们则哼着曲调。猫头鹰棕毛儿还在呼呼地叫，算是给大家打拍子。

于是，大家重温了法辛林远征队的豪情壮举，不是为观众而唱，而是在为他们自己而陶醉。历险的往事历历在目，回想着路上的艰难险阻和喜怒哀乐，他们激动不已。就连蝰蛇也停下畅饮，用嘶哑的声音加入了合唱。动物们不知不觉好像又抱成了团儿。他们相互间的友谊和信任是无价的珍宝，永远永远珍藏在心底。

《远征组歌》唱到了抵达新家园的最后一段，歌声也达到了最高潮。狐狸什么都没有说，他领着动物们静静地走回空谷。他们在那里很快就进入了梦乡，那是一个最宁静、最无忧的好觉。

就这样，来自法辛林的动物们在白鹿公园自然保护区开始了崭新的生活。几个月过去了，他们迎来了在这里的第一个冬季。

有一天，蛤蟆在水塘附近遇到了蝰蛇。"喂，看来你在水边巡逻的任务要结束啦。"他对蝰蛇说，"我的那些食用青蛙朋友们说，水塘底的淤泥特别好，很厚实。他们很快就要去那里冬眠了。"

蝰蛇还跟平日一样不动声色，高深莫测地说："离结冰还有些日子。那些食用青蛙还有幸让我多陪上几天。"

不过，他的如意算盘到最后也没打成。